目次

単行本　二〇一八年九月　文藝春秋刊

文春文庫

任務の終わり
下

スティーヴン・キング
白石 朗訳

文藝春秋

任務の終わり　下

主な登場人物

ビル・ホッジズ……………元刑事　ファインダーズ・キーパーズ探偵社を営む
ホリー・ギブニー……………同探偵社の共同経営者
ブレイディ・ハーツフィールド………メルセデス・キラー　カイナー記念病院に入院中
フェリックス・バビノー…………カイナー記念病院脳神経クリニック責任者
ベッキー・ヘルミントン…………同クリニックの前看護師長
ノーマ・ウィルマー…………同　看護師
セイディー・マクドナルド…………同　看護師　自殺を遂げる
〈図書室アル〉…………本名アルヴィン・ブルックス　同病院の職員
ジェローム・ロビンスン…………ホッジズとホリーの友人　大学生
バーバラ・ロビンスン…………ジェロームの妹
ピート・ハントリー…………刑事　ホッジズの元相棒
イザベル・ジェインズ…………刑事　ハントリーの現在の相棒
オリヴィア・トレローニー…………大量殺人に使用された自動車の持ち主　故人
トッド・シュナイダー…………ゲーム機ザピット製造元の破産管財人
デリース・ネヴィル…………高校生　バーバラの事故を目撃
ヒルダ・カーヴァー…………バーバラの友人
ダイナ・スコット…………同右
フレディ・リンクラッター…………ハーツフィールドの元同僚

バッドコンサート・ドットコム

1

コーラ・バビノーはイニシャルの組みあわせ文字がはいっているタオルでうなじの汗をぬぐって、地下のトレーニングルームにそなえてあるドアモニターの画面を見つめて眉を寄せる。ランニングマシンで十キロ走るはずが、まだ六キロ半しか走っていないし、中断されたくはなかったが、またあの変態が家にやってきた。

〝きん・こーん〟とドアベルが鳴りつづけるなか、コーラは上のフロアから夫の足音がきこえないかと耳をそばだてるが、いっこうに足音はきこえない。モニターの画面には薄汚いパーカを着た年配の男が、なにもせず突っ立っている姿が映っている——見たところ、《空腹です》とか《失業中》とか《帰還兵》とか《お助けを》などと書いたプラカードを手に交差点に立っているホームレスの仲間そっくりだ。

「ったくもう」コーラは小声で吐き捨てるとランニングマシンをとめる。階段をあがって、裏の廊下に通じているドアをあけ、大声で叫ぶ。「フェ、リ、ッ、ク、ス！　あ、な、た、の、変、態、友だちよ！　あ、の、ア、ル、と、か、い、う、人！」

返答はない。夫はまた書斎にこもってしまっている——恋に落ちてしまったとしか思えないあのゲームマシンだかなんだかを、またぞろうっとり見つめているのだろう。夫はフェリックスの奇妙なこの新しい妄執のことはカントリークラブの友人たちにも話した。最初はただの笑い話だった。しかし、いまはもう笑い話とは思えない。夫はいま六十三歳、子供むけのコンピューターゲームに夢中になるには年を食いすぎているし、やたらに忘れっぽくなるにはまだ若すぎる。ひょっとしたら夫は若年性アルツハイマー症なのではないか。夫の友人だという変態男はドラッグの売人ではないかという思いが頭をかすめたこともあるが、そんなことをするにはずいぶん年寄りすぎないか？　そもそも夫がドラッグを欲しがったとすれば、自分で調達したはずだ。ほかならぬ夫によれば、カイナー記念病院の医者の半分が勤務時間の少なくとも半分をハイになったまま過ごしている、という。

〝きん・こーん〟と、ドアベルが鳴りつづけている。

「勘弁してよ、まったく」コーラはそういいながら、結局は自分で玄関へむかう。大股で一歩進むごとに苛立《いらだ》ちがぐんぐん高まる。コーラは長身で痩せた女であり、女としての体形はエクササイズでほぼ忘れ去られている。たとえ極寒の真冬でも肌のゴルフ焼けが消えることはない——ただし色が薄れて淡い黄色になるため、慢性の肝臓病でもわずらっているような顔になるだけだ。

コーラは玄関のドアをあける。一月の夜気がどっと流れこみ、汗ばんだコーラの顔や腕を冷やしていく。

「あなたがいったいだれなのかを教えてちょうだい」コーラはいう。「それから、あなたがうちの夫と組んでなにをしてるのかも教えてほしい。出すぎたお願いかしら？」

「そんなことはありませんよ、ミセス・バビノー」訪問者は答える。「わたしはときにはアル。ときにはZボーイ。そして今夜はブレイディ――いやはや、まったく。こんなに冷えこむ夜でも、やっぱり外に出るのは気分のいいものだね」

コーラは訪問者の手を見おろす。「そのペットボトルにはなにがはいってるの？」

「あなたの悩みのすべてをおわらせる手段だよ」テープで補修したパーカを着た男がいい、くぐもった破裂音が響く。炭酸飲料のペットボトルの底が吹き飛び、焼け焦げたスチールたわしの細片がいっせいに噴きだす。細片は唐綿《とうわた》の綿毛のように、ふわふわと空中に浮かびただよう。

コーラはすっかりしぼんだ左の乳房のすぐ下をなにかに殴られたように感じ、こう思う――この不気味な変態野郎がいまわたしを殴ったんだ、と。ついで息を吸いこもうとするが、最初は空気をとりこめない。おかしなことに、胸が死んでいるような感じ――おまけにトラックスーツのボトム部分のウエストゴムから上の部分に、温かな液体がたまってくる。貴重そのものの空気をなんとか吸おうとなおも奮闘しながら下を見おろすと、青いナイロンのトラックスーツに染みが広がりつつある光景が見える。

コーラは目をあげ、玄関先に立っている老いぼれの変態を見つめる。変態はペットボトルの残骸を前にさしだしている――夜の八時に前もって連絡もせずに来訪した非礼の埋めあわせに、ちょっとした手土産をわたそうとしているかのよう。ボトルの底からは、残っているスチールたわしがあふれて、ボタン穴の飾りにつかった花がしおれたように見えている。コーラはようやく息を吸いこむ……が、吸いこんだのはほとんど液体だ。つづけて咳をすると、口から鮮血がスプレー状に飛び散っていく。

パーカを着た男は数歩進んでコーラの家のなかにはいってくると、ドアを閉める。ペットボトルを床に落とす。それからコーラをうしろへ突き飛ばす。コーラはうしろへよろけ、その拍子にコートハンガー近くのエンドテーブルに置いてあった装飾用の花瓶を押し倒しながら尻もちをつく。花瓶は硬木づくりの床に落ち、爆弾のような音をたてて砕け散る。コーラはまたしても液体状の息を吸いこむが――わたしは溺れてる、うちの玄関ホールにいながらにして溺れてる、とコーラは思う――すぐまた咳をすると、今度も真っ赤な鮮血のスプレーをまき散らす。

「コーラ?」フェリックス・バビノーが屋敷の奥のほうから声をかける。いましがた目覚めたばかりのような声だ。「コーラ、大丈夫かい?」

ブレイディは〈図書室《ライブラリー》アル〉の足をもちあげ、コーラ・バビノーの筋張《すじば》ったのどに浮いている腱《けん》めがけて、〈図書室《ライブラリー》アル〉の武骨な黒い作業靴を慎重におろしていく。そのまま踏みつけると、コーラの口からまたもや血がどっとあふれだす。コーラの天日干しされた頬はいまや血の斑点だらけだ。コーラの体内でなにかが壊れ、へし折れる音が響く。両目が突きでて……大きく突きでて……ふっと濁って光をうしなう。

「なかなかしぶとかったね」ブレイディは親しげとさえいえそうな口調で、そう評価する。

ドアがひらく。スリッパで走る足音がぱたぱた近づき、バビノーが姿をあらわす。ヒュー・ヘフナー風の馬鹿馬鹿しいシルクのパジャマの上から、ドレッシングガウンを羽織っている。いつもは自慢の銀髪が、いまは乱れ放題に乱れている。左右の頬の無精ひげは、いまでは本格的なひげ面《づら》をつくりはじめている段階だ。その手には緑の〈ザピット〉があり、そこから〈フィッシン・ホール〉の素朴な音楽が流れている——《海のそば、海のそば、とってもきれいな海のそば》。そしてバビノーは、玄関ホールの床に横たわる妻の変わりはてた姿を凝視する。

「奥方はもうトレーニングをしなくてもいいようだね」ブレイディは先ほどと同様に親しみのこもった声でいう。

「おまえはいったいなにをした？」ひと目見れば答えはわかるが、バビノーは金切り声でそうたずねる。それから妻コーラのもとに駆け寄って床に膝をつこうとするが、ブレイディはすかさずバビノーの両の腋《わき》の下をつかんで体を引きずっていく。〈図書室《ライブラリー》アル〉は伝説的ボディビルダーのチャールズ・アトラスではなくても、二一七号室の衰弱しきった肉体とくらべたらかなりの力もちだ。

「そんなことをしている時間はないんだ」ブレイディはいう。「ロビンスン家の女の子がまだ生きているとあって、計画を変更するしかなくてね」

　バビノーはブレイディを見つめ、なんとか考えをまとめようとしたが、思考は逃げていくばかりだった。かつて明晰そのものだった頭脳が、いまではすっかり鈍っている。それもこれも目の前にいる男のせいだ。

「魚を見るんだ」ブレイディはいう。「おまえはおまえの魚を、おれはおれの魚を見る。そうすれば、ふたりとも気分がよくなるぞ」

「いやだ」バビノーはいう。本音では魚を見ていたいし、いまでは四六時中ずっと魚を見ていたいのだが、一方では怖くもある。ブレイディはみずからの精神を奇怪な水のようにバビノーの頭に注ぎこみたがっている。その現象に見舞われるたびに、フェリックス・バビノーという人間の本質をつくっている部分が少しずつ減っている。

「いやじゃない」ブレイディはいう。「今夜、おまえはドクターZになる必要があるんだよ」

「断固拒否だ！」

「おまえは拒否できる立場じゃない。この一件は露見しかけている。もうじき警察がおまえに事情をきくためにやってくるぞ。あるいはホッジズが──まあ、そのほうが厄介だな。ホッジズは被疑者としての権利など読みあげず、手製の棍棒でいきなりぶん殴ってくるはずだ。やつは血も涙もない、クソがつくほどの外道だ。それに、おまえの見立てどおりだということも理由だ。そう、あいつは知っ、て、るんだ」

「わたしは断じて……そもそも無理……」バビノーは妻を見おろす。ああ、あの目。ぎょろりと飛びだした妻の目。「だいたい警察がそんなことを信じるものか。わたしは世間から尊敬されている医者だぞ。妻とは結婚して三十五年だ！」

「ホッジズなら信じるね。ひとたび思い定めて牙を立てたら、ホッジズはワイアット・〝クソったれ〟・アープみたいな男になる。あの男はロビンスンの娘っ子におまえの写真を見せるだろうな。写真を見た娘っ子はこう答える――あらまあ、ええ、そう、この人です、わたしにショッピングモールで〈ザピット〉をくれた人です。あの娘っ子に〈ザピット〉をくれてやったのがおまえなら、エラートンにくれてやったのもおまえだろうよ。こりゃ大変！　そうそう、スキャペッリの件もある」

バビノーはこの大惨事を理解しようとしながら、ひたすら相手を見つめている。

「そのうえ、おれに与えていた新薬の件もある。ホッジズなら、そっちの件ももう把握していておかしくない――あの男は袖の下をつかって調べを進めるし、どのみち〈刑務所《バケツ》〉にいる看護師連中はみんな新薬のことを知ってる。ああ、公然の秘密ってやつだ――おまえが隠そうとさえしなかったからね」ブレイディは、〈図書室アル《ライブラリー》〉の頭を悲しげにふってみせる。「驕《おご》れる者はなんとやら」

「ビタミン剤だ！」バビノーが口に出せるのは、これが精いっぱい。

「たとえ警官だって、ひとたび令状をとっておまえのファイルやコンピューターを提出させて調べれば、そんなたわごとはひとことも信じないに決まってるね」ブレイディは四肢を広げて床に横たわるコーラ・バビノーの死体をちらりと見おろす。「もちろん、おまえの女房のこともある。女房がこうなった事情を、いったいどう説明するつもりだ？」

「おまえなんか、病院に運びこまれる前に死んでればよかったんだ」バビノーはいう。声が上ずり、情けない鼻声になる。「あるいは手術台の上で。お、おまえはフ、フランケン、シュタインだ！」

「怪物とその創造主を混同するものじゃない」ブレイディはそういうが、創造性の分野でバビノーをそれほど高く評価しているわけではない。ドクターBがつかった実験段階の新薬はブレイディが獲得した新しい能力には関係があったのかもしれないが、肉体の恢復にはほとんど、あるいはまったく寄与しなかった。恢復はあくまでもみずから達成したものだという確信がある。純粋な意志の力による結果だ。「それはそれとして、ふたりで行きたいところがあってね。できれば遅刻はしたくない」

「あの男女《おとこおんな》のところか」そういった人物をあらわす単語はあるし、バビノーも以前は知っていたのだが、いまは思い出せない。その人物の名前も。そればかりか、その人物の名前も。それをいうなら夕食になにを食べたのかも思い出せない。バビノーの頭にはいりこむたびに、ブレイディは少しずつなにかを奪って去っていく。バビノーの記憶を。知識を。バビノー自身をも。

「そのとおり、あの男女《おとこおんな》のところだよ。あるいは性的指向を考えて学名っぽくいうなら、

〝ヒト科レズ属タチ〟ってところか」

「いやだ」情けない鼻声がささやき声になる。「わたしはずっとここにいるよ」

ブレイディは銃をもちあげる――ペットボトルを再利用した当座しのぎのサイレンサーは底が吹き飛ばされ、いまでは内側の銃がはっきりと見えている。「まさかとは思うが、おれが本当におまえを必要としていると思いこんでいるのなら、おまえは人生最大のあやまちをおかしていることになるぞ。それはまた人生最後のあやまちでもあるんだが」

バビノーは言葉をうしなっている。これは悪夢……でも、わたしはもうじき目を覚ますんだ。

「おれのいうとおりにしなければ、あしたにはハウスキーパーが、女房の死体の隣でおなじく死体になって倒れているおまえを発見する。不幸にも不法侵入者の手にかかった犠牲者ふたりだ。おれとしては、できればドクターZになって仕事のけりをつけたい――おまえの肉体はアルの体よりも十歳分は若いし、状態もそれほどわるくないからね。ただ、おれも必要に迫られたら、やるべきことをやるしかない。だいたい、おまえをここに残してカーミット・ホッジズと会わせるほうが、よっぽど残酷な仕打ちだぞ。あの男はとことん性根の腐った外道だ。おまえには想像もできないほどだよ」

バビノーは、テープで修繕されているパーカを着た年上の男をじっと見つめる。〈図書室《ライブラリー》アル〉の涙にうるんだ青い瞳の奥から、ブレイディ・ハーツフィールドが外をのぞいているのがはっきりわかる。バビノーの唇がわなわな震え、唾で濡れる。両目はともに涙が縁どっている。ブレイディは思う——乱れた白髪が頭から四方八方に突き立っているいま、バビノーはあの有名な写真で見る者にむけて舌を突きだしているアルバート・アインシュタインにそっくりだ。

「どうしてわたしはこんなことになってしまったんだ……？」バビノーはうめく。

「およそなにかに巻きこまれた人たちとおなじだ」ブレイディはやさしい口調でさとす。

「一度に一歩ずつ進んだ結果だね」

「だいたい、なんであの女の子を狙わなくてはならなかった？」バビノーが一気にぶちまけるような口調でたずねる。

「あれは失敗だった」ブレイディはいう。そう認めるほうがずっと簡単だ——本当の理由、待ちきれなかったという理由を明かすことに比べたら。黒人の芝刈り小僧の妹を早く始末したくてたまらなかった——もっと重要な消すべき人物が出てくる前に。「さあ、これ以上ぐずぐずせずに魚を見るんだ。ほら、本当は見たくてたまらないんだろう？」

そのとおりだ。それこそが最悪の部分だ。いまではバビノーもいろいろと知ってしまったのだが、それでも魚を見たい気持ちは抑えられない。

バビノーは魚を見る。

音楽に耳をかたむける。

しばらくののち、バビノーは寝室に行って着替えをすませ、金庫から現金をとりだす。

屋敷をあとにする前に、あと一ヵ所、寄っていくべき場所がある。バスルームのメディスンキャビネットの中身は——夫婦どちらの側も——すこぶる充実している。ブレイディはバビノーのBMWに乗りこむ。ぽんこつのマリブは、さしあたりいまの場所に放置しておく。いつしかソファでぐっすり寝こんでいる〈図書室《ライブラリー》アル〉も、やはりこの家に残す。

2

コーラ・バビノーが自宅玄関のドアを人生最後にあけているころ、ホッジズはロビンスン一家が住むティーベリー・レーンから一ブロックしか離れていないオールグッド・プレイスにあるスコット家の居間で腰をおろしているところだ。車を降りる前に鎮痛剤を二錠ばかり飲んできたこともあり、いろいろひっくるめて考えるなら、いまはそれほどひどい気分ではない。

ダイナ・スコットはいま両親に左右をはさまれてソファにすわっている。今夜のダイナは実年齢の十五歳よりもだいぶ年上に見える——演劇部がミュージカル〈ファンタスティックス〉をノースサイド・ハイスクールで上演することになり、同校でおこなわれたりハーサルからついさっき帰宅したところだからだ。この子はルイザ役なんですよ――母親のアンジー・スコットはホッジズにそういう――ええ、本物の主役です（これを耳にした当のダイナは、あきれ顔で目玉をまわして天井を見る）。ホッジズは親子三人の向かいに置いてある〈レイジーボーイ〉のリクライニングチェアにすわっている。ホッジズ自身の自宅にあるものとそっくりだ。座面にずいぶん深い凹みができていることから、ホッジズはこの椅子こそ、父親カールが夜を自宅で過ごすときの定位置なのだろうと見当をつける。

ソファの前のコーヒーテーブルに置いてあるのは、まばゆい緑色の〈ザピット〉だ。話をするとダイナはすぐに二階の部屋からマシンをもっておりてきた。そこからホッジズはさらにこう推理する――〈ザピット〉はクロゼットのスポーツ用品の下に埋もれていたのでも、埃の玉といっしょにベッドの下に転がっていたのでもなかった。学校のロッカーに入れたまま忘れられていたのでもなかった。そう、この〈ザピット〉はダイナがつかいたいと思えばすぐ手の届く場所に置いてあった。つまり、時代遅れのマシンだろうとなんだろうと、ダイナはこれをつかっていたことになる。

「こちらへうかがったのは、バーバラ・ロビンスンから頼まれたからです」ホッジズは親子三人にそう切りだす。「バーバラはきょうトラックと接触して――」

「そ、そんな！」ダイナはそういい、片手をもちあげて口をふさぐ。

「バーバラなら無事だよ」ホッジズはダイナに教える。「片足の骨を折っただけだ。経過観察のために今夜は入院となったけれど、あしたには家に帰れそうだし、来週にはまた学校に通えるようになる。いまどきの若者がそんなことをしてるのかどうかは知らないが、きみもバーバラのギプスにサインをしてあげるといい」

母アンジーがダイナの肩に腕をまわす。「でも、そのことがダイナのゲームマシンとどう関係してるんです？」

「ええ、バーバラもおなじゲームマシンをもっていたのですが、そのマシンがバーバラに電気ショックのようなものを与えたというのです」ここまで車を走らせているあいだにホリーが教えてくれた話から判断するかぎり、これはまるっきりの嘘ではない。「ちょうど道路をわたろうとしているときで、そのせいで一瞬自分がどこにいるのかもわからなくなり……どかん。ひとりの少年がバーバラを突き飛ばして、トラックの進路から押しだしてくれたからよかったのですが、そうでなかったらもっと悲しいことになっていたはずです」

「驚きだな」カールがいう。

ホッジズはダイナに目をすえたまま身を乗りだす。「このゲームマシンのうちの何台が故障しているのかは知らないよ。しかしきょうバーバラの身に起こったことや、わたしたちが把握しているほかの二、三の事例から考えるなら、少なくとも故障しているマシンが存在していることだけは確実なんだ」

「これをいい教訓にするんだな」カールが娘にいう。「この次に知らない人からなにかを無料《ただ》であげるといわれたら、まずは用心することだ」

　この言葉もまた、十代の若者ならではの完璧な〝目玉ぎょろ回し〟を誘いだす。

「わたしが知りたいと思っているのはね――」ホッジズはいう。「そもそも、きみが最初にこのゲームマシンを手にいれたいきさつだよ。ちょっとした謎なんだ。まずメーカーは〈ザピット〉をそれほどたくさん売ったわけじゃない。メーカーは経営不振になってほかの会社に買収され、さらに買収した会社も二年前の四月に破産した。となると、〈ザピット〉の在庫は再販売のために差し押さえられ、多少なりとも負債を減らすたしになるものと考えるのが普通で――」

「あるいは、廃棄される場合もあるんじゃないかな」カールがいう。「ほら、売れ残ったペーパーバックは廃棄されるからね」

「その可能性も念頭に置いています」ホッジズはいい、ダイナにむきなおる。「さて、教えてもらえるかな――きみはどうやってマシンを手にいれた？」

「あるウェブサイトを訪問したんです」ダイナはいう。「でも、これで警察ざたになるとかじゃないですよね？　わたしにはわからないけど、父さんがいつもいってます――法律を知らなかったといっても言いわけにならないって」

「その心配はゼロだよ」ホッジズはダイナに請《う》けあう。「どこのウェブサイトだった？」

「バッドコンサート・ドットコムというところ。さっきリハーサル会場にいたとき母さんから帰ってこいという電話をもらったので、携帯でサイトを探したけど、もうなくってました。手もちの〈ザピット〉がすっかりなくなったんだと思います」

「あるいは、そのゲームマシンが危険な品だとわかったので、だれにも警告ひとつ出さないまま、大あわてでサイトを畳んでしまったとも考えられるわ」アンジー・スコットはいやそうな顔でいう。

「そのショックというのはどのくらい強力なのかな?」カールがたずねる。「ダイナが上の部屋からもってきたとき、裏のふたをあけてみたんだ。充電式の単三電池が四本はいっていただけだったぞ」

「あいにくこの手の機械にはくわしくないもので」ホッジズはいう。先ほど鎮痛剤を飲んだにもかかわらず、胃が痛みはじめている。いや、胃が問題の根源ということではない。元凶は、胃のそばにある長さわずか十五センチの臓器だ。看護師のノーマ・ウィルマーと会ったあとホッジズは隙間時間を利用して、膵臓癌《すいぞうがん》患者の生存率を調べてみた。この癌になって五年後もまだ生きている患者は、わずか六パーセントだ。「自分のｉＰｈｏｎｅのメッセージの通知音が周囲の罪もない赤の他人をやたらに驚かせるので、ほかの音と入れ替えようと思っているのに、それさえまともにできないありさまなんですよ」

「じゃ、わたしが変えてあげてもいい」ダイナがいう。「めちゃ簡単にできます。わたしの通知音は〈クレイジー・フロッグ〉だけど」

「でも、まずはそのウェブサイトのことを話してもらいたいな」

「まず、あるツイートで知ったんです。学校で友だちのだれかが教えてくれて。とにかく、いろんなソーシャルメディア・サイトでとりあげられてた。フェイスブック……ピンタレスト……グーグルプラス……どんなサイトかはわかりますよね？」

ホッジズには見当もつかないが、とりあえずうなずく。

「どんなツイートか正確には覚えてないけど、だいたいのところは思い出せそう。だって、ツイートは長くても百四十文字までですから。でも、そんなことは知ってますよね？」

「もちろん」ホッジズは答えるが、そもそもツイートとはなにかもよくわかっていない。左手がいつしかこっそり動いて、脇腹の痛む箇所にむかおうとしている。ホッジズは左手をいまの場所から動かすまいとする。

「どんな感じのツイートだったかっていうと……」ダイナは目を閉じる。いささか芝居がかったしぐさだが、もちろんダイナは演劇部のリハーサルから帰ってきたばかりだ。「【悲報】いかれ野郎のせいでラウンドヒアの公演がキャンセル。朗報をお望み？　ついでに無料ギフトが欲しい？　だったら今すぐbadconcert.comへGO」ダイナは目をあける。「ツイートそのまんまじゃないかもしれませんけど、でもどんな感じかはわかりますよね？」

「ああ、わかるよ」ホッジズはウェブサイト名をメモに書きつける。「で、きみはそのサイトをのぞいてみた……」

「ええ。バッドコンサート・ドットコムをのぞいた子たちはいっぱいいます。ちょっと笑えるサイトだったんですよ。まず何年か前に大ヒットしたラウンドヒアの〈キス・オン・ザ・ミッドウェイ〉の動画が——ヴァインにアップされた動画が——流れる。曲が二十秒ばかりつづいたあとで、〝どかーん〟と爆発音がして、アヒルっぽい声がいうんです。『ざーんねん、コンサートは中止になっちゃった』って」

「わたしには笑える話には思えないけど」アンジーがいう。「あの場で、あなたが死んでいてもおかしくなかったのよ」

「そのサイトの話だけど、まだまだ先がありそうだね」ホッジズはいう。

「ええ。アヒルっぽい声はこんなふうにつづけてました——会場にはざっと二千人の若い子があつまっていて、生まれて初めてのコンサートだった子もいっぱいいた……そんな子たちからしたら、一生の思い出になるはずの時間をかっぱらわれたも同然だ。でも……〝かっぱらわれた〟という言葉はつかってなかったかもしれません」

「そのあたりの空白は、おいおい埋めればいいさ」カールがいう。

「で、その声はこんなふうに話してました——ラウンドヒアのスポンサー企業のもとにゲームマシン〈ザピット〉がたくさん寄付されてきたので、これをみんなにプレゼントしたい……コンサートを中止にしてしまったことのお詫びとして、って」

「コンサートはもう六年も前のことだったのに？」アンジーが疑わしげな声をだす。

「うん。いまあらためて考えると、怪しい話としか思えないわ」ダイナはいう。

だ」

「でも、おまえは考えなかった」カールがいう。「そのときはなにも考えなかったわけだ」

ダイナは肩をすくめ、むっとした顔でいいかえす。「考えたわ。でも、大丈夫だと思ったんだもん」

「それはあいにくだったね」父カールはいう。

「それできみは……どうしたのかな？」ホッジズはたずねる。「メールで名前と住所を教えたら、それが――」と〈ザピット〉を指さして、「郵便で届いたとか？」

「もうちょっと手間がかかりました」ダイナはいう。「その……自分が本当にあの場にいたってことを証明しなくちゃならなくて。だからバーバラのお母さんに会いにいったんです。お母さんの名前はターニャです」

「どうして？」

「写真が欲しくて。自分で撮った写真があるはずだけど見つからなかったから」

「この子の部屋ときたら」アンジーが口をはさむ――しかも今回〝目玉ぎょろ回し〟を添えるのはアンジーだ。

ホッジズの脇腹が、いつしかゆっくりと着実な痛みに疼《うず》いている。「写真というのはなにかな、ダイナ？」

「ええっと……コンサートに行ったとき、ターニャが――そんなふうに名前で呼んでもかまわないっていわれてます――わたしたちの写真を撮ってくれたからです。バーバラとわたし、ヒルダ・カーヴァーとベッツィがいました」

「ベッツィというのは……？」

「ベッツィ・デウィット」アンジーがいう。「どういうことかというと、母親たちのあいだで籤《くじ》引きをして、だれが娘たちをコンサートに連れていくかを決めたんです。ターニャが負けました。それでジニー・カーヴァーのヴァンにみんなを乗せていきました。あそこのヴァンがいちばん大きかったので」

ホッジズは話を理解したしるしにうなずく。

「それはともかく、会場についたときに——」ダイナは話す。「ターニャがわたしたちの写真を撮ってくれました。写真を撮らずにはいられなかったんです。馬鹿げた話なのはわかってますけど、みんなまだほんの子供でしたし。いまのわたしはメンドーサ・ラインとザ・レヴォネッツというバンドに夢中ですが、あのころはみんなラウンドヒアに本気で入れこんでました。なかでも人気があったのがリードヴォーカルのキャムですね。ターニャはわたしたちの携帯で写真を撮ってくれました。いや、自分の携帯かも。そのあたりは覚えてなくて。ただターニャは写真がちゃんと全員にまわるようにしてくれました——わたしが見つけられなかっただけで」

「つまり、コンサート会場にいたことを証明するため、サイトに写真を送る必要があったんだね？」

「そうです。メールで。わたしたちがミセス・カーヴァーのヴァンの前に立っているだけの写真では、証拠にはならないんじゃないかっていう心配もありましたが、ミンゴ・ホールとその前にできていた入場待ちの長い行列が背景に写っている写真が二枚あったんです。ラウンドヒアっていうバンド名が読める看板なんかが写ってないから、これでもまだ足りないかなと思ったんですが、大丈夫でした。メールで写真を送ってからぴったり一週間後に、〈ザピット〉が郵便で届いたんです。大きなクッション封筒に入れられてました」

「封筒に発送元の住所はあったかな?」

「さあ、どうだったかな。私書箱の番号は覚えてませんが、サンライズ・ソリューションズ社という会社だったことは覚えてます。コンサートツアーのスポンサーだったんでしょうね」

その可能性もないではない——ホッジズは思う。コンサートがあったころサンライズ社はまだ倒産していなかったはずだ。それでもホッジズにはスポンサー説が怪しく思える。「その郵便は市内から発送されたものだった?」

「覚えてません」

「市内から発送されていたのは確かよ」アンジーがいう。「クッション封筒を床から拾って、ごみ箱に捨てたのはわたしだもの。どうせわたしはこの家のメイドさんですからね」いいながら娘にむけて視線の矢を放つ。

「ごめーん」ダイナはいう。

ホッジズは自分の手帳にこう書きとめる。《サンライズ・ソリューションズ社の本社はNY、しかし発送元はこの街》。

「で、そういったあれこれはいつのことだったかな、ダイナ?」

「ツイートの話をきいてウェブサイトを見にいったのは去年。正確にいつだったかは覚えてないけど、感謝祭の休暇前だったのは確かです。で、さっきもいったようにマシン自体はあっという間に届きました。すごく驚きました」

「つまり、ゲームマシンはもう——多少の誤差はあれ——二カ月ほど、きみの手もとにあるわけだ」

「ええ」

「そのあいだ電気ショックみたいなものを感じたことは?」

「いえ、一回もありません」

「では、そのマシンでゲームをしていて——たとえば〈フィッシン・ホール〉あたりをプレイしていて——気がつくと時間の感覚をすっかりなくしていたとか、そういった経験は?」

スコット夫妻はこの質問に不安をかきたてられた顔を見せる。しかしダイナは質問の真意はわかっているといいたげな笑みをホッジズにむけて、こういう。「催眠術にかかっているみたいな……ってことですか? あなたはだんだん眠くなーる、だんだんねむーくなーるー……みたいな?」

「じつをいうと、自分でもなにをいってるのかはよくわかってなかった。でも、そう、きみのいうとおりでいい」

「一回もありません」ダイナは明るく断言する。「そもそも〈フィッシン・ホール〉はくだらないし。幼児むけのゲームです。キーパッド横にあるジョイスティック状のもので、〝漁師のジョー〟の網を操作するんです。つかまえた魚に応じて点を獲得します。でも簡単すぎて。それでもおりおりにチェックする理由はひとつだけ、ピンクの魚が数字に変わるかどうかを知りたいからです」

「数字？」

「そうです。ゲームマシンといっしょに送られてきた手紙に説明がありました。いまも部屋のコルクボードに貼ってあるんです。賞品のモペットが本気で欲しいので。手紙、ごらんになります？」

「ああ、頼む」

ダイナが手紙をとってくるために弾むような足どりで二階へあがっていくと、ホッジズはバスルームをつかわせてほしいという。ひとたびバスルームにはいると、シャツのボタンをはずして痛みがある脇腹に目を落とす。わずかに腫れているようでもあり、触るといくぶん火照《ほて》っているようでもあるが、どちらも思いすごしかもしれない。ホッジズはトイレの水を流し、白い錠剤をまた二錠飲む。わかってくれるな？　ホッジズはずきずき疼く脇腹にそう頼む。あとちょっとでいいから静かにして、ここでの仕事を最後までやりとげさせてくれ。

　降りてきたダイナはステージ用メーキャップをあらかた拭きとっている。そのため、ダイナをはじめとする九歳や十歳の女の子たち四人が、生まれて初めてのコンサートに昂奮し、ひとりでに動くメキシコトビマメをさらに電子レンジで加熱したときなみに跳ねまわっている光景が、ホッジズにもなんなく想像できる。ダイナはゲームマシンに同梱されていたという手紙をホッジズに手わたす。

　便箋のいちばん上には日の出《サンライズ》のときの太陽のイラストがあり、その上に《サンライズ・ソリューションズ社》という社名が半円をつくるように配置されている。まさに社名から想像されるようなイラストと文字レイアウトだが、ホッジズがこれまで見てきた企業ロゴとは似ても似つかない雰囲気だ。妙に素人くさい。もともとのオリジナルが手描きだったように見える。手紙そのものは定型文で、宛名に少女のフルネームを組みこんで印字することで個人あての手紙のように見せかけている。とはいえ、いまどきこんな小細工に騙される人がいるわけはない――ホッジズは思う。保険会社やら〝救急車追いかけ屋〟と揶揄《やゆ》されるがめつい弁護士やらが大量に送るダイレクトメールも、こんなふうに個人あての手紙を装っているこの時代に。


親愛なるダイナ・スコット！

このたびはご応募ありがとうございます！　この〈ザピット〉で大いに楽しまれることを祈っています。このマシンにはおもしろくて挑戦しがいのあるゲームがなんと六十五種類もプリインストールされています。Wi-Fi機能もそなわっていますので、インターネットのお気に入りサイトを訪問したり、〈サンライズ・リーダーズサークル〉のメンバーとして電子書籍をダウンロードしたりすることもできます！　今回のこの**無料プレゼント**は、あなたがコンサートを楽しめなかったことのお詫びですが、できればみなさんには、〈ザピット〉がもたらす最高の体験をまわりのお友だちに広めていただきたいと考えています。それだけではありません！〈フィッシン・ホール〉のデモ画面をチェックして、ピンクの魚をタップしつづけることをお忘れなく。というのも、そのうちタップしたピンクの魚が数字になるからです――でも、それがいつかはわかりません！　もしあなたがタップした魚の数字の合計が以下の数字のどれかになったら、**すばらしい賞品**があなたのもの！　でも数字はほんの短い時間しか表示されません。だから、**チェックしつづける**ことが大切！　またZ《ジー》ジエンド・ドットコム（zeetheend.com）を訪問すれば〈ザピット・クラブ〉のほかのメンバーと交流することもできて、お楽しみは倍増です。あなたが幸運なひとりなら、このサイトで賞品受けとりの手続もできます！　サンライズ・ソリューションズ社一同、そして〈ザピット〉開発チーム一同、あなたに感謝しています！

この下に、いたずら描き同然の判読できない署名がはさみこまれている。その下には

ダイナ・スコット専用のラッキーナンバー
1034＝〈デップ〉でつかえる二十五ドルのクーポン券
1781＝〈アトムアーケード〉の四十ドルのギフトカード
1946＝〈カーマイク・シネマズ〉でつかえる五十ドルのギフト券
7459＝ウェイヴ製50ccモペット・スクーター（特等賞）

「おまえは本気で、こんなでたらめを信じたのか？」カール・スコットがたずねる。

質問しながら父カールはにこやかな笑みをのぞかせていたが、ダイナは気色ばむ。

「ええ、そのとおり、わたしはお馬鹿ですとも。だったらわたしを撃てば？」

カールは娘をハグして、こめかみにキスをする。「ひとつ教えてやろうか？　父さんだって、おまえとおなじ年ごろだったら、この手紙をすっかり鵜《う》呑《の》みにしたはずさ」

「それで、ピンクの魚をチェックしてみたかい？」ホッジズはダイナにたずねる。

「ええ、一日に一、二回は。ゲームそのものよりもむずかしいんです――ピンクの魚が

すばしっこくて。だから真剣に集中しないといけなくて」

そう、精神集中が必要なんだね——ホッジズは思う。知れば知るほど、このマシンがきらいになってくる。「でも、数字はまだ出てこない？」

「ええ、これまでは」

「借りていってもいいかな？」ホッジズは〈ザピット〉を指さしながらたずねる。あとでちゃんと返すというべきだろうかと考え、結局はいわない。返せる自信がないからだ。

「あと、この手紙も？」

「ひとつだけ条件があります」

痛みが薄れつつあるので、いまのホッジズには笑みを浮かべることもできる。「いってみたまえ」

「ピンクの魚が出てくるかどうかチェックしつづけて、もしわたしのための数字が出てきたら、賞品はわたしのものになる、という条件です」

「異議なしだ」ホッジズはいいながら、内心でこんなふうに思う。何者かがきみに賞品をあげようとしていたんだよ、ダイナ……でもわたしにはどうしても、モペットや映画館のギフト券がもらえるとは思えないな。それからホッジズは〈ザピット〉と手紙を受けとって立ちあがる。「お時間を割いていただき、本当に感謝しています」

「どういたしまして」カールが答える。「ただ、もしこの件の真相が解明できたら、そのときはぜひわたしたちにも教えてくださいよ」

「もちろん」ホッジズはいう。「ああ、もうひとつだけ質問してもいいかな、ダイナ。ただ、わたしがもし馬鹿みたいなことをいったら、わたしがもう七十歳近いことを思い出してほしい」

ダイナは微笑む。「学校のモートン先生がよくいってますが、馬鹿みたいな質問なんかない、あるとすれば――」

「――たずねない質問だ。そうだね？　わたしも昔からそんなふうに感じているものだから、これから質問をするよ。ノースサイド・ハイスクールの生徒なら全員がこのことを知っていた――そうだね？　ゲームマシンが無料でもらえることや数字の魚のこと、それに賞品のことなどを？」

「うちの学校だけじゃなくて、ほかのあらゆる学校で知られてました。ツイッターやフェイスブックやピンタレストやイクヤク……話はそんなふうに広まりますから」

「そしてあのときのコンサートに行っていて、なおかつそのことを証明できれば、ゲームマシンを一台もらえる資格があるわけだね」

「ええ、まあ」

「ではベッツィ・デウィットは？　ベッツィも〈ザピット〉をもらったのかな？」

ダイナは眉を寄せる。「いいえ、それがどうもおかしい話なんです。ベッツィの手もとにはコンサートの夜に撮った写真があって、そのうち一枚をウェブサイトに送ったんです。でも、わたしみたいにすぐ送ったわけじゃなかった――ベッツィはすっごくのろまなんです――だから、もうゲームマシンがなくなったあとだったのかも。〝居眠りしてたらチャンスを逃す〟っていいますよね」

ホッジズはあらためて、スコット一家の三人に時間を割いてくれたことの礼を述べ、ダイナにお芝居の成功を祈ってから、家を出て車へむかって歩く。運転席にすわると、車内は息が白く見えるほど冷えきっている。痛みがふたたび浮上してくる――四回の激しい搏動。ホッジズは歯を食いしばり、痛みがおさまるのを待つ――これまでにない鋭い痛みだが、病気の正体がわかったことからくる心身症のようなものにすぎない、と自分にいいきかせながら。しかし、ある考えが頭にとり憑いて離れない。あと二日という期限が、いきなり治療開始を待つには長すぎると思えてくる。しかし、待とう。待たなくては……いま、頭のなかで世にも不気味な考えがかたちをとりつつあるからだ。ピート・ハントリーに話しても信じてくれないだろうし、イザベル・ジェインズならそんなことを考えるホッジズこそ急いで救急車に乗せ、その手の患者を専門にしている最寄りの病院に送りこむべし、と思うかもしれない。ホッジズ自身もすっかり信じこんでいるわけではないが、情報の断片はひとつまたひとつと組みあわさり、そこに浮かびあがりつつある構図は正気の産物とも思えないが、忌まわしいなりに論理の筋は通っている。

ホッジズはプリウスを発進させ、自宅へむかう。家に帰ったらホリーに電話をかけ、サンライズ・ソリューションズ社がラウンドヒアのコンサートのスポンサーになったことがあるかどうかを調べてもらおう。そのあとはテレビを見る。テレビに映るものに興味があるふりをするのも限界になったらベッドにはいって、まんじりともせず横になったまま、ただ朝を待つことになる。

ただし、いまは緑色の〈ザピット〉に興味がある。

しかも、待ちきれないほどの興味だと判明する。オールグッド・プレイスから自宅のあるハーパー・ロードまでの道のりの半分ほどのところで、ホッジズはショッピングモールの駐車場に車を入れると、夜になってもう閉店しているドライクリーニング店の前にプリウスをとめ、〈ザピット〉の電源を入れる。画面がまばゆい白い光をはなち、つづいて真っ赤な《Z》の字が画面に出てくる。《Z》はぐんぐん近づいて大きくなり、やがて《Z》の斜線部分が画面を赤く埋めつくすまでになる。その一瞬後、画面がまた白く光るようになって、メッセージが表示される。

《ザピットへようこそ！　みんなゲームが大好き！　お好きなキーを押すか画面をスワイプすれば、お楽しみのはじまりです！》

ホッジズが画面をスワイプすると、きれいに整列したゲームのアイコンがあらわれる。なかには、まだ小さなころに娘アリーがショッピングモールでプレイしていたアーケードゲームを、携帯ゲームマシンに移植したものも見うけられる――〈スペースインベーダー〉や〈ドンキーコング〉や〈パックマン〉、そして黄色いちびのパックマンの恋人が出てくる〈ミズ・パックマン〉。ジャニス・エラートンがすっかりはまっていたという、ひとり遊び用のゲームも各種そろっているほか、ホッジズがまったく知らないゲームもたくさんある。ふたたび画面をスワイプすると——目当てのものが出てきた。〈スペルタワー〉と〈バービーのファッションウォーク〉にはさまれて、〈フィッシン・ホール〉がある。ホッジズは深呼吸をしてアイコンをタップする。

《それでは〈フィッシン・ホール〉のことを考えましょう》画面がアドバイスする。内部処理中を示す小さなリングが十秒ばかり（もっと長い時間に感じられる）回転して、デモ画面がはじまる。一尾の魚が画面を右に左に泳ぎ、くるっととんぼ返りをし、画面の対角線に沿って急上昇や急降下をくりかえす。魚の口やひらりと動くひれから泡が立ちのぼる。画面のいちばん上では水は緑、底に近づくにつれて青い色あいが強くなる。素朴な音楽が流れている。ホッジズには覚えのない曲だ。ホッジズはじっと画面を見つめ、なにかが感じられてくるのを待っている——おおかた眠気が襲ってくるのだろうと思いながら。

魚は赤、緑、青、金色、そして黄色。南洋の海の魚という建前だろうが、ホッジズがテレビで見かける〈Ｘｂｏｘ〉や〈プレイステーション〉のＣＭ画面のようなハイパーリアリズム風の作画ではない。こちらの魚はいずれも基本的にはアニメーション、それもかなり素朴なアニメだ。〈ザピット〉が売れなかったのもわかるな——ホッジズは思う。とはいえ……そう、この魚が動くようすには、穏やかなものながら催眠作用があるようだ。ときには一尾だけで泳ぐ魚、ときにはペアで泳ぐ魚、そしておりおりに五、六尾の魚がつくるのは虹のような色あいだ。

そして——大当たり！　ピンクの魚が出てくる。ホッジズは魚をタップするが、魚のほうがわずかにすばやく、仕留めそこねてしまう。ホッジズは思わず小声で「くそっ！」と毒づいてから顔をあげ、明かりが消えているドライクリーニング店のウィンドウを見つめる。というのも、ほんの少しだけ頭がくらくらしているからだ。ホッジズはゲームマシンをもっていないほうの手で、まず右の頰を軽く平手で叩き、つづいて左の頰もはたき、あらためてゲーム画面に目を落とす。さっきよりも魚が増えている。魚たちは複雑なパターンで右に左に泳いでいる。

またもやピンクの魚があらわれる。今回ホッジズはピンクの魚が画面左側へひらりと泳いで消えてしまうよりも先にタップすることができる。魚は目をぱちくりさせるが（オーケイ、ビル、今度はぼくを仕留めたね——とでもいっているかのよう）、数字は出てこない。ホッジズがじっと待って見まもるうちに、またピンクの魚が出現して、タップする。それでも数字は出てこない——現実世界には対応する本物がいないピンクの魚だけ。

音楽のボリュームが大きくなると同時にテンポが落ちたようにも思える。ホッジズは思う——なるほど、たしかに一定の効果があるようだぞ。穏やかな効果ではあるし、まったくの偶然の産物かもしれないが、とにかく効果があることだけはまちがいない。

ホッジズは電源ボタンを押す。《おつかれさまでした　また近いうちに》というメッセージが出たのちに画面が暗くなる。ダッシュボードの時計を見たホッジズは驚く——

十分以上も車内でただ〈ザピット〉を見つめていた計算だ。せいぜい二、三分にしか思えない。長くても五分か。ダイナは〈フィッシン・ホール〉のデモ画面を見ていると時間を忘れるという話はしていなかったが……そもそも質問しなかったからではないか。一方では、いまホッジズはかなり強力な鎮痛剤を服用した状態だ。だから、薬がいましがたの出来事にひと役買っていたとしてもおかしくない。ひと役買った要素があったとすれば、それだろう。

ただし、数字は出ない。

ピンクの魚はピンクの魚のままだ。

ホッジズは〈ザピット〉を携帯電話といっしょのポケットにしまいこみ、家へ車を走らせる。

3

フレディ・リンクラッター――かつて、ブレイディ・ハーツフィールドが怪物であることを世界が知る前、コンピューター修理の仕事でブレイディの同僚だった人物――は自宅のキッチンテーブルを前にしてすわり、一本指で銀の携帯瓶《フラスク》をくるくるまわしながら、高級なブリーフケースをさげている男の到着を待っている。男はドクターZと自称しているが、フレディは馬鹿ではない。ブリーフケースのイニシャルと合致する、もうひとつの名前を知っている――フェリックス・バビノー、カイナー記念病院の脳神経科部長だ。

はたしてバビノーは、わたしが知っているということを知っているのか？　おそらく知っているだろうし、知っていて気にもとめていないのだろう。しかし不気味だ。とことん不気味だ。バビノーはいま六十代、押しも押されもせぬ壮年の現役医師だが、フレディはいつももっと若いある人物を連想してしまう。もっとはっきりいうなら、ドクター・バビノーが担当している有名な（いや、じっさいには〝悪名高い〟）患者を。

くるくる・くるくる、フラスクまわる。側面に彫りこまれている文字は《GH&FL、4Ever《えいえんに》》。その4Ever《えいえん》も結局は二年程度しかつづかず、GHことグロリア・ホリスが出ていってからもうずいぶんたってしまった。その理由の一端はドクター・バビノー――あるいは本人自称の名前、コミックスの悪役みたいな名前をつかうなら――ドクターZにある。

「あいつは薄気味わるいよ」グロリアはそういった。「あの年寄りのほうも。あのお金も薄気味わるいし。フレッド、わたしはあいつらがあんたをなにに引っぱりこんだのかはわかんない。でも遅かれ早かれ、なにもかもおじゃんになってふっ飛びそう。そんなことの巻き添えを食らうのはまっぴら」

もちろんグロリアはほかのだれかと会っていた。それもフレディ——ぎすぎすした体つき、あごが突きでていて、頬にはあばたが残っているフレディ——より、ずっとずっと見た目のいいだれかさん。しかしグロリアは、そのあたりのことをぜったい話そうとしなかった。

くるくる・くるくる、フラスクまわる。

最初はとても単純な話としか思えなかったし、そもそも金の申し出を断われるはずはなかった。〈ディスカウント・エレクトロニクス〉の〈サイバーパトロール〉として働いていたころには貯金などしていなかったし、店が閉店になったあと、フリーのＩＴ技術者として見つけた仕事で得られた給料は、なんとか路頭に迷わずにすむ程度の金額だった。かつて上司だったアントニー・フロビッシャーが好んで〝コミュ力〟といっていた能力があれば話も変わったのだろうが、あいにくその方面が得意だったことはない。Ｚボーイを自称する（いやはや、こちらは本当にコミックスのキャラの名前だ）老いぼれの変態が金の話をもちかけてきたときには、神からのプレゼントに思えた。当時住んでいたのは、市内でも〝ヒルビリー天国《ヘヴン》〟という俗称で広く知られているサウスサイドのうらぶれたアパートメントで、変態男から金をもらっても家賃支払いがまだ一カ月遅れていた。あのときどうすればよかったというのか？　五千ドルを断わればよかった？　現実に目をむけなくっちゃ。

くるくる・くるくる、フラスクまわる。

あの男は遅れている。ひょっとしたら来ないのかも。来なければ、それがいちばんだ。

あの老いぼれ変態が、ふた部屋しかないアパートメントを見まわしていた光景が思い出される。所持品の大半は持ち手つきの紙袋に入れてあるだけだ（クロスタウン・エクスプレスウェイの立体交差の下でいくつもの紙袋を体に引き寄せながら、なんとか眠ろうとしているホームレスになった自分の姿がたやすく想像できる）。

「きみにはもっと広い部屋が必要だな」老いぼれはいった。

「ええ。ついでにいえばカリフォルニアの農家には雨が必要よ」そういいながら男から手わたされた封筒の中身をのぞいたことを、フレディはいまでも覚えている。五十ドル札の束をぱらぱらとめくったことや、その音にどれほど心なごまされたかも。「気前のいいこと。でもあちこちの借金をすっかり返したら、手もとにはあんまり残らないけど」

その気になれば借金はあらかた踏み倒せるが、この老いぼれ変態にそこまで教えてやる義理はない。

「金ならもっとわたせるはずだし、ボスがおまえにアパートメントを世話するはずだよ――その新しいアパートメントで、おまえは荷物の発送仕事を頼まれるはずだ」

このひとことが警報ベルのスイッチを入れた。「もしドラッグのことを考えてるのなら、この話は最初っからなかったことにしてもらうよ」胸が痛んだが、フレディは現金の詰まった封筒を男に突きかえそうとした。

男はわずかに渋面をつくって軽蔑をのぞかせつつ、封筒を押しもどした。「ドラッグは関係ない。これからおまえが求められる契約では、どんな些細《ささい》な違法行為も求められないね」

そんなわけでいまフレディはここ、湖畔に近いコンドミニアムの一室にいる。といってもしょせん六階なので湖のすばらしい景観は望むべくもないし、部屋も大豪邸とはいえない。いや、冬のあいだは大豪邸とはほど遠くなる。湖はもっと新しくて高級な高層マンションの隙間からわずかに見えるだけだが、風はわずかな隙間からも〝はい、大丈夫です〟とばかりに吹きこんでくるうえ、とにかく寒い風だ。ろくに効かないサーモスタットを摂氏二十六度に設定してもシャツは三枚重ね、カーペンタージーンズの下にはズボン下を穿いているありさま。たしかに〝ヒルビリー天国〟での暮らしはもう過去のものになり、それはそれで喜ばしいが、疑問は残る。はたしてこれで充分なのか？

くるくる・くるくる、銀のフラスクまわってる。《GH&FL、4Ever《えいえんに》》。だけど、4Ever《えいえんに》つづくものなんかない。

インターフォンのブザーが鳴って、フレディはぎくりとする。フレディはフラスク――グロリアとの輝かしい日々を思い出すよすがの品――を手にとり、インターフォンへむかう。きょうもロシア訛《なまり》のスパイを演じたいという衝動を抑えつける。ドクター・バビノーと名乗ろうとドクターZと名乗ろうと、あの男が不気味であることに変わりはない。〝ヒルビリー天国〟にたむろしている覚醒剤やいろいろなドラッグの売人のような不気味さではなく、種類の異なる不気味さだ。まっとうに暮らしたほうがいいし、もうやめたほうがいい……そのうえで取引がすべておじゃんになったとき、自分に大量の火の粉がかからないよう神に祈ることだ。

「有名なドクターZ？」

「もちろん」

「遅刻」

「このあとの大事な用件に差し支えてしまったかな、フレディ？」

いや、大事な用件などない。最近のフレディは、大事な用件といえることをなにひとつやっていなかった。

「ちゃんとお金をもってきた？」

「もちろん」じれったそうな響き。このいかがわしい仕事をはじめたときの相手である老いぼれ変態男も、こんなしゃべり方をしていた。老いぼれとドクターZは見た目こそ似ても似つかないが、話し方はきわめて似ている——ふたりは兄弟ではないかとフレディが思うほどだ。しかし、ふたりの口調は別のある人物ともそっくりだ。フレディが以前いっしょに働いていた職場の同僚。のちにミスター・メルセデスだと判明したあの男。

そのあたりをフレディはあまり考えたくない。ドクターZに頼まれて実行したさまざまなハッキング行為について、やはりあまり考えたくないのとおなじだ。フレディはインターフォンの横のボタンを押して、アパートメントのエントランスを解錠する。

ドクターを迎えるために部屋の玄関へとむかいつつ、フレディはフラスクから景気づけにスコッチをひと口ひっかける。そのあと三枚重ね着したシャツの二枚めの胸ポケットにフラスクをおさめ、いちばん下に着ているシャツのポケットから常備しているミントタブレットをとりだす。フレディの呼気にアルコール臭を嗅ぎつけたところで、ドクターZはまったく気にもとめないとは思うが、ひと口ひっかけたあとはミントタブレットをつかうのが〈ディスカウント・エレクトロニクス〉で働いていたころからの習慣であり、古くからの習慣はしぶとく残るものだ。最後にいちばん上のシャツのポケットからマルボロをとりだし、くわえて火をつける。これで酒くささがさらに隠れるし、タバコがフレディの気分を落ち着かせてもくれる。副流煙をドクターが不愉快に思ったら……なに、知ったことか。

「あの男はそこそこ上等なアパートメントの部屋をあなたに用意し、一年半ばかりで総額三万ドルくらいの金を支払ってきた」グロリアがそんな話をしたことがある。「ある程度の腕のあるハッカーなら眠っててもできる仕事——少なくとも、あなたの話ではね——の見返りとしては、ずいぶん破格ね。だいたい、どうしてあなたなの？　どうしてそんなに待遇がいいの？」

これもまた、できればフレディが考えたくないことだ。

すべての出発点になったのは、ブレイディと母親がいっしょに写っている写真だった。見つけたのは、〈ディスカウント・エレクトロニクス〉の物置部屋。バーチヒル・モール支店の閉店がスタッフに告知された直後だった。写真は、ブレイディが悪名高きメルセデス・キラーだと全世界に知られたあとで、フレディたちの上司だった〝トーンズ〟ことアントニー・フロビッシャーがブレイディのデスクから片づけ、この店の奥の物置に投げこんだものだろう。フレディもことさらブレイディが好きだったわけではない（とはいえ同僚として働いていたころ、ジェンダー・アイデンティティについて意味深な会話をかわしたことはあった）。だから写真をラッピングして、病院まで持参したのも、ふとした気まぐれに駆られたからだった。そのあとも何度か病室に足を運んだのは、純粋に好奇心のなせるわざだったが、自分へのブレイディの反応ぶりにプライドをくすぐられたことも関係していた。そう、ブレイディが微笑んだのだ。

「この患者はあなたには反応するのね」あるときフレディが見舞をおえると、新任の師長――スキャペッリ――からそう声をかけられた。「きわめて珍しいことよ」

看護師長がベッキー・ヘルミントンからスキャペッリに替わったころには、新たな現金の運び役である謎めいたドクターZが、現実世界ではドクター・フェリックス・バビノーだとわかっていた。わかってはいたが考えなかった。また、やがてインディアナ州のテレホートからUPSの宅配便で届きはじめた荷物のことも考えなかった。ハッキング行為のことも考えなかった。フレディは〝考えないこと〟の達人になった。ひとたび考えはじめれば、ある種の関係がいやでも目についてしまうからだ。すべてのはじまりは、たった一枚の写真だ。いまになれば、あのときの気まぐれに逆らっておけばよかったと思う。しかし、いみじくもフレディの母親がよくいっていたように、〝後悔は先に立たぬが遅すぎない〟ということもある。

廊下をこちらへ近づいてくる足音がきこえる。フレディはドクターZがドアベルを鳴らす前にドアをあける。そして自分がそんな質問をしようとしていることにも気づかないうちに、口から質問が転がり出ていく。

「本当のところを教えて、ドクターZ――あんたはブレイディ？」

4

ホッジズが自宅の玄関をくぐって、まだコートを脱いでいるさなかに携帯の着信音が鳴りはじめる。「やあ、ホリー」

「具合はどう？」

これを皮切りとして、この先おなじひとことを挨拶代わりにする電話がホリーから何度も何度もかかってくることは予想できる。まあ、〝いますぐ死ねよ、クソ野郎〟といわれるよりはましと思うことにしよう。「ああ、なんともないね」

「あと一日。それが過ぎたら治療をはじめる。ひとたび治療をはじめたら、やめちゃだめ。医者たちがなにをいおうと治療をつづけるの」

「いいから、もう心配するな。約束は約束だ」

「ええ、あなたの体から癌が消えたら、わたしも心配するのをやめる」

よせ、ホリー。ホッジズはそう思って目を閉じ、不意討ちのように襲ってきたちくり、とする涙を封じこめる。よすんだ、やめろ、そんなことをいうな。

「ジェロームは今夜こっちに着く。さっき飛行機から問い合わせの電話をかけてきたから、バーバラについて知ってることはぜんぶ教えてあげた。到着は十一時。向こうを出発するタイミングがよかったみたい。嵐がこっちに近づいてるから。ずいぶん大きな嵐になるみたいね。ジェロームにはレンタカーを手配してあげようと申し出たの――ほら、あなたがほかの街へ出張するときに、わたしが車を手配したみたいに。いまは会社のアカウントがあるから手続はとっても簡単で――」

「わたしがついに根負けするまで、きみがさんざん取得を迫ったアカウントじゃないか。大丈夫、ちゃんと知ってる」

「でも、ジェロームからレンタカーはいらないっていわれた。空港までお父さんが迎えに出るんですって。一家であしたの朝八時にバーバラの顔を見にいき、医者の許可さえおりたら、そのまま家に連れて帰る予定。ジェロームはあしたの朝十時ならオフィスに顔を出せるが、それでもいいか、って」

「ああ、かまわん」ホッジズはそういい、目もとをぬぐう。ジェロームがどれだけ助けになってくれるかはわからないが、あの若者との再会は喜ばしいものになるに決まっている。「ジェロームがあの不気味なゲームマシンがらみの話を、もっとバーバラからききだせたら――」

「その件もジェロームに頼んでおいた。ダイナのマシンは借りてきた？」

「ああ。自分でも試してみた。例の〈フィッシン・ホール〉というゲームのデモ画面には、たしかになにかあるね。あまり長く見ていると眠くなってくる。まあ、まったくの偶然だとは思うよ。それに影響力があるにしても、どれだけの子供たちが影響をうけたのかはわからないな。みんな、すぐにゲームをはじめたがるだろうし」

それからホッジズは、ダイナが話してくれたことをホリーに伝える。

ホリーはいう。「じゃ、ダイナはバーバラやジャニス・エラートンとはちがうルートで〈ザピット〉を手にいれたのね」

「そうだ」

「ヒルダ・カーヴァーも忘れてはだめ。ヒルダもマイロン・ザキムと名乗る男から〈ザピット〉を手にいれた。ただし、ヒルダがもらったマシンは動かなかった。青い光を一回放っただけで壊れてしまった、とバーバラが話してた。あなたのマシンから青い光は出た？」

「いいや」ホッジズは、いまの自分の胃が受けつけそうなものはないかと、冷蔵庫の乏しい中身に目を走らせ、バナナ味のヨーグルトで手を打つことにする。「ピンクの魚がいるにはいたし、なんとか二尾だけはタップに成功したが——といっても簡単ではなかったぞ——どっちのときも数字は出てこなかった」

「ミセス・エラートンのマシンではそういう魚が出てたはずよ」

ホッジズもおなじ考えだ。一般化するにはまだ時期尚早だが、数字に変わる魚が出てくるのは、マイロン・ザキムというブリーフケースをもった男から直接わたされた〈ザピット〉にかぎるのではないかという考えが芽生えはじめている。さらにホッジズは、何者かがＺの文字をつかってなんらかのゲームをしているとにらんでいる——そこに自殺へのおぞましい興味をくわえれば、Ｚのゲームがブレイディ・ハーツフィールドの犯行手口の一部ではないかとも思える。ただし、ブレイディ本人はカイナー記念病院の病室に閉じこめられている。いたるところで、この反駁《はんばく》しようのない事実にぶつかってばかりだ。たとえばブレイディ・ハーツフィールドに汚れ仕事をさせるための手下がいるとして——この推測が正しいと思えはじめているが——どうやって手下を動かしているのか？　そもそも手下たちは、どうしてブレイディの指示に従っているのか？

「ホリー、すまないがコンピューターを立ちあげて、ちょっとした調べ物をしてくれるか。そんなに重大なことじゃない——念のために確認したいだけだ」

「どういうこと？」

「二〇一〇年、ブレイディ・ハーツフィールドがミンゴ・ホールでのコンサートを爆弾でふっ飛ばそうとしたあのとき、サンライズ・ソリューションズ社がラウンドヒアのツアーのスポンサーだったかどうかを知りたい。いや、その年にかぎらず、いつのコンサートでも」

「それなら調べられる。夕食はとった?」

「いまこの瞬間にも用意を進めているところさ」

「よかった。なにがあるの?」

「ステーキ。フライドポテト。それにサラダ」ホッジズは口ではそういいながら、嫌悪とあきらめの目つきでヨーグルトの容器を見つめている。「デザート用には、残りもののアップルタルトがあるな」

「だったら電子レンジであったためてから、バニラアイスクリームを載せて食べるといいわ。最高においしいから!」

「ああ、前向きに検討するよ」

ホッジズが依頼した情報をホリーが入手して電話をかけてきたのはわずか五分後――ホリーがいつもどおりホリーだからこその仕事ぶりで、ことさら驚くようなことではないが、それでもホッジズは驚く。「びっくりだよ、ホリー。もうわかったのかい?」

ホリーは、自分がフレディ・リンクラッターとほぼ同一の発言をしていることも知らないまま答える。「次はもっと難題を出して。まずラウンドヒアが二〇一三年に解散したことは教えておいたほうがいいみたい。あの手のボーイズバンドはだいたい長くはつづかないし」

「たしかに」ホッジズはいう。「メンバーにひげ剃りが必要になると、ファンの女の子たちの熱が冷めてしまうんだ」

「わたしにはわからない」ホリーはいう。「ずっとビリー・ジョエルのファンだし。あとマイケル・ボルトンも大好き」

ああ、ホリー、きみという人は……とホッジズが内心でうめくのも、これが初めてではない。

「二〇〇七年から二〇一二年まで、ラウンドヒアは六回の全国ツアーをおこなった。最初の四回のスポンサーはシャープ・シリアル社で、各地のコンサート会場でシリアルのサンプルをくばってたわ。最後の二回のツアー――ミンゴ・ホールでの公演はこっちよ――では、ペプシコ社がスポンサーになってる」

「サンライズ・ソリューションズ社はスポンサーではなかった」

「ええ」

「ありがとう、ホリー。またあした会おう」

「ええ。で、夕食はちゃんと食べてる？」

「いまテーブルの前にすわっているところだよ」

「よかった。そうそう、治療をはじめる前に時間をつくってバーバラに会いにいってあげて。あの子には親しい人たちの顔を見ることが必要なの――なにのせいで具合をわるくしたにせよ、原因はまだすっかり消えてない。〝あの声がわたしの頭に汚い粘液の痕を残していったみたい〟って話してた」

「ああ、会いにいくようにするよ」ホッジズは答える。しかし、この約束をホッジズは果たせずじまいになる。

5

《あんたはブレイディ？》

フェリックス・バビノー——マイロン・ザキムを自称することもあればドクターZと名乗ることもある男——はこの質問に笑みを返す。笑みは無精ひげを剃っていない頬に、どこからどう見ても薄気味のわるい皺《しわ》をつくる。今夜のバビノーはトリルビー帽ではなく、ふわふわしたロシア帽子をかぶっていて、白髪が帽子の裾から跳ねを散らすように突きでている。フレディはそんな質問をしなければよかったと悔やみ、そもそもドアをあけてこの男を招き入れるのではなかったと悔やみ、こんな男は知らずにすませたかったと悔やむ。もしこの男が本当にブレイディなら、ここにいるのは歩く幽霊屋敷だ。

「質問はしないでくれ。それなら、こちらも嘘をつかずにすむ」バビノーはいう。

このまま話をおわらせたいのに、フレディはおわらせられない。「だって、あんたの話し方があいつにそっくりだから。あと、箱がここに届いたあとで、もうひとりの人がもってきたハッキング仕事……あれこそ……もしそんなものがあれば……ブレイディ流ハッキングそのものだった。署名があったも同然よ」

「ブレイディ・ハーツフィールドは準緊張症状態で、自力で歩くこともままならない──いうまでもなく、時代遅れのゲームマシンをハッキングでどう改造するかの指示を書くことができるわけがない。マシンのなかには時代遅れで古くなっていたばかりか壊れていたものまであってね。せっかく金を払ったのに、サンライズ・ソリューションズ社のクソ連中のせいで元がとれなかった。おかげで限界まで頭に血がのぼったね」

《限界まで頭に血がのぼる》。ふたりがまだ〈サイバーパトロール〉だった時分にブレイディがしじゅう口にしていた言いまわしだ。たいていは自分たちの上司の話題か、よりにもよってコンピューターのCPUにモカラッテをこぼすような愚かきわまる顧客の話題で口に出していた。

「きみにはたんまり報酬をはずんだし、仕事はもうじきすっかりおわる。だから、そのあたりはいまのままにしておこうじゃないか」

バビノーはフレディの返答を待たずに横を通りすぎてテーブルにブリーフケースを置くと、〝ぱちり〟と音をさせて掛け金をはずした。ブリーフケースからとりだすのは、《FL》とフレディのイニシャルが書かれた封筒。アルファベットは、通常とは反対の左に傾いている。〈ディスカウント・エレクトロニクス〉で〈サイバーパトロール〉として働いていた年月のあいだに、フレディは同様の傾いた手書き文字を数百枚もの作業指示書で目にしていた。ブレイディが必要事項を書きこんだ指示書で。

「一万ドルはいってる」ドクターZことバビノーがいう。「これが最後の金だ。さあ、仕事にかかれ」

フレディは封筒に手を伸ばす。「いたくなければ、無理にこの部屋にいなくてもいい。これから先の作業は、ほとんどがただの自動処理なんだ。時計のアラームをセットするようなものだし」

あんたがほんとにブレイディなら——フレディは思う——こんなことは自分でできちゃうはず。わたしだって得意だけど、あんたのほうがずっと腕がよかった。

バビノーはフレディの指が封筒に触れるまで待ってから、封筒をすっと引っこめる。

「いや、ここに残る。きみを信用していないわけじゃないが」

そうでしょうとも——フレディは思う。さも信用しているみたいないいぐさだ。

バビノーは例の人を落ち着かなくさせる笑みをのぞかせ、そのせいで頬にまた皺ができる。「それに、ひょっとするとひょっとするかも。ようやく運がむいてきて、きょうあたり最初のヒットに恵まれるかもしれないぞ」

「賭けてもいいけど、これまで発送した〈ザピット〉を受けとった人たちも、だいたいみんな捨てちゃってるんじゃないかな。くだらないおもちゃだし、最初っから壊れてるのもあったもん。あんたがいったとおりにね」

「その心配はわたしにまかせてもらおう」ドクターZはいう。ここでまた頬に皺が寄って、顔の後方へ引っぱられる。クラックでもやっていたかのように目が真っ赤に充血している。いったい自分たちはなにをしていて、この男はなにを達成しようとしているのか――フレディはその質問を目の前の男にぶつけようと思うが……いや、もう薄々見当はついている。はたして自分は、それが真実だと確かめたいのだろうか？　そもそも、目の前の男が本当はブレイディだったら、これがなにか害になるだろうか？　ブレイディはとにかく何百というアイデアを思いついたけれど、どれもこれもいかれた妄想だった。

いや……。

大多数は――というべきか。

フレディは先に立って、もともとは予備の寝室になるはずだった部屋、いまは自分専用のワークステーションになっている部屋へはいっていく。昔から夢見ていたにもかかわらず、金銭面の制約から実現できなかった電子機器がぎっしりならぶ自分だけの隠れ家。ルックスがよくて、人にも感染《うつ》りやすい笑い声のもちぬしで〝コミュ力〟もあるグロリアには、こうした避難所の必要性がわからないのではないか。この部屋ではパイプ式暖房もほとんどつかわれていないので、アパートメントのほかの部屋よりも気温は五度ばかり低い。しかしコンピューターは気にかけない。彼らは低温が好みだ。

「はじめろ」バビノーがいう。「仕事にかかれ」

フレディは二十七インチのディスプレイをそなえたマックのフラッグシップモデルの前にすわると、画面をリフレッシュさせてからパスワードを打ちこむ——ランダムな数字のつらなりだ。画面には《Z》とだけ名づけられたフォルダがあり、フレディはほかのパスワードを利用してフォルダをひらく。サブフォルダには《Z-1》《Z-2》という名前が付されている。フレディは三番めのパスワードで《Z-2》をひらき、キーボードをせわしなく打ちはじめる。ドクターZはフレディの左肩のすぐうしろに立っている。最初のうちはうっとうしく邪魔だとしか思えないが、やがてフレディは——いつものように——実行中の仕事にどんどん没頭してくる。

とはいえ、作業にはそれほど時間はかからない。プログラムそのものはドクターZからもらったものだし、プログラムの実行だけなら子供にもできる。コンピューターの右側にある高い棚の上に、モトローラ製の信号送信器《シグナル・リピーター》が置いてある。フレディがコマンドキーとZキーを同時に押すと、リピーターが息を吹きかえす。黄色いドット文字で一語だけが表示される——《**探査中**》。黄色い文字は、人も車も見あたらないさびれた交差点の信号のように明滅をくりかえす。

それからふたりは待つ。気がつけばフレディは息を殺している。痩せた頬をひととき膨らませ、ためていた息をふうっと音をさせて吐く。フレディが腰を浮かせかけると、ドクターZが片手を肩に置く。「もうちょっと時間をくれてやろうじゃないか」

ふたりはリピーターに五分の時間をやる。室内にきこえている音は、フレディのマシン類があげている動作音と、凍りついた湖をわたってくる風の哀歌だけだ。《探査中》の文字はただ点滅しつづけている。

「ああ、わかった」ドクターZがついに口をひらく。「望み薄なのはわかっていたよ。待てば海路のなんとやらといってね、フレディ。さあ、あっちの部屋へもどろう。きみに最後の金をわたしたら、わたしはここを引きあげて――」

黄色い《探査中》の文字が、なんの前ぶれもなくふっと緑色の《発見》に変わる。「やっ、やったぞ！」ドクターZがいきなりわめき、フレディは驚いてぎくりとする。「やっ、やったぞ、フレディ！　ついに最初のひとつを見つけたんだ！」

最後まで残っていた疑念がきれいさっぱり消されていき、フレディは確信をいだく。そのためにはいまの勝利の雄叫びだけで充分だ。まちがいない、ここにいるのはブレイディだ。ブレイディは、いまでは生きているロシアのマトリョーシカになったと見える。それを思うと、ふわふわのロシア帽子もこの男にうってつけではないか。バビノーの内側に目をむければ、そこにいるのはドクターZ。ドクターZの内側をのぞき、そこにあるレバーを残らず引けば、出てくるのはブレイディ・ハーツフィールド。どういう仕掛けでそうなっているのかは謎だが、とにかくそうなっている。

緑色の《発見》の文字が赤い《データ転送中》に変わる。わずか数秒ののち、《データ転送中》は《完了》になる。

「よし」男はいう。「これで満足だ。わたしはもう行こう。今夜はずいぶん忙しかったうえに、まだ用事が残っているからね」

フレディはドクターZのあとから居間にもどり、電子機器完備の秘密部屋に通じるドアを閉める。フレディはひとつの結論をすでに出している――いや、もうずいぶん前に出すべき結論だったのかもしれない。この男が出ていったら、すぐにシグナル・リピーターを壊し、最後に受けとったプログラムを削除してしまおう。その仕事をすませたら、スーツケースに必要な品を詰めてモーテルへむかう。あした街からとっととおさらばしたあとは、南へむかって目ざすはフロリダ。ドクターZにも、その手下のZボーイにもうんざり、中西部の冬にもうんざりだ。

ドクターZはコートを着るが、ドアへむかうのではなくふらりと窓辺に足をむける。

「たいした景色ではないね。邪魔をしている高層ビルが多すぎる」

「うん。おかげで大きな湖の景色が台なし」

「とはいえ、わたしが見ている景色よりはましだ」ドクターZはふりかえらずにいう。「こちらは過去五年半ものあいだ、ずっと立体駐車場ビルだけを見せられていたよ」

フレディは一挙に限界に達する。いまから六十秒たっても、この男がまだ出ていかなければ、自分はヒステリーの発作を起こしてしまうだろう。「さ、お金をちょうだい。お金を払って、とっとと出ていって。おたがい、もう用ずみよ」

ドクターZがふりかえる。その手に握られているのは銃身の短い拳銃。バビノーの妻を殺すのにつかった拳銃だ。「そのとおりだ、フレディ。おたがいにもう用ずみだよ」

フレディは即座に反応する——相手の手から拳銃を払い落とし、すかさず腹部に蹴りを食らわせる。男がたまらず体をふたつ折りにしたところにルーシー・リューなみの空手《カラテ》チョップを叩きこみ、頭も吹き飛びそうな大音量の悲鳴をあげながら部屋から走って逃げだす。フレディの脳内でそんなフルカラーの映像がドルビーサウンドをともなって再生されているあいだ、現実の当人はその場で棒立ちになっているばかり。銃声があがる。二歩あとずさると、いつもテレビを見るときにすわる安楽椅子にぶつかる。フレディは椅子の上にばったり倒れこみ、そのまま頭から床に転がり落ちる。世界が暗く翳《かげ》って遠ざかりはじめている。最後に感じたのは出血にともなって体の上部に広がる温もりと、膀胱《ぼうこう》がゆるんだ結果として体の下部に広がっていく温もりだ。

「ほら、約束どおり、これが最後の支払いだよ」その声が、とんでもなく遠いところからきこえてくる。

黒々とした闇が世界を飲みこむ。フレディはその闇に落ちて消える。

6

ブレイディはその場に微動だにせず立ったまま、フレディの体の下に血が流れだすさまを見つめている。だれかがこの部屋のドアをがんがん叩いて、なんともないかとたずねにかけてくるのではないかと耳をそばだてる。そんなことが実際に起こるとは思っていないが、用心に越したことはない。

一分半ほどたったころ、ブレイディは拳銃をコートのポケットに――〈ザピット〉ともども――おさめる。出ていく前に、いま一度コンピューター室を見ておきたい気持を抑えられない。シグナル・リピーターはいまもなお、自動化された探査をひたすらつづけている。成功の見込みがまったくなかったにもかかわらず、自分はつい先ほど驚異の旅をやりぬいた。最終的な結果はまだ予測不可能だが、なんらかの成果があがることはまちがいない。それが酸になって、あの退職刑事をむしばむだろう。復讐は時間をおいて冷めてからのほうが美味とは、よくぞいったものだ。

下へ降りるエレベーターに乗っているのはブレイディひとりだ。一階ロビーも同様に無人。ブレイディはバビノーの高価なコートの襟を立てて風を防ぎながら近くまで歩き、バビノーのＢＭＷのドアロックを解除する。運転席に乗りこんでエンジンをかけるが、目的はヒーターだけだ。次の目的地へむかって移動する前に、やっておくべき仕事がある。とはいえ本音では、そんなことはしたくない、ない。ひとりの人間としては失格かもしれないが、それでもバビノーは抜群に知的な精神のもちぬしであり、その大部分はいまもまだ手つかずのままだ。それだけの精神を破壊するのは、芸術と文化のかけがえのない宝物を破壊して瓦礫《がれき》にしてしまった、愚かしく迷信深いＩＳＩＳの蛮行と変わるところはない。それでも破壊しなくては。リスクは許容しておけない——なぜなら、この肉体もまた宝物だからだ。そう、バビノーは若干高血圧気味で、この数年のあいだに聴力が低下してはいたが、テニスや週二回の院内トレーニングルーム通いの甲斐あって、全身の筋肉を良好な状態に維持している。またおなじ年代の多くの男性が悩まされている、座骨神経痛や痛風、白内障をはじめとする疾病《しっぺい》とも無縁だ。

そもそも、さしあたっていまばかりは、自分にはこの〝立派なお医者〟しかない。

その事実を念頭におきつつ、ブレイディは内面に目をむけて、フェリックス・バビノーの意識の中核のうち、いまも残っている部分を見つめる——脳のなかの脳だ。ブレイディがいくたびも占拠したせいで、意識の中核部は傷つき、蹂躙《じゅうりん》され、削られてしまっているが、まだそこに存在している。その部分はいまもまだバビノー、いまもまだ（少なくとも理屈のうえでは）肉体の支配をブレイディからとりかえすだけの力もある。とはいえ、無防備なのも事実だ——硬い甲羅で身を守っていたのに、その甲羅を剝ぎとられた動物そっくり。正確には、肉でできた組織ではない——バビノー自身の核は、むしろ光でできた細いケーブルをぎゅっときつく巻いたものに似ている。

そしてブレイディは後悔の一片すら感じないまま、みずからの幻の手で意識の核をつかみとり、ずたずたに引き裂いていく。

7

その夜をホッジズはゆっくりヨーグルトを食べて、テレビのウェザーチャンネルをながめることで過ごす。冬の嵐——ウェザーチャンネルの天気オタクたちによって〈ユージェニー〉という馬鹿げた名前をつけられているが——はいまもまだ接近中、あしたの夜半にはこの市に到達すると見られている。

「ただし、いまでは従来よりも予測がむずかしくなりました」頭の禿げかかった眼鏡の天気オタクが、赤いワンピースをまとったノックアウト級の美人天気オタクに話している。「ということでこの嵐の動きは、のろのろ運転を強いる〝交通渋滞〟という言葉に新しい意味をつくることになりそうです」

ノックアウト級の天気オタクは、気象学のパートナーが不謹慎なくらいウィットに富んだ言葉を口にしたといいたげに笑い声をあげ、ホッジズはリモコンでふたりを画面から消し去る。

ザッパーか……ホッジズはそう思いながらリモコンを見つめる。チャンネルサーフィン《ザッピング》をするためのザッパー——最近はみんなリモコンをそう呼んでいるらしい。ちょっと考えてみると、これは実に偉大な発明だ。リモコンをつかえば数百の異なるチャンネルにアクセスできる。立ちあがる必要さえない。まるで椅子ではなく、テレビのなかにいるかのようだ。あるいは、同時にその両方の場所に。これこそ真の奇跡だ。

バスルームへ行って歯を磨こうとしたそのとき、携帯の着信音が鳴る。ディスプレイの発信者表示を見ると――笑うと痛むが、それでも――笑わずにはいられない。こうしてプライバシーのたもたれる自宅に帰り、テキストメッセージの着信通知でうるさい思いをさせる人もまわりにひとりもいないいま、昔のパートナーがメッセージではなく昔ながらの電話をかけてくるとは。

「やあ、ピート。まだわたしの番号を覚えていてくれたとは光栄のいたりだね」

ピートには冗談につきあう時間はなさそうだ。「おまえさんに教えておきたい情報がある。もしその情報をもとに走るのなら、おれは昔のテレビの〈0012捕虜収容所〉に出ていたドイツ軍のシュルツ軍曹みたいなものだ。あの軍曹を覚えてるか？」

「もちろん」いまこの瞬間ホッジズがはらわたに感じているのは差しこみめいた激しい腹痛ではなく昂奮がもたらす疼きだ。不気味な話だが、この両者は似通っている。「あとあとなにかきかれても、わたしはなにも知らないよ」

「それでいい。そうしてくれないと困るんだよ――というのも、あくまでも署内にかぎった話だが、マーティーン・ストーヴァー殺害とその母親の自殺の件は公式に捜査終了になったからだ。偶然を根拠として捜査を再開することはない――トップじきじきの決定だよ。話はすっきり見えたか？」

「ああ、ガラスをすかすようにね」ホッジズは答える。「で、その偶然とは具体的にいうと？」

「カイナー記念病院の脳神経外傷専門クリニックの看護師長が、ゆうべ自殺したことだ。ルース・スキャペッリ」

「ああ、きいている」

「つまり、すこぶるつきに魅力的なミスター・ハーツフィールド訪問という巡礼のおりに仕入れた情報だな？」

「いかにも」とはいえ病室には立ち入らなかったので、すこぶるつきに魅力的なミスター・ハーツフィールドにお目もじかなわなかったことまでピートに話す必要はない。「スキャペッリも、例のゲームマシンをもっていたんだよ。どうやら失血死する前に、ごみ箱に投げこんだようだ。鑑識技官のひとりが発見した」

「ほう……」ホッジズは居間へ引き返して椅子に腰をおろす――腹部を曲げるときには、痛みに顔をしかめる。「おまえの考える偶然とはそれか？」

「おれだけが考えてるわけでもなさそうだ」

「でも――？」

「でも……そうだよ、おれはなにごともなく平穏無事に退職したいんだ！　この件でボールを受けとって走る後継者がいるとしたら、イザベルだね」

「でもイザベルなら、悪臭ふーんぷんなボールをかかえて走るのはまっぴら、といいそうだ」

「そのとおり。それをいうなら警部どのも本部長どのもおなじだね」

これをきいてホッジズは、かつてのパートナーであるピートをこれまで〝燃えつき症候群〟の一例だと思っていた自分の評価を、わずかながら訂正する必要に迫られる。

「そのふたりと直談判《じかだんぱん》したのか？　この件の捜査をつづけさせるために？」

「警部にはかけあった。あえていい添えるが、イザベル・ジェインズの反対を押し切ってね。それも強硬なる反対を押し切ってだ。警部が本部長に話をした。そして今夜遅くなってから、捜査を打ち切れという命令がきたわけだ。おまえさんなら理由はお見通しだな？」

「まあね。二通りの意味でブレイディ・ハーツフィールドと関係しているからだ。マーティーン・ストーヴァーは市民センターでの事件の被害者。ルース・スキャペッリはブレイディ入院先の看護師。そこそこの才覚がある記者なら、ものの六分でこの手の事実を組みあわせ、ちょっとした不気味な記事を仕上げられる。ピーダーセン警部からは、その手の話があったんじゃないのか？」

「まさにそのとおり。警察の管理職連中のだれひとりとして、ハーツフィールドにまたもやスポットライトがあたる事態は望んでない――あいつはいまも、自分の弁護活動の補佐もできず、そのため公判に耐えられない状態だという判定のままなのでね。そうとも、市当局全体でも、そんな事態はだれひとり望んでいない」

ホッジズは口を閉じたまま、真剣に考えをめぐらせる――こんなに真剣に考えをめぐらせたのは生まれて初めてではないかというほど。〝ルビコン川をわたる〟という慣用句を教わったのはハイスクール時代のことだ。そのときホッジズはブラッドリー先生に説明されなくても、この言葉の意味を把握していた――〝あとへは引けない重大な決断をくだす〟という意味を。ただし後年――ときに悲しさを感じつつ――学んだことがある。人はおおむね不意討ちのようにルビコン川に行きあたるものだ。もしここでピートに、バーバラ・ロビンスンも〈ザピット〉をもっていたこと、学校を早退してロウタウンに行ったときには自殺を考えていたことを話せば、ピートはまずまちがいなくピーダーセン警部に再度かけあいにいくはずだ。〈ザピット〉が関係している自殺事案がふたつだけなら、まだ偶然と片づけられる。しかし三件になれば？　もちろんバーバラの場合には未遂でおわったし、そのこと自体は喜ばしいが、バーバラもまたブレイディ・ハーツフィールドとつながりのある人物だ。なんといってもラウンドヒアのコンサートにも行っていた。ヒルダ・カーヴァーとダイナ・スコットという、やはりのちに〈ザピット〉を受けとった友人たちといっしょに。しかし、いまホッジズが信じはじめているような話を、はたして警察が信じるだろうか？　これは重要な問題だ――というのもホッジズはバーバラ・ロビンスンを愛しているし、確固とした結果をひとつも出せないままバーバラのプライバシーが侵害されるような事態は避けたい。

「カーミット、まだそこにいるのか？」

「ああ。ちょっと考えていたんだ。スキャペッリという女性の自宅には、ゆうべ来客があっただろうか？」

「その答えは教えられない——ご近所の聞きこみ捜査をしてないんでね。なんといっても自殺だ——殺人じゃない」

「オリヴィア・トレローニーも自殺したな」ホッジズはいう。「覚えてるだろう？」

今回はピートが黙りこむ番だ。もちろんピートはその件を覚えている。オリヴィアの死が他人に背中を押された自殺だったことも。ブレイディ・ハーツフィールドが悪意あるソフトウェアをオリヴィアのコンピューターに仕込んだ。その結果オリヴィアは、市民センターで犠牲になった若い母親の亡霊にとり憑かれていると思いこんだ。さらにメルセデスのイグニションキーのあつかいが不注意だったのだから、市民センターでの大量殺傷事件の責任の一部はオリヴィアにあると市のほとんどの人々から思われていたことも、自殺への追い風になった。

「ブレイディがいつも楽しんでいたのは——」

「ブレイディがいつもなにを楽しんでいたのかは、教えられなくても知ってるさ」ピートはいう。「わかりきったことを長々としゃべらんでもいい。おまえさんが望むのなら、もうひとつ教えておきたいささやかな情報があるぞ」

「教えてくれ」

「きょうの夕方、五時ごろにナンシー・オルダースンと話をしたよ」

でかしたな、ピート——ホッジズは思う。警官稼業があと数週間になったいまになって、タイムカードを律儀に押すこと以上の仕事に手を出すとは。

「オルダースンによれば、ミセス・エラートンは娘のマーティーン・ストーヴァーのために新しいコンピューターを買っていたとのことだ。娘がオンライン講座を受講できるようにね。いまもまだ梱包の箱にはいったまま、地下室の階段に置いてあると話してた。ミセス・エラートンは来月の娘の誕生日にあわせて、コンピューターをプレゼントするつもりだったんだ」

「言い方を変えれば、先々の計画を立てていたことになる。自殺しようという女性の行動ではないな」

「そう、おれもそういいたいところだ。さて、そろそろ行かないと。ボールはおまえさんのコートにある。そいつでプレーするなりその場に放置するなり好きにしろ。おまえさんの一存だ」

「恩に着るよ、ピート。注意の言葉もありがたい」

「おれだって昔とおなじだったらよかったと思うさ」ピートはいう。「昔だったら、おまえさんといっしょにこの事件を追いかけ、どんなものだろうと結果を出したに決まってる」

「でも、もう昔じゃないのさ」ホッジズはまた脇腹をさすりはじめている。

「そうとも。そのとおりだ。ともあれ体に気をつけるんだぞ。もうちょっと太ったほうがいい」

「精いっぱい努力するよ」ホッジズはそう答えるが、これはひとりごとだ。ピートはもう電話を切っている。

ホッジズは歯を磨き、鎮痛剤を飲み、ゆっくりとパジャマに着替える。それからベッドにはいって闇をじっと見あげたまま、眠りか朝を待つ――どちらであれ先に訪れるほうを。

8

バビノーの服を身につけたあとで、ブレイディは箪笥《たんす》の上からバビノーの身分証カードをぬかりなく頂戴してきた――カード裏面の磁気ストライプのおかげで、このカード自体があらゆる場所にアクセスできる通行証になっていたからだ。この夜の十時半前後、ちょうどホッジズがようやくウェザーチャンネルを見るのにも食傷しはじめていたころ、ブレイディはこの身分証カードを初めて利用し、病院本館の裏にあるゲートつきのスタッフ専用駐車場へとはいっていく。日中は混みあっているこの駐車場も、夜のこんな時間とあってはスペースを好きに選べる。ブレイディは、広範囲を照らすナトリウムランプからできるかぎり離れている駐車スペースを選んで車を入れる。それからドクター・バビノーの豪華な愛車のシートをリクライニングにして、エンジンを切る。

うとうとと眠りの国にただよっていき、気がつくとブレイディは記憶のかけらがつくる淡い霧のなかを漫然と移動している——記憶のかけらはどれもフェリックス・バビノーという男の残滓《ざんし》だ。バビノーのファーストキスの相手の女の子がつけていたリップスティックのペパーミントの味がする——お相手は、いっしょにミズーリ州ジョプリンのイースト・ジュニアハイスクールに通っていたマージョリー・パタースン。《VOIT》というメーカーの黒いロゴが薄れて消えかかっているバスケットボールが見える。それから、色褪せた緑のヴェロア生地に覆われた巨大な恐竜というべきお祖母《ばあ》ちゃんのソファの裏で塗り絵をしているときに小便を洩らし、トイレトレーニング用のパンツに広がったぬくもりも感じる。

してみると、最後まで居残るのは子供時代の記憶のようだ。

午前二時を若干まわったころ、ブレイディはぎくりと体をすくめ——家族で住んでいた家の屋根裏部屋にあがってマッチで遊んでいたところを見つかり、父親からこっぴどく平手打ちをされたときの記憶が鮮やかによみがえったからだ——小さくあえぎながらBMWのバケットシートで目を覚ましはじめる。ほんのひととき、記憶のうちひときわ鮮明な部分だけが頭にしつこく残る——ラコステの青いポロシャツの襟のすぐ上、父親の紅潮した首でひくひくと脈搏っていた血管の光景だ。

ついで、ふたたび完全なブレイディにもどる——バビノーの皮膚というスーツをまとったブレイディに。

9

二一七号室と役立たずになった肉体というふたつの檻《おり》に閉じこめられてはいても、ブレイディには計画をつくり、その計画を修正し、修正案に修正をほどこす時間が数カ月あった。その過程で失態を演じたこともなくはないが（たとえば、Zボーイを手先としてサイト〈青い傘〉を通じてホッジズにメッセージを送ったりしなければよかったと思っているし、バーバラ・ロビンスンを焦《あせ》って狙ったりせず、もっと待っているべきだったとも思う）、それでも屈することなく粘りとおし、いまここにいる——成功はもう目前だ。

これまでにも作戦行動のこの部分は、頭のなかで何十回もリハーサルを重ねてきた。ブレイディは自信たっぷりに実行していく。バビノーの身分証カードをさっと通すと、《施設整備室A》という表示のあるドアの内側へはいることができる。ここより上にある各フロアにいるときには、病院を動かしている機械の音は――たとえ耳についたとしても――せいぜい控えめにくぐもったうなり以上になることはない。ところが下にあるこのフロアでは機械類の動作音が絶え間なく雷鳴のように響き、タイル張りの廊下は息苦しいほどの暑さだ。しかし、予想どおり他人の姿はない。都会の病院はいっときも熟睡しないが、あたりもまだ暗い未明には、目を閉じてまどろむこともないではない。

施設課スタッフのための休憩室にも、その奥にあるシャワー室や更衣室にも他人の姿はいっさいない。ずらりとならぶロッカーのなかには南京錠でしっかりと防犯対策をしているものもあるが、大半のロッカーは鍵をかけていない。ひとつ、またひとつとロッカーの扉をあけて服のサイズを調べるうちに、バビノーの体格にちょうどいいサイズのグレイのシャツと作業ズボンが見つかる。ブレイディはバビノーの服を脱ぎ、この施設課スタッフの作業着を身につけるが、バビノーのバスルームからもってきた薬の瓶をポケットからポケットに移しかえることは忘れない。強力な効き目の特製調合薬だ。シャワー室横の壁のフックに、服装の仕上げのひと筆にうってつけの品が見つかる――地元マイナーリーグの野球チーム、グラウンドホッグズの赤と青の野球帽だ。ブレイディは野球帽を手にとり、うしろのビニールバンドを調節してゆるめ、ひたいを隠すくらい引きさげて、バビノーの銀髪を残らずしっかり帽子に隠す。

施設整備室Aを歩いて通り抜けて右に曲がると、そこは暑いばかりか湿気がこもっている病院の洗濯室だ。フォーシャン社製の巨大な乾燥機が二列にならび、あいだに置いてある成形プラスティックの椅子にふたりの清掃スタッフがすわっている。ふたりともぐっすり眠りこんでいる。そのうちひとりは動物のかたちをしたクラッカーの箱を手にしているが、箱がひっくりかえって、中身のクラッカーが緑のナイロンのスカートにこぼれている。その前を通ってさらに奥へ行くと、コンクリートブロックが剝きだしになった壁に二台の洗濯物カートが寄せてある。片方のカートには入院患者用の病衣が積まれ、もうひとつには清潔なシーツ類がうずたかく積まれている。ブレイディは数着の病衣をつかみとって、きれいに畳まれたシーツの山の上に置き、カートを押して廊下を進みはじめる。

〈刑務所《バケツ》〉に行き着くまでには一度エレベーターを乗り換えたのち、空中連絡通路《スカイウェイ》を通らなくてはならない。そのあいだ見かけた人間は四人だけだ。薬品庫の前に立って小声でささやきかわしていたふたりの看護師。さらに医師ラウンジにすわり、ノートパソコンを見ながら小さな声で笑っていたふたりのインターン。四人のだれひとり、顔を伏せたまま洗濯物を積みあげたカートを押していく深夜勤務の施設課スタッフには目もくれない。

もっとも他人の目にとまりやすい場所――そして顔から名前を知られてしまうかもしれない場所――は〈刑務所《バケツ》〉中央にあるナースステーションだ。しかしふたりいる看護師のひとりはコンピューターでソリテアに夢中、もうひとりは片手で頰杖をついてノートになにか書いている最中だ。書き物をしている看護師が目の隅でブレイディの動きをとらえたらしく、顔をあげないまま調子はどうかとたずねてくる。

「ああ、上々さ」ブレイディはいう。「でも今夜は冷えるね」

「そうね。これから雪になるって話よ」看護師はあくびをし、また書き物のつづきにもどる。

ブレイディはカートを押して廊下を進み。二一七号室の少しだけ手前で足をとめる。〈刑務所《バケツ》〉の秘密のひとつに、どの病室にも出入口がふたつあるというものがある。ひとつは部屋番号表示のあるドア、もうひとつは表示のないドア。表示のないドアは病室内のクロゼットに通じている。これのおかげで、夜間に病室で寝ている患者の眠りをかき乱すことなく——あるいは、かき乱された精神をさらに乱すことなく——リネン類をはじめとする必要な品を補充することができる。ブレイディは数着の病衣を手にとると、すばやく周囲に目を走らせてだれにも見られていないことを確かめ、表示のないドアからするりと病室へはいっていく。一瞬後には、自分を見おろしている。ブレイディはもう何年もまわりの人々すべてをまんまと騙しとおしてきた。その甲斐あって、いまではだれもがブレイディ・ハーツフィールドは、(ここの医療スタッフが仲間内だけでつかう悪趣味な語を拝借すれば)〝植物人間〟か〝置物〟、あるいは〝明かりはついている《ライツ・アー・オン・バット・》が無人の家《ノーボディズ・ホーム》〟を略した〝LOBNH〟の状態だと信じこんでいる。そしていま見おろしている自分は、まさにそういった状態だ。

ブレイディは身をかがめ、うっすらと無精ひげの浮いた片頬をそっと撫でる。閉じた片方の瞼に親指を滑らせて、その下にある丸く盛りあがった眼球のカーブを感じとる。それから片手をもちあげてひっくりかえし、手のひらを上へむけてベッドの上がけに置く。拝借してきたグレイの作業ズボンのポケットから錠剤の瓶をとりだし、上をむいてひらいた手のひらに五、六錠を載せる。取りて食らえ――ブレイディは聖書の言葉を借りて思う――これはおまえのために裂いたわが体なり。

それからブレイディは最後にもう一度だけ、ずたずたに裂けたも同然のみずからの体にもどる。いまではもうこの転移に〈ザピット〉をつかう必要はないし、バビノーが肉体を奪いかえして、ジンジャーブレッドマンみたいに逃げていくのではないかと心配する理由もない。ブレイディの精神が抜けてでてしまえば、今度はバビノーが植物状態になる。バビノーの頭に残っているのは父親のポロシャツの記憶、それだけだ。

ブレイディは自分の頭のなかを見まわす――長期滞在したホテルの客室を引きはらうにあたって、最後の確認のため、ひとわたり見まわしている者のようだ。クロゼットに吊るしたままの服はないか？　バスルームに歯磨き粉を忘れてはいないか？　ベッドの下にカフスボタンが落ちているのでは？

なにもない。すべて荷造りをすませ、部屋は空っぽだ。指を曲げて手のひらを閉じる――関節にヘドロが詰まっているかのように指がのろのろとしか動かないのが憎らしくてたまらない。それから口をあけ、錠剤をもちあげて口に落としこむ。錠剤を嚙む。苦い。一方のバビノーは、骨をなくしたようにぐったりと床に倒れたきりだ。ブレイディは飲みこむ。もういちど。よし。これでおしまい。ブレイディはいったん目を閉じ……次に瞼をひらくと見えてきたのはベッドの下に置いてあるスリッパ、ブレイディ・ハーツフィールドが二度と履くことのないスリッパだ。

ブレイディはバビノーの足で立ちあがると服から埃を払い、かれこれ三十年近く自分をあちこちに運んでくれた体に最後の一瞥《いちべつ》をくれる。あの日、ミンゴ・ホールで頭部に二回めの打撃を食らった瞬間——車椅子の座面裏側にとりつけたプラスティック爆薬を爆発させるためのスイッチを押す寸前——を境に、まったく役に立たなくなった肉体。以前はこれほど劇的な一歩を踏みだせば反動があるのではないか、自分の意識も壮大なあれこれの計画も、すべてが肉体もろとも崩壊するのではないかという不安もあった。いまはもうそんな不安はない。臍《へそ》の緒はすっぱり断ち切られた。もうルビコン川をわたったのだ。

さよなら、ブレイディ——そう思う——おまえと知りあえて楽しかったよ。

今回、洗濯物のカートを押してナースステーションの前を通ると、ソリテアをプレイしていた看護師の姿は見あたらない。トイレにでも行ったのだろうか。もうひとりはノートにつっぷして眠っている。

10

しかし、いまは朝の四時十五分前だ。おまけにやるべきことはたくさんある。

ブレイディはバビノーの服に着替えてから、病院にはいったときとおなじ流儀で建物をあとにすると、車をシュガーハイツへむける。Ｚボーイ用の手製サイレンサーはもうだめになっているし、この街でも屈指の金持ち住宅地で無防備なまま銃声を響かせれば通報されることはまず確実なので（あのあたりでは一、二ブロックにひとりはかならず、ヴィジラント警備サービス社から派遣されてきた雇われ警備員がいる）、ブレイディは途中にあるヴァレープラザ・ショッピングモールに立ち寄る。がらんとした駐車場に目を走らせて警察関係の車がないことを確かめてから裏手にまわり、〈ディスカウント・ホームファーニッシング〉の荷物搬出入エリアに行く。

最高だ、外を出歩くのは最高の気分だぞ！　クソったれなほどのすばらしさだ！

ＢＭＷの前へと歩きながら、ブレイディは冷たい冬の空気を深々と吸い、そうしながら同時にバビノーの高価なコートの片方の袖を三二口径の拳銃の短い銃身に巻きつけていく。Ｚボーイの手製サイレンサーにかなうような消音性能は望むべくもなく、リスクはあるが、それほど大きなリスクではない。撃つのは一発だけだ。星々を見たかったので、まずは顔を空にむけるが、雲が夜空をすっかり隠している。かまうものか。夜はきょうでおわりじゃない。この先たくさんの夜を過ごせる。数千の夜を過ごすことも夢ではない。なんといっても、いまの自分はバビノーの肉体だけに限定されているわけではない。

ブレイディは狙いをつけて引金を引く。ＢＭＷのフロントガラスに小さな丸い穴が穿《うが》たれる。これはこれで新しいリスクだ——フロントガラスの、ハンドルよりもわずかに上の位置に銃弾が穿った穴のあるＢＭＷで、シュガーハイツまでの残り一キロ半強を走ることになる。しかしいまは、夜のうちでも住宅街の道路がいちばんさびれ、警官たちはうたた寝をしている時間帯だ——高級住宅街となればなおさらだろう。

反対側の車線からヘッドライトが近づいてきたのは二回。ブレイディは息を殺すが、どちらの車もスピードを落とすことなく走りすぎていく。弾丸が穿った穴から、かぼそい喘鳴《ぜんめい》めいた音とともに一月の夜気が車内に流れこむ。そしてブレイディは、バビノーが住む粗製濫造された見てくれだけの豪邸になにごともなく帰りつく。今回はゲート解錠コードを打ちこむ必要はない——サンバイザーにクリップで留めてあるゲート解錠キーのボタンを押すだけだ。スロープになったドライブウェイをてっぺんまであがると、そこからハンドルを切って雪をかぶった芝生に車を乗り入れ、雪かきであつめられて凍った雪のこぶに乗りあげて車をバウンドさせ、さらに灌木《かんぼく》の茂みをひっかけたところで停車する。

ただいま、ただいま、足どりぴょんぴょん。

ただし問題がひとつ——ナイフをもってくるのを忘れた。屋敷のなかで一本調達できるはずだし、どうせこの家ではほかに用事もあるが、二度手間になるのは歓迎できない。眠りにつくまでにはまだ何キロも移動しなくてはならないし、少しでも早く出発したい気持ちだ。ブレイディはセンターコンソールをあけて、なかを漁る。バビノーのような洒落男なら、予備の身だしなみ道具のたぐいを車に積んでいてもおかしくない。爪切りでも用は足りる……しかし、なにも見つからない。グラブコンパートメントも確かめると、BMW関係の書類一式をおさめているファイル（もちろん革だ）があり、そのなかにオールステイト保険の加入者証が見つかる——ラミネート加工がほどこされたカードだ。これならつかえる。この会社のモットーではないが、〝まかせて安心〟だ。

ブレイディはバビノーのカシミアのコートと、その下にあるシャツの袖をまとめてめくりあげると、ラミネートカードの角を前腕に押しつけたまま横へ動かす。細く赤い筋が肌にできただけだ。ブレイディはカードをさらに強く腕に押しつけると、歯を剝きだして顔を歪めながら、ふたたび動かす。今回は皮膚が裂けて血があふれだす。ブレイディはあふれた血のしずくをまず運転席のシートにぽたぽたと垂らしてから、ハンドルの下半分にも垂らしていく。量はわずかだが、大量の血は必要ない。フロントガラスの銃弾の穴と組み合わされる場合には。

ブレイディは跳ねるような足どりで正面玄関前の階段をあがっていく――ばねで弾むような一歩一歩が小さなオーガズムだ。コーラは玄関のコートかけの下に横たわり、ぴくりともせず死んでいる。〈図書室《ライブラリー》アル〉はまだソファで眠っている。ブレイディはアルの体を揺する。それでも相手が不明瞭なうめき声をわずかにあげるだけなので、ブレイディは両手をアルの体にかけて、その体を転がして床に落とす。アルの瞼がひくひくしながらひらく。

「はあ？　なんだ？」

目はどんよりと濁っているが、完全に空虚な目つきではない。もしかすると、さんざん掠奪《りゃくだつ》された頭のなかにはもうアル・ブルックスは残っていないのかもしれないが、ブレイディが創造した〝もうひとりのアル〟はわずかに残っているらしい。わずかでも充分だ。

「やあ、Zボーイ」ブレイディはしゃがみこみながら声をかける。

「やあ」Zボーイはしゃがれた声で返事をしてから、苦労して上体を起こそうとする。

「やあ、あんたか、ドクターZ。あんたにいわれたとおり、あの家をずっと見張ってるよ。あの女――自分の足で歩けるほうの女――あいつはいつも〈ザピット〉をつかってる。道の反対側にあるガレージから、あの女を見張ってるよ」

「いや、もうそんなことをする必要はないよ」

「ない？　ところで、ここはどこなんだ？」

「わたしの家」ブレイディは答える。「おまえはわたしの妻を殺したんだな」

Ｚボーイはぽかんと口をあけたまま、目の前にいるコート姿の白髪の男を見つめている。この男の呼気は強烈な悪臭だが、ブレイディはひるんだりしない。Ｚボーイの顔がゆっくりと皺くちゃになってくる。事故で車がひしゃげていくところをスローモーションで見せられているかのようだ。「殺す？　そんなことはしてない！」

「いや、殺したんだ」

「嘘だ！　そんなことをするものか！」

「でも、おまえは殺した。ただし、あくまでもわたしが命じたからだ」

「本当か？　そんな覚えはまったくないね」

ブレイディはＺボーイの肩を手でつかむ。「おまえには責任はない。催眠術にかかっていたからだ」

Ｚボーイが顔をぱっと輝かせる。「〈フィッシン・ホール〉のせいだ！」

「そう、〈フィッシン・ホール〉で催眠術にかかった。そしておまえが催眠術にかかっているあいだに、わたしが命令した――ミセス・バビノーを殺せと」

Ｚボーイは疑念と畏怖《いふ》の両方を顔にのぞかせて、ブレイディを見つめる。「おれが殺したとしても責任はないわけだ。催眠術にかかっていて、なにひとつ覚えてもいないんだから」

「これをもっていろ」

ブレイディはZボーイに拳銃をわたす。Zボーイは拳銃をもちあげると、眉を寄せて見つめる――なにやら異国の珍奇な品を見るような目つきだ。

「拳銃をポケットに入れたら、おまえの車のキーをよこせ」

Zボーイが心ここにあらずの顔で三二口径の拳銃をズボンのポケットに入れるのを見て、ブレイディは思わず顔をしかめる――銃が暴発し、憐れなこの男が自分の足を撃ってしまうにちがいないと思ったからだ。Zボーイはようやくキーホルダーを差しだす。ブレイディはそれをポケットにおさめると、立ちあがって居間を横切る。

「あんたはどこへ行くんだい、ドクターZ?」

「すぐにもどる。だから、おまえはソファにすわって、わたしの帰りを待つがいい」

「じゃ、おれはソファにすわって、あんたの帰りを待ってるよ」

「ああ、名案だ」

ブレイディはドクター・バビノーの書斎へ行く。写真のフレームがぎっしりと掛かっている〝自慢壁《エゴ・ウオール》〟がある――そのうち一枚は、若きフェリックス・バビノーが（ふたりめの）ブッシュ大統領と握手をしている写真だ。ふたりとも馬鹿丸だしで、にたにた笑っている。ブレイディはたくさんの写真には目もくれない。これまで数カ月のあいだ、何度も何度も目にしてきたからだ――他人の体に乗り移る方法を会得しようとしていたその数カ月間は、ふりかえれば〝見習い運転手期間〟だったとブレイディは思う。おなじくバビノーのデスクトップ・コンピューターにも関心はない。欲しいのは脇机の上にあるマックブック・エアーだ。この薄型ノートパソコンをひらいて電源を入れ、バビノーのパスワードを打ちこむ——パスワードは奇《く》しくも例の新薬の名前、《CEREBE《セレベ》LLIN《リン》》だ。

「おまえの薬には効き目なんかなかったけどな」メイン画面がスクリーンに浮かびあがるのを見ながらブレイディはいう。いまの自分の言葉の真偽については心もとないが、とりあえずそう信じることにしている。

ブレイディの両手の指が、バビノーだけではとうてい無理な熟練者ならではの速さでキーボードを打っていくと、以前この医者の頭のなかにはいったときにブレイディ自身がインストールした隠しプログラムが起動する。ついている名前は〈フィッシン・ホール〉。さらにキーを打ちつづけると、プログラムはフレディ・リンクラッターの秘密のコンピューター部屋にあるシグナル・リピーターに接続する。

《**稼働中**》ノートパソコンの画面にそう表示され、その下にこう出ている。《発見　**3**》

三つも見つかった！　すでに三つも！

ブレイディは大喜びするが——いまはもっとも夜が深い夜明け前とはいえ——この結果が意外だったわけでもない。どんな集団にも少数ながら不眠症の者はいるし、バッドコンサート・ドットコム経由で〈ザピット〉を受けとった集団も例外ではない。眠れないままに過ごす夜明け前の時間をやりすごすのに、手近なゲームマシン以上にいい方法があるだろうか？　そしてソリテアや〈アングリーバード〉をプレイする前に、ピンクの魚が出てくる〈フィッシン・ホール〉のデモ画面を少しのぞくのもいいかもしれない――今度こそ、あの魚をタップしたときに数字が出てくるかどうか確かめたらどうか？　正しい数字の組みあわせが出れば賞品がもらえる――しかし朝の四時では、賞品はいちばん大きな動機ではないかもしれない。朝の四時、それは目を覚ましているにはつらい時間帯だ。不愉快な思いや悲観的な考えが前面に出てくる時間帯……そんなとき、あのデモ画面を見れば心が落ち着く。あの画面には依存性もある。アル・ブルックスはZボーイになる以前から、そのことを知っていた。ブレイディもデモ画面をひと目みるなり気がついた。ちょっとした偶然の幸運だろう。しかしそれからいままでブレイディがやってきたことは――ブレイディが準備してきたことは――どれも偶然ではない。病室と役立たずになりはてた肉体という二重の牢獄に閉じこめられていたなかで、時間をかけて熟慮をめぐらせて作成した計画のたまものである。

ブレイディはノートパソコンをシャットダウンさせると、腋の下にかかえて書斎から出ていきかける。ところがドアにさしかかったところで、ふとあることを思いついて、バビノーのデスクへ引き返す。中央の抽斗をあけると、目当ての品がそこにある――なかを漁る必要さえない。ツキに恵まれているときには、とことんツイているものだ。

ブレイディは居間にもどる。Zボーイはソファに腰かけてうなだれ、肩をがっくり落とし、両手を腿のあいだに垂らしている。言葉にはできないほど疲れているように見える。

「わたしはもう行かなくては」ブレイディはいう。

「どこへ行くんだい？」

「おまえには関係ない」

「おれには関係ないな」

「そのとおり。おまえはまた眠ればいい」

「このソファで？」

「いや、上の階のどの寝室でも好きにつかえ。ただし、眠る前におまえがやっておくべき仕事があるぞ」ブレイディはバビノーのデスクで見つけたフエルトペンをZボーイに手わたす。「おまえのしるしを書きつけておけ、Zボーイ。そう、ミセス・エラートンの家に行ったときにやったように」

「ガレージから見張ってたときには、あのふたりの女は生きてた。そのことは知ってる。でもいまごろはもう、ふたりとも死んでるのかも」

「ああ、死んでいるかもしれないね」

「おれはあのふたりも殺しちゃいない――そうだろ？　そんな話をするのも、あの家のバスルームにいたような気がするからだよ。バスルームでZの字を書いたんだ」

「いや、いや。いまはそういう話ではなく――」

「おれはあんたにいわれたように、あそこで〈ザピット〉をさがした――それは確かだな。身を入れてさがしたんだが、どこにもなかった。あの女は〈ザピット〉を捨てたんだろうな」

「それはもう、どうでもよくなった。おまえはとにかく、この家にしるしを残す。いいな? 少なくとも十カ所に」ふっとあることを思いつく。「ところで、いまもまだ十まで数をかぞえられるか?」

「いち……に……さん……」

ブレイディはバビノーのロレックスに目を落とす。四時十五分。〈刑務所《バケツ》〉では、看護師による朝の巡視は五時からだ。時間は翼ある足でたちまち走りすぎていく。「すばらしい。では、少なくとも十カ所にしるしを書いておけ。それがすんだら、また眠っていい」

「オーケイ。おれは少なくとも十カ所にしるしを書いて、それがすんだら眠って、目が覚めたらあんたが見張れといってる家に車で行くんだ。いや、あの家のふたりはもう死んでいるんだから、見張りはやめたほうがいいのかな?」

「ああ、やめてもいいだろうな。さて、おさらいをしようか。わたしの妻を殺したのはだれだ?」

「殺したのはおれだけど、おれには責任はない。おれは催眠術をかけられてて、なにひとつ覚えてない」Zボーイは泣きはじめる。「ちゃんと帰ってきてくれるんだろうね、ドクターZ?」

ブレイディは微笑み、大金を投じて整えられたバビノーの完璧な歯をのぞかせる。

「もちろん」そう答えるときには目がまず上をむき、つづいてすぐに左をむく。

ブレイディが見ている前で、Ｚボーイは壁にかかった大型テレビ――〝どうだ、おれは金持ちだろ〟といっているようなテレビ――にすり足で近づき、スクリーンに大きなＺの字を書く。殺人現場のいたるところにＺの字を書きこむのは、かならずしも必要というわけではない。しかしブレイディには、洒落た仕上げのひと筆に思える――とりわけ、このあと警察が元〈図書室《ライブラリー》アル〉に名前をたずねてアルが自分はＺボーイだと答える場面を想像すると、なおさらそう思える。精巧につくられた美しい宝飾品に添える、繊細で小さな飾りのようなものだ。

ブレイディは、今回もコーラの死体をまたいで玄関に近づく。正面玄関前の階段を軽やかに降りていき、いちばん下の段ではダンスステップを踏んで、バビノーの指をぱちんと鳴らす。その拍子に指がわずかに痛む――きわめて初期の関節炎の症状だが、それがどうしたというのか？　ブレイディは本物の痛みを身をもって知っている。くたびれた指の骨が二、三度ずきんとしたくらい、痛みでもなんでもない。

ブレイディは小走りにアルのマリブに近づく。いまは亡きドクター・バビノーの愛車とくらべると見劣りのする車だが、行く必要のある場所に自分を連れていってくれる。エンジンをかけると、ダッシュボードのスピーカーからクソなクラシックが流れはじめて思わず顔をしかめる。ＢＡＭ‐一〇〇局に切り替えると、まだオジー・オズボーンがクールだったころのブラック・サバスを流している。ブレイディは芝生に斜めにとまっているBMWに最後の一瞥を投げると、マリブを走らせはじめる。

眠るまでにはまだ何キロも先へ進まなくてはならない――そして、それがすべてすんだら仕上げのひと筆を入れ、パフェのてっぺんにチェリーを載せる。そのためにはもうフレディ・リンクラッターは必要ない。ドクター・バビノーのマックブック・エアーがあればいい。ブレイディはようやくロープから解き放たれて走っている。

いまブレイディは自由だ。

11

ちょうどZボーイが十までかぞえる能力を実証しているころ、フレディ・リンクラッターの血にまみれた睫毛が、おなじく血にまみれた下瞼から剝がれる。気づくとフレディは、かっと見ひらいて自分を見つめている茶色の片目をのぞきこんでいる。ただし、それが本物の目ではなくて目によく似た渦巻状の木目だとはっきりわかるまでには、長い長い数秒の時間が必要だ。いまフレディは床に横たわり、人生最悪のふつか酔いを体験している――このうえなく悲惨なことになった二十一歳を祝うパーティーで、結晶メタンフェタミンをやりながら七十五度以上ある〈ロンリコ〉のラム酒を飲んだとき以上にひどいふつか酔いだ。あとになってそのときのことをふりかえったフレディは、このささやかな経験後にも命があったのは幸運だと考えた。しかしいまは、いっそあのとき命拾いしなければよかったとさえ思う――いまのほうがひどいふつか酔いだからだ。痛むのは頭だけではない。胸のあたりときたら、フットボール選手のマーション・リンチがフレディの体をタックル練習用の人形代《ダミー》わりにつかったかのように痛んでいる。

両手に動けと命令すると、両手はしぶしぶ命令に応じる。フレディは両手を腕立て伏せのときの位置に置くと、力を入れて床を押す。体はもちあげられたが、シャツは床に貼りついたままだ――見ればシャツは血だまりのように見えるもので床にへばりつき、その血のようなものからは怪しいほどスコッチウィスキーに似た臭気が立ちのぼっている。ということは、スコッチを飲んでいて、お馬鹿な足をもつれさせて倒れたのだろう。そして頭を強く打った。しかし……いやはや……どのくらい意識をうしなっていたのか？

いや、どうもそうではないらしい。この部屋にやってきた者がいる。そして自分はそれがだれかを知っている。

単純な演繹法《えんえきほう》による推理だ。最近では、自宅にやってくる客はふたりだけ。どちらも名前にZがつく男だ。あの薄汚いパーカを着ている男はしばらく来ていない。

フレディは立ちあがろうとするが、最初は立てない。おまけに浅い呼吸しかできない。深く息を吸いこもうとすると左乳房の上が痛む。なにかがそのあたりに食いこんでいるかのようだ。

携帯瓶《フラスク》だろうか？

あいつが来るのを待ちがてら、わたしはフラスクをくるくると回転させていた。あの男がやってきて、最後の報酬を支払い、それっきり人生から出ていってくれるのを待ちがてら。

「撃たれたんだ」フレディはしゃがれた声でいう。「クソ男のドクターZに撃たれたんだ」

頼りない足でバスルームへはいっていったフレディは、鏡に映る悲惨な列車事故のようなありさまの自分の姿にわが目を疑う。顔の左半分にはべっとりと血がついていて、左こめかみの上の裂傷からは紫色のこぶが膨れあがっている。しかし、これさえまだ最悪の部分ではない。ブルーのシャンブレーのシャツも血まみれだ——頭部から出た血であってほしいとフレディは思う。頭の傷はやたらにたくさん血が出るというからだ。シャツの左の胸ポケットに黒く丸い穴があいている。やはりドクターZに銃で撃たれたのだ。これをきっかけに、気をうしなう寸前の銃声と硝煙のにおいを思い出す。

フレディはあいかわらず浅く呼吸をつづけながら、震える指を胸ポケットに突っこみ、マルボロ・ライトの箱を抜きだす。箱の《M》の字のまんなかに弾丸が穴を穿っている。タバコの箱を洗面台のシンクに落とすと、シャツのボタンを外していき、シャツが床に落ちるにまかせる。スコッチのにおいがさっきよりも強くなっている。ブルーのシャツの下に着ているのは、フラップつきの大きなポケットのあるカーキ色のシャツ。左胸のポケットからフラスクをとりだすときには、激痛に情けない声が――深々と息を吸いこまずに出せる範囲ではやっとの声が――洩れる。しかしフラスクをとりだすと、胸の痛みはいくぶん軽減される。弾丸はフラスクも貫通していて、フレディの肌に近いほうの面に突きだした金属の棘《とげ》が鮮血でぬらぬら輝いている。フレディはタバコの箱の上にフラスクを落とし、カーキ色のシャツのボタンをはずしはじめる。こちらのほうが手間がかかるが、やがて二枚めのシャツも床に落ちる。その下に着ていたのは〈アメリカンジャイアント〉のTシャツで、やはりポケットのあるタイプ。ポケットに手を入れて、ミントキャンディ〈アルトイズ〉の缶をとりだす。缶にも穴があいている。Tシャツにはボタンがない。そこでフレディはポケットに弾丸があけた穴に小指を突っこんで、強く引っぱる。Tシャツの生地が裂け、ようやく血飛沫《しぶき》が飛び散っている自分の素肌が見えてくる。

控えめな乳房のふもとの部分の素肌に穴があき、穴のなかに黒い物体が見えている。昆虫の死骸のようだ。フレディは指を三本に増やし、Tシャツの裂け目をさらに大きく広げてから内側に手を入れて、昆虫を指先でつかむ。ぐらぐらする歯を動かす要領で、昆虫に揺さぶりをかける。

「あぁぁぁ……うぅぅっ……おぉぉぉっ、くそっ……」

その物体が穴から抜ける。昆虫ではない。金属の塊だ。フレディは抜きだした弾丸をしばし見つめてから、ほかの品を落としたシンクに落とす。激しい頭痛がしているうえに、胸がずきずきと痛んではいるが、フレディは自分がありえないほど幸運だったことを意識する。凶器はかなり小さな拳銃だった――しかしあれだけの至近距離だったのだから、小型でも充分に役目を果たしたはずだ。千にひとつ万にひとつの幸運に恵まれていなければ、あの拳銃は役目を果たしとおしたことだろう。銃弾はまずタバコの箱を貫通し、つぎにフラスクも突き抜けて――この金属の瓶が弾丸の勢いをあらかた削いでくれた――さらに〈アルトイズ〉の缶も撃ち抜いて、素肌にめりこんだ。心臓にどこまで迫っていたのか？　二センチ？　もっと近くか？

胃がぎゅっとよじれて吐き気がこみあげる。吐きたくない、吐くのはまずい。胸にあいている穴からまた出血してしまうかもしれないが、それがいちばんの理由ではない。吐けば頭が爆発してしまうからだ。それこそが最大の理由だ。

穴の周囲で金属がめくれて邪悪な棘になっていたフラスクをとりのぞいたことで、呼吸がほんの少しだが楽になっている。フレディはよろよろと居間へ引き返し、床にできた血とウィスキーの水たまりを見おろす。あのときドクターZが体をかがめ、銃口をわたしのうなじにぐりぐり押しつけていたら……念には念を入れようとしていたら……。

気が遠くなりかけると同時に吐き気の波が全身を通り抜けていくなか、フレディは目をぎゅっと閉じ、必死で意識をうしなうまいと踏ん張る。多少気分が楽になってから、椅子に近づき、ことさらゆっくりと腰をおろす。腰の具合がわるいおばあさんみたいだ、と思う。天井を見あげる。さて、これからどうする？

真っ先に考えついた案は、九一一に電話をかけて救急車を呼び、病院まで運んでもらうというもの。しかし、どんな話をすればいい？　モルモン教徒かエホバの証人を自称する人物が訪ねてきたので玄関のドアをあけたら銃で撃たれた？　どうして撃ったりしたのか？　なにが目当てで銃をつかった？　だいたい、そもそもひとり暮らしの女がどうして夜の十時半にドアをあけて、一面識もない男を招きいれたのか？

それだけではない。そんなことをすれば警官たちがここへやってくる。そして寝室には少量のマリファナがあり、やはり少量のコカインもある。その手の屑は始末できるが、コンピューター室にあるジャンクのほうはどうする？　いまも五、六件の違法な不正アクセス行為が進行中で、くわえて正確には自分が正規に購入したのではない高価な機器がざっと一トンはある。となれば警官たちは知りたがるはずだ……念のためにおたずねしますがね、ミズ・リンクラッター、あなたを撃った犯人の男は、いま話に出た電子機器となんらかの関係があるんじゃないでしょうか？　たとえば、あなたが機器類の購入資金を犯人から借りていたとか？　それとも、もしやあなたは犯人の男と手を組み、いっしょにクレジットカードの番号やその他の個人情報を盗みだしていたとか？　おまけに警官たちが見逃すとは考えられない――なにせラスヴェガスのスロットマシンなみにライトをちかちか点滅させているからだ。リピーターはWi‐Fiを通じてえんえんと信号を送り、起動中の〈ザピット〉が見つかれば、カスタマイズされたコンピューターウイルスをこっそり流しこんでいる。

この機械はなにかな、ミズ・リンクラッター？　いったいなにをしている機械なんだ？

そうなったら、警官になにを話せばいい？

フレディはあたりを見まわす。例の現金をおさめた封筒が床かソファに落ちていることを期待したが、当然あの男がもっていってしまったに決まっている。そもそも、あの封筒の中身が本当の札束であって、サイズをあわせて裁断した新聞紙の束ではなかったと仮定しての話だ。いま自分はここにいる……自分は撃たれて……脳震盪《しんとう》を起こした（お願いです、頭蓋骨骨折なんかしてませんように）……おまけに手もちの金は乏しい。

さあ、どうする？

シグナル・リピーターの電源を切る——それが最優先事だ。ドクターZは内側をブレイディ・ハーツフィールドに乗っとられたし、いまのブレイディは暴走オートバイだ。リピーターがやっているのは、とにかく悪質なことだ。どのみち、電源を落とすつもりではなかったか？　すべてがいささかぼやけているが、そういう計画だったのでは？

マシンの電源を落とし、舞台から退場する計画だったのでは？　逃避行のための資金不足を補うはずの最後の報酬は支払ってもらえなかったが、いくら現金の管理にはずぼらなフレディでも銀行口座にはまだ数千ドルは残っているし、コーントラスト銀行の窓口があくのは九時だ。キャッシュカードも手もとにある。だからリピーターの電源を切り、あの薄気味わるいZ《ジー》ジエンド・ドットコムをシャットダウンして、顔の血のりをきれいに洗い流したら、とっととこんなところからおさらばだ。といっても逃亡に飛行機はつかわない。今日日《きょうび》の空港の保安エリアは、餌を仕掛けてある罠も同然の場所だ。だから、黄金の西部へむかうバスか列車をつかおう。それが最善の策なのでは？

椅子から立ちあがり、すり足でコンピューター室へむかいかけたところで、それが最善の策ではない理由がフレディの頭にひらめく。ブレイディはたしかにここから姿を消したが、離れていても自分の計画の進行情況を――とりわけリピーターの動きを――モニターできないかぎり、ここを離れるはずがない。おまけにモニター作業そのものは、世界でもいちばん簡単な仕事だ。ブレイディはコンピューターに詳しい――いや、認めるのは癪《しゃく》だが、コンピューターにかけては凄腕といっていい。だから、ここを去る前にフレディのシステム内に専用バックドアを仕込んでいったのは確実だ。仕込んでおけば、いつでも好きなときに立ち寄って確認できる――ノートパソコン一台あれば可能だ。もしこっちでブレイディの機械の電源を落とせば、あの男にはそれがわかるし、なにより自分がまだ生きていることを知られてしまう。

そうなれば、またブレイディがここへやってくる。

「だったら、わたしはどうすればいい？」フレディはささやく。足を引きずって窓に近づく。体を震わせながら――ひとたび冬になると、このアパートメントはクソがつくほど寒くなるのだ――フレディはまだ暗い戸外に目をむける。「これからどうすればいい？」

12

ホッジズはバウザーの夢を見ている。バウザーというのはホッジズが子供のころ飼っていた活発な雑種犬だ。そのバウザーを父親は――幼いホッジズの涙ながらの抗議を押し切って――獣医のもとに連れていって安楽死させた。老いたバウザーが新聞配達の少年に嚙みついて、縫合が必要なほどの傷を負わせたからだ。しかしいま見ている夢でバウザーが嚙みついているのはホッジズ、それもホッジズの脇腹だ。幼いビリー・ホッジズがおやつ袋のなかの最上のおやつを差しだしても、バウザーはいっこうに離れようとせず、痛みは耐えきれないほどの激しさだ。ドアベルが鳴っていて、ホッジズは思う――ほら、新聞配達の子が来たぞ、あの子を嚙みにいけ、おまえはあの子を嚙むことになっているんだから。

しかし、この夢から泳いで浮かびあがって現実世界へもどると、鳴っているのがドアベルではなくベッドの横の電話だとわかる。固定電話だ。ホッジズは手さぐりで受話器をとったが落としてしまい、上がけから拾いあげると、こもった声で〝もしもし〟に似ていなくもない言葉を発する。

「どうやらおまえさん、携帯を《入室ご遠慮ください《ドゥ・ノット・ディスターブ》》モードにしているみたいだな」

その声はピート・ハントリーだ。すっかり目を覚ましているばかりか、不気味なほど陽気な声を出している。ホッジズは目をすがめてベッド横の時計を見ようとするが、現在時刻を読みとれない。鎮痛剤の瓶——早くも中身が半分に減っている——が邪魔をして、デジタル表示が見えなくなっている。それにしても……いったいきのうはどれだけあの薬を飲んだのか？

「そもそも、そんなことをする方法も知らないのに？」ホッジズはなんとか上体を起こそうともがく。痛みがこれほどすぐ、これほど激しいものになるとは信じられない思いだ。まるで病気が正体を見ぬかれるまで雌伏《しふく》していて、いざ見ぬかれるなり、牙をむいて全力で襲いかかってきたかのようだ。

「いいかげん暮らしを改める《ユー・ニード・トゥ・ゲット・ア・ライフ》んだな、カーム」

〝命を手にいれろ《ゲット・ア・ライフ》〟……そんなことをいわれても、ちょっと手おくれだ——ホッジズはそう思いながら両足をベッドからおろす。

「ところで、なんで電話をかけてきたんだ？　まだ……」ホッジズは鎮痛剤の瓶を動かす。「……朝の七時二十分前だっていうのに？」

「おまえさんに一刻も早くいいニュースを伝えたくてね」ピートはいう。「ブレイディ・ハーツフィールドが死んだぞ。看護師が朝の巡視で見つけたんだ」

ホッジズは弾かれたように立ちあがる——その拍子に体に痛みが走るが、いまはそれさえほとんど感じない。「なんだと？　死因は？」

「そいつはきょう、このあと予定されている解剖の結果を見ないとなんとも。しかし、やつを調べた医者は自殺説にかたむいているね。やつの舌と歯茎になんらかの残留物があった。まず病院の当直医がサンプルを採取し、いま話してるあいだにも監察医務院から派遣されてきた検屍医がサンプルをとってる。どちらも鑑定を急がせるとよ——ほら、ブレイディ・ハーツフィールドの野郎はロックスターなみの有名人だからね」

「自殺」ホッジズはいいながら、すでに乱れきっている髪を片手で梳きあげる。単純そのもののニュースなのに、なぜかまだすんなりとは受けいれられずにいる。「自殺だって？」

「やつは昔から自殺好きだったな」ピートはいう。「たしか、おまえさんがそんなことを話してたじゃないか——それも一度や二度じゃなく」

「ああ。しかし……」

　しかし……なんだというのか？　ピートのいうとおり、ブレイディは自殺好きだった。それも他人の自殺だけが好きだったわけではない。二〇〇九年の市民センターでの就職フェアのときにも自殺をする意向は固めていたし、その一年後には座面の裏に一キロ半のプラスティック爆弾をくりつけた車椅子でミンゴ・ホールへとはいっていった。つまり、自分のケツを爆心地にしようとしたわけだ。ただし、それはあのときのこと。それからこっち、情勢が変わった。変わったのではなかったか？

「しかし……なんだ？」ピートがたずねる。

「いや、わからない」ホッジズは答える。

「おれにはわかる。やつはようやく自殺する方法を見つけたんだよ。そう、単純な話だ。いずれにしても、もしエラートンとストーヴァーとスキャペッリが死んだ件にブレイディ・ハーツフィールドがかかわっているとおまえさんが考えているのなら——いっておけば、このおれもその線を考えなかったわけじゃないぞ——もう気を揉まなくてもよくなった。いまじゃあいつは他界した鷹、吊るされた鶴、心臓《ハート》止まった鳩ぽっぽ、おれたちみんな万々歳だ」

「ピート、すまないが、ちょっとこの件を考える時間が欲しい」

「ああ、無理もない。おまえさんはやつと浅からぬ因縁の仲だ。おれはおれでイザベルに電話をかけないとな。ほら、あいつに一日の幸先いいスタートを切らせてやりたくてね」

「じゃ、分析でやつがなにを飲んだのかが判明したら、またこっちに電話をかけてくれるか？」

「ああ、かける。とにかくいまは、サヨナラ、ミスター・メルセデス——そうだろ？」

「ああ、そうとも、そのとおり」

ホッジズは電話を切るとキッチンへ行き、ポットにコーヒーを淹《い》れる。飲むのなら紅茶にしておくべきだ——コーヒーを飲めば、苦しみにあえいでいる内臓が焼けつくように痛むに決まっている。しかし、いまばかりはそんなことも気にならない。ついでに、あとしばらくはどんな薬も控えよう。これについては、いまの自分にできる範囲で精いっぱい頭をすっきり澄みわたらせておく必要がありそうだ。

ホッジズは携帯を充電スタンドからさっと手にとり、ホリーに電話をかける。ホリーはすぐ電話に出る——ホッジズはちらりと、ホリーは何時に起きているのだろうかと思う。五時？　もっと早い時間？　もしかしたら、疑問のままにしておいたほうがいい疑問もあるかもしれない。ホッジズがいまピートからきいたばかりの話を伝えると、さすがのホリーもこのときばかりは下品な言葉をオブラートにくるむことを忘れる。

「そんなクソくだらない嘘っぱちで、わたしをからかってるわけ？」

「ピートがわたしをかつごうとしているのならね——でも、あいつはそんなことをしてないな。あいつが冗談を口にしはじめるのは午後も半分おわってからだし、それだって不出来な冗談しかいえない男だ」

しばし沈黙。ついでホリーがおもむろに質問する。「あなたは信じてる？」

「ブレイディが死んだことは信じるよ。遺体の身元をとりちがえたりするはずがないからね。でもブレイディが自殺したという話はどうかな……。わたしにはどうも……その……」ホッジズはしっくりする言いまわしをさがすが見つけられず、つい五分ばかり前に昔のパートナーへむけていった言葉をくりかえす。「いや、わからない」

「これでもう、全部おわった？」

「おわってはいないかも」

「わたしもそうじゃないかと思う。とにかく製造元が倒産したあとで、在庫として残った〈ザピット〉がどうなったかを明らかにすることが必要ね。それがブレイディ・ハーツフィールドといったいどう関係してるのかはわからないけど、とにかくいろいろなところから関係をたどっていくとブレイディに行きつくのは事実。ブレイディと、あの男が爆弾でふっ飛ばそうとしたあのコンサートに」

「知ってる」ホッジズはまたしても、蜘蛛の巣とその中心に陣どる老いたる大きな蜘蛛を、たっぷりと毒液を孕《はら》んでいる蜘蛛を思い描く。ただし、その蜘蛛はもう死んでいる。おれたちみんな万々歳だ——ホッジズは思う。

「ホリー、退院するバーバラを迎えにロビンスン家の人たちが病院に行くんだが、きみも病院へ行ってもらえるかな？」

「ええ、行ける」わずかな間をおいてホリーはつづける。「行かせてほしいくらい。ターニャに電話で行っても差し支えないかを確かめるけど、大丈夫といわれるはず。でも、どうして？」

「きみからバーバラに〝六枚組写真《シックスパック》〟を見せてほしいんだ。スーツを着た年配の白人男性五人の写真にくわえて、ドクター・フェリックス・バビノーの写真を入れた六枚をね」

「まさか、マイロン・ザキムと名乗った男がじっさいにはブレイディの主治医だったと思ってるわけ？　バーバラやヒルダに〈ザピット〉をわたしたのが、医者のバビノーだったと？」

「いまの時点では、なんの裏づけもないただの勘だけどね」

しかし、これは謙遜《けんそん》でもある。じっさいには勘以上のものだ。バビノーはホッジズをブレイディの病室から遠ざけておくために眉唾ものの口実をつかっていたし、ホッジズが体調は大丈夫かとたずねただけで烈火のごとく怒りかけていた。さらにノーマ・ウィルマー看護師は、バビノーがブレイディを未承認新薬の実験台にしていると話していた。《バビノーを調べて》あの日ノーマは〈バー・バー・ブラックシープ〉でそういった。《あいつを困った立場に追いこんで》

余命わずか数カ月の男には、この頼みもそれほど大仕事には思えない。

「オーケイ。あなたの勘には一目《いちもく》も二目《にもく》も置いてる。それに病院への寄付をつのる慈善パーティーはしじゅう開催されてるから、社交界ニュースのページでドクター・バビノーのスーツ姿の写真も見つかるはずよ」

「ありがたい。ところで、破産管財人をつとめた男の名前を度忘れしたんだが、記憶のリフレッシュを手伝ってくれ」

「トッド・シュナイダー。きょうの八時半にあなたから電話をかける予定になってる。ロビンスン家の人といっしょに病院へ行くとなったら、事務所に顔を出すのが遅くなるわ。そのときにはジェロームをいっしょに連れていくつもり」

「いいね。シュナイダーの番号はわかってるかい？」

「もうメールでそっちに送ってある。まさか、メールのアクセス方法まで忘れてはいないでしょうね？」

「わたしの病気は癌だぞ、ホリー。アルツハイマーじゃない」

「とにかく、きょうが最終日よ。それも忘れないで」

　忘れるものか。そして自分はブレイディが死んだあの病院に入院させられるのだろう。そういうこと――ホッジズ最後の事件は未解決のまま頓挫《とんざ》する。そんなことは考えたくもないが、かといって避ける道はひとつもない。とにかく、こいつの進行が速いからだ。

「朝食もちゃんと食べること」

「ああ、食べるよ」

　ホッジズは電話を切ると、淹れたてのコーヒーのポットをあこがれの目で見つめる。すばらしい芳香だ。ホッジズはポットの中身をシンクに捨てて、服を着る。結局、朝食はとらない。

13

受付エリアのデスクというものいつもの場所にホリーがすわっていないだけで、ファインダーズ・キーパーズ社はやけにわびしく見える。いや、ターナー・ビルディングの七階すべてがいまばかりは静かだ——廊下の先にある旅行代理店の騒々しいスタッフたちが仕事をはじめるのは、まだあと少なくとも一時間は先になる。

ホッジズの頭がいちばんよく働くのは、黄色い法律用箋を前にしてすわり、なにかを思いつくそばからどんどん書きとめながら、なんとか相互につながりを見つけだし、すっきりと見通しのいい構図を描こうと努めているときだ。警察にいたころはこんなふうに仕事をすすめたし、おおむねは隠された関係を見抜くこともできた。長い年月のあいだに署からもらった表彰状もかなりの数になる。しかしどれひとつ壁に飾られることもなく、クロゼットの棚のひとつに未整理のまま積みあげてあるだけだ。表彰状などホッジズにはなんの意味もない。関係性がついに見えてきたときの明るい光の閃き——見返りはそれだけ。その見返りを手放すに忍びなく思っている自分に気がついた。だから隠居生活の代わりにファインダーズ・キーパーズ社を立ちあげた。

きょうの朝、ホッジズは一行のメモも書いていない。山をのぼっていく棒人間や渦巻や空飛ぶ円盤のいたずら描きをしているだけだ。パズルを構成しているピースはもうあらかたテーブルにならんでいるはず。あとは適切に組みあわせる方法を見つけるだけでいいはずだが、ブレイディ・ハーツフィールドの死という事実が、いわばホッジズの私的情報ハイウェイで起こった多重衝突事故のように、ありとあらゆる交通の流れを阻害している。腕時計に目をやるたびに、五分が経過している。もうすぐシュナイダーに電話をかける時間だ。シュナイダーとの電話がおわるころには、旅行代理店の騒々しいスタッフたちが出社してくるだろう。そのあとから、今度はバーバラとジェローム。そうなれば静かなところで考えをめぐらせる機会はなくなる。

《関係性について考えること》ホリーはそういっていた。《とにかくいろいろなところから関係をたどっていくとブレイディに行きつくのは事実。ブレイディと、あの男が爆弾でふっ飛ばそうとしたあのコンサートに》

そのとおり――そのとおりだ。あのウェブサイトを通じて〈ザピット〉を無料で入手する資格があったのは、ラウンドヒアのコンサートに行っていたことを証明できる人たちにかぎられていて――大半はコンサート当時はまだ年端のいかぬ少女で、いまではティーンエイジャーになっている――問題のウェブサイトはいまでは消えている。ブレイディとおなじように、バッドコンサート・ドットコムもいまでは他界した鷹、吊るされた鶴、心臓《ハート》止まった鳩ぽっぽ、おれたちみんな万々歳。

やがてホッジズはいたずら描きのあいだにふたつの単語を書きとめる。ひとつは《コンサート》。もうひとつは《残留物》。

ホッジズはカイナー記念病院の代表番号に電話をかけ、〈刑務所《バケツ》〉にまわしてもらう。はい——相手はそう答える——ノーマ・ウィルマーは出勤していますが、いまは手がふさがっており電話に出られません。おそらくけさのノーマはかなり忙しいのだろうし、ふつか酔いがそれほどひどくないことを祈るばかりだ。ホッジズは、手があきしだい電話をかけてくれというメッセージを残す——緊急の用件だと強調して。

そのあとホッジズは八時二十五分までいたずら描きをつづけ（いま描いているのは〈ザピット〉の絵だが、おそらくコートのポケットにダイナ・スコットの〈ザピット〉があるからだろう）、トッド・シュナイダーに電話をかける。シュナイダー自身が電話に出る。

ホッジズは、ベタービジネス公社という組織で消費者保護運動のボランティアをしている者だと名乗り、現在は当市において利用が確認されているゲームマシン〈ザピット〉についての調査をまかせられている、と話す。あくまでもくつろいだ口調、それこそ世間話も同様の口調で話していく。「といっても、たいしたことじゃありません。なんといっても、この件の〈ザピット〉はプレゼント品なのでね。ただ、当選者のなかにサンライズ・リーダーズサークルというサイトから電子書籍をダウンロード購入した人がいたんですが、その中身に不具合があったようなので」

「サンライズ・リーダーズサークル？」シュナイダーはまごついた声を出す。といってもまだ法律用語の盾をかかげる準備にとりかかったふしはない。ホッジズとしては、いまの状態がつづくことを祈る。「サンライズ・ソリューションズ社のサンライズとおなじですか？」

「ええ、まあ。そんなことがあったので電話をさしあげたんです。わたしどもが調べたところ、サンライズ・ソリューションズ社はザピット社を買収したあとで倒産したとなっていますが」

「そのとおり。ただ、わたしのところにはサンライズ・ソリューションズ社関係の書類が一トンはありますが、サンライズ・リーダーズサークルという社名は記憶にありませんな。もしどこかに記載があれば目立っていたはずです。サンライズ社は基本的には、小さな電子機器メーカーを次々に買収しながら、一発逆転の大ヒットを狙っていました。ま、あいにく、大ヒットに恵まれずにおわったんですが」

「ではザピット・クラブはどうです？　覚えがありますか？」

「いや、まったくきいたことがありませんな」

「それではZ《ジー》ジエンド・ドットコムというサイトはどうです？」そう質問しながら、ホッジズは自分のひたいをぴしゃりと平手で叩く。馬鹿馬鹿しいいたずら描きで一ページを埋めているくらいなら、自分でそのサイトをチェックすればよかった。

「いいや、それもまったくの初耳です」いよいよここで、法律の盾をかまえるかすかな物音がきこえてくる。「消費者詐欺にかかわる問題ですか？　というのも、その分野においては破産法がきわめて詳細にさだめておりまして――」

「いえいえ、そういったことではありません」ホッジズは相手をなだめる。「この件にわたしどもがかかわっている理由も、ダウンロードした電子書籍に不具合があったことだけです。さらにいっておけば、配達時にすでに故障していた〈ザピット〉が少なくとも一台は確認されています。受けとった当選者は不良品を返送して、できれば新品と交換したがっています」

「最後の在庫品がつかわれたのなら、不良品だったとしても意外ではないですね」シュナイダーはいう。「不良品が多かったんですよ――なんだかんだで、最終在庫の三十パーセントは不良品だったんじゃなかったかな」

「これは純粋に個人的な興味でおうかがいするんですが……最終在庫は何台あったんですか？」

「正確な数字は資料をあたらないとわかりませんが、四万台前後はあったと思いますよ。ザピット社は下請け工場を訴えました――まあ、中国のあの手の企業を訴えるのは愚か者のゲームといっても過言ではないんですが、そのころのザピット社は溺れる者が藁《わら》をもつかむような状態だったんですね。こんなことをお話ししているのも、すべてが一件落着したうえに、もう昔のことで埃をかぶっているからです」

「わかりますよ」

「これに対して製造元の企業――宜城電子有限公司《イーチェン・エレクトロニクス》――は全力で反撃しました。おそらく、金銭的な問題以上に会社の評判を気にしていたためだと思います。それも責められない話だとは思いませんか？」

「ええ、たしかに」ホッジズはもう鎮痛剤を我慢できなくなっている。そこで薬の瓶を手にとって二錠出し、一錠をしぶしぶ瓶にもどしてから、残った一錠を舌の裏側に入れて溶かす――このほうが早く効くのではないかと思いながら。「責められませんよね」

「イーチェン社側は、製品が故障したのは輸送中の事故――おそらくは水濡れのような事故――が理由だと主張しました。ソフトウエアそのものに問題があったのなら、ゲームマシンすべてが不良品になるはずだ、というのが同社の主張でした。わたしには一理ある主張に思えましたが、こちらは電子機器の専門家ではありません。ともあれザピット社は経営破綻して買収され、あとを引き継いだサンライズ・ソリューションズ社はこの訴訟を継続しない決定をくだしました。そのころサンライズは、もっと大きな問題に直面していましたからね。債権者たちが隙あらば嚙みつこうとしていましたし、投資家たちは沈みゆく船からぞくぞくと逃げだしていました」

「では、そのあと最終在庫品はどうなったんでしょう？」

「まあ、当然のことですが、会社の資産ではありましたよ。ただし不良品の問題があったので、金銭的価値は決して高くありませんでした。わたしはしばらく自分で在庫を管理したのち、おもにディスカウント商品をあつかう小売業者に売りこんでみました。

〈一ドルストア〉とか〈エコノミー・ウィザード〉といったチェーンを経営している企業にね。どういった店かはご存じですか？」

「ああ」ホッジズ自身、地元の〈一ドルストア〉でメーカー・アウトレット品のローファーを買ったことがある。店名とは異なって値段は一ドルではすまなかったが、品はわるくなかった。履き心地もいい。

「もちろん、〈ザピット・コマンダー〉——最終モデルにはそういう名前がついていました——が十台あれば、そのうち三台までが不良品である可能性があるので、一台一台の品質チェックが必要だということをはっきりさせておく必要がありました。これで、在庫品をきれいに売りさばく望みは断たれました。ゲームマシンを一台ずつチェックするのでは、人手がいくらあっても足りませんからね」

「なるほど」

「そこでわたしは破産管財人として、在庫を廃棄処分し、その分を税額控除にあてると主張することにしたのです。そうすれば税金が……その……ずいぶん節約できますからね。ゼネラル・モーターズ社ほどの規模ではないにしても、数十万ドルの節約になる。帳簿が整理できるわけですよ——おわかりでしょうが」

「ええ、わかります」

「しかし、わたしがじっさいに在庫を処分する前に、あなたが住んでいるその街にあるゲームズ・アンリミテッドという会社の人から電話がかかってきました、〝ゲームズ〟

は普通のつづりではSでおわりますが、この会社の社名では最後がZになっていました。最高経営責任者《CEO》だといってましたよ。まあ、二間《ふたま》のアパートやガレージをオフィスにしている社員三人の会社のCEOかもしれませんが」シュナイダーはそういうと、ニューヨークの大立者らしい含み笑いを洩らす。「コンピューター革命がいよいよ本格的に進行しはじめてから、この手の企業が雑草みたいにどんどん出てきましたが、本当に製品を無料でくばった会社は寡聞《かぶん》にして知りません。少額詐欺の気配がするとは思いませんか？」

「そうですね」ホッジズは答える。溶けかけている錠剤はことのほか苦くとも、安心感は甘い。これは、人生の多くの側面についてもいえることではないだろうか。リーダーズ・ダイジェスト誌のように月並みな格言だ……それでも効き目がないとはいえない。

「まさに、おっしゃるとおりです」

法律の盾はバイバイして消えていく。シュナイダーは生き生きとした口調になって、みずから語る物語のしめくくりにかかる。「この会社の男は、八百台の〈ザピット〉を一台あたり八十ドルで買いたいといってきました——希望小売価格から、ざっと百ドルばかりも安い値段です。わたしたちは若干の価格交渉をおこない、その結果百ドルで合意しました」

「一台あたり？」

「ええ」

「購入代金は八万ドルですね」ホッジズはいいながら、ブレイディに思いを馳せる——あの男は何件とも知れないほどの民事訴訟を起こされているし、請求されている損害賠償額を合計すれば数千万ドルになるのではあるまいか。ホッジズの記憶が正しければ、あの男の銀行口座の残高はせいぜい千百ドルほどだった。「金額分の小切手は受けとれましたか？」

　この質問に答えてもらえるとはホッジズも思っていない——たいていの弁護士は、会話のこの段階で議論を打ち切る。しかし、答えが得られる。おそらくサンライズ・ソリューションズ社がらみの仕事が、すでに法律の紐によってきれいに括《くく》られて片づいているからだろう。シュナイダーにとってこの電話は、スポーツ選手の試合後のインタビューのようなものだ。

「ええ、受けとりました。ゲームズ・アンリミテッド社振出しの小切手でした」

「問題なく換金できましたか？」

　トッド・シュナイダーは大立者ならではの含み笑いをここでも洩らす。「換金できなければ、八百台の〈ザピット〉はほかの在庫といっしょにリサイクル業者に卸《おろ》されて、新しいコンピューター関係機器に生まれ変わっていたでしょうね」

　ホッジズはいたずら描きにいろどられた用紙に簡単な計算式を書きつける。八百台のゲームマシンのうち三十パーセントが不良品だったとすれば、動作するマシンが五百六十台あった計算になる。いや、もっと少なかったかもしれない。バーバラの友人のヒルダ・カーヴァーが受けとった〈ザピット〉は動作確認がおこなわれていたはずだが――確認せずに引きわたすとは考えられない――バーバラによれば、青い閃光を一回発したきりで壊れてしまったという。

「そのあと八百台が発送された……？」

「ええ。インディアナ州テレホートの倉庫からUPSで発送されました。損失の埋めあわせとしては微々たるものでしたが、ないよりはましだ。わたしどもは依頼人のために、できることをするまでですからね、ミスター・ホッジズ」

「ええ、よくわかっていますよ」そして、おれたちみんな万々歳だ――ホッジズは思う。

「八百台の〈ザピット〉の送り先の住所はわかりませんか？」

「すぐには思い出せませんが、ファイルには記録があるはずです。メールアドレスを教えてもらえれば、調べてご一報しますよ――ただし交換条件として、ゲームズ社の連中がどんな詐欺を働いていたのかがわかったら、ぜひこちらに教えていただきたいですな」

「それはもう喜んで、ミスター・シュナイダー」ホッジズはいいながら、どうせ私書箱のような住所だろうし、借主はとうの昔に姿を消しているに決まっている、と考える。それでも、いちおうは確認する必要がある。その仕事はホリーにやってもらおう。そのあいだこちらは病院で治療を受ける――治癒する見込みはないも同然の病気の治療を。

「おかげさまでたいへん助かりました、ミスター・シュナイダー。電話を切る前に、あとひとつだけ質問させてください。ゲームズ・アンリミテッド社のCEOを名乗った人物の名前は覚えていますか?」

「もちろん」シュナイダーはいう。「社名の〝ゲームズ〟の最後の文字がSではなくZになっているのも、それが理由だと思ったものですからね」

「お話がわからないんですが……」

「CEOの名前はマイロン・ザキム——Zではじまる苗字でした」

14

ホッジズは電話を切ると、ブラウザのファイアフォックスを立ちあげる。サイトのアドレス——zeetheend.com《Zジエンド・ドットコム》——を打ちこんでアクセスすると、見えてきたのはアニメの鶴嘴《つるはし》をふるっているアニメの建設作業員だ。鶴嘴がふりおろされるたびに土埃が舞いあがって、毎回おなじメッセージが表示されている。

訪問ありがとうございます。当サイトはいまなお【工事中】です。
また日をあらためてチェックしにいらしてください!

「わたしたちは生きつづけるようにつくられている——それでこそわたしたちは自分がだれかを知ることができる」（トバイアス・ウルフ）

ここでもまたリーダーズ・ダイジェスト誌にお似合いの人生訓か——ホッジズは思いながら窓に歩み寄る。ロウアー・マルボロ・ストリートでは順調に車が流れている。ついで数日ぶりに脇腹の痛みがすっかり消えていることに気づいて、驚嘆と感謝を同時に感じる。ともすれば自分の体調は万全だと信じてしまいかけるが、口に残る苦い後味がそんなことはないと反論してくる。

苦い後味——ホッジズは思う。例の残留物。

携帯が鳴る。かけてきたのは看護師のノーマ・ウィルマーだ。声を殺してしゃべっているので、ホッジズは真剣に耳をかたむけなくては話がききとれない。

「用件というのが訪問許可者リストとやらのことだったら、忙しくてまだ調べる時間がとれてないの。いまここには、警官だの地区検事局から来た安物のスーツ族だのがうようよいる。なにも知らなかったら、ブレイディ・ハーツフィールドが死んだのではなく脱走したのかって思うくらい」

「電話したのはリストの件じゃなかったが、情報が欲しいことに変わりはなくてね。きょうじゅうにリストの件を教えてくれたら、また五十ドル支払おう。午前中にわたしに情報を伝えてくれたら百ドルに増やしてもいい」

「驚いた。なんでこの話にそこまで大騒ぎするの？　ジョージア・フレデリックにきいてみたのよ――ほら、ここ十年ほど整形外科と〈刑務所《バケツ》〉を行ったり来たりしている看護師だから。そしたらブレイディ・ハーツフィールドのところで見かけた見舞客は、あなた以外にはひとりしかいないと話してたわ――なんでもタトゥーがあって、海兵隊みたいなヘアスタイルの冴えない女ですって」

そうきかされてもホッジズには心当たりが浮かばないが、かすかな震動だけは確実に感じとれる。ただし、その震動を信頼はしない。いまはすべてのピースをなんとしてもひとつにまとめたい一心になっている。そんなときだからこそ、先へ進むには格別の注意を払うことが肝要だ。

「で、用件はなに？　いまは狭っ苦しいリネン類クロゼットに隠れてるの。蒸し暑くって、おまけにきょうはずっと頭痛がしてるんだけど」

「昔のパートナーから電話があって、ブレイディがなにやら薬のようなものを飲んで自殺したと教えてもらった。だけどそのためには、ブレイディがずいぶん前から薬を溜めこんでいなくちゃならなかったはずだ。そんなことができるのか？」

「ええ、できる。ついでにいえば、フライトクルー全員が食中毒で死んじゃっても、わたしがひとりでボーイング七六七のジャンボジェットを着陸させることもできる――でも、どっちも現実にはぜったいにありえないでしょう？　警官にも、それから検事局から来たなかではいちばん腹立たしい無作法男ふたりにも、おなじことを話したわ。理学療法のある日に、ブレイディはアナプロックス－DS錠を処方されてた——理学療法前の食事といっしょに一錠服用。本人が希望すれば、時間をおいてもう一錠までは出せる——といっても本人から希望が出ることはめったになかった。だいたい鎮痛効果でいえば、アナプロックスよりも市販薬のアドヴィルのほうがまだ強いくらい。カルテには、本人の希望によっては有効成分を増やしたエクストラ・ストレングス・タイレノールを飲ませてもいいと書いてあるけど、これまで飲ませたのは数回だけよ」

「その話をきいて検事局の連中の反応は？」

「いまのところあの人たちは、ブレイディがアナプロックスを馬に食わせるほど飲んだという仮説に沿って動いてる」

「でも、きみはそんな説を信じていない？」

「信じてないに決まってる！　だいたい、そんなにたくさんの錠剤をあいつがどこに隠してたっていうのよ——床《とこ》ずれしまくりの貧弱なケツにでも隠してた？　もう行かないと。訪問許可者リストの件は、またこっちから連絡する。もしそんなリストが実在していたら」

「恩にきるよ、ノーマ。きみもアナプロックスを飲んで頭痛を治すといい」

「余計なお世話よ、ビル」しかし、いいながらノーマは笑い声をあげている。

15

オフィスにはいってきたジェロームをひと目見るなり、ホッジズの頭をよぎった思い、それは――こりゃ驚いたな、坊主。ずいぶんでっかくなっちまって！

ジェローム・ロビンスンがホッジズのところで働いていたころは――――最初は庭の芝刈り少年、やがて家まわりの雑用全般の手伝いをするようになって、最後はホッジズのコンピューターをメンテナンスして良好にたもつハイテク天使として働いていたころは身長は百七十センチほど、体重六十三キロのひょろりとしたティーンエイジャーだった。いまオフィスのドアの前に立っている若き巨人は身長がどう見ても百八十五センチはあり、体重は少なく見積っても八十五、六キロはありそうだ。前々からハンサムだったが、いまでは映画スターも顔まけの美青年で、全身の筋肉が盛りあがっている。

そして問題の青年はにこやかな笑みで顔をほころばせ、大股に歩いてオフィスを横切り、ホッジズをハグする。抱きしめる腕に力をこめるが、ホッジズが顔をしかめたのを見て、あわてて腕をほどく。「うわっ、ごめんね」

「いや、痛かったわけじゃない。きみに会えたのがとてもうれしかっただけだ」視界が多少ぼやけている。ホッジズは片手の掌底で目もとをごしごしと拭う。「そうとも、きみの姿はわが老いた目の保養だな」

「それはこっちの科白《せりふ》だよ。で、気分はどう?」

「いまは万事問題なしだ。痛み止めの薬は飲んだが、きみの顔のほうがいい薬になる」

ホリーは地味なウィンターコートの前をひらき、両手を腰のあたりで組んだままドアのところに立っている。そこに立って、うれしそうでない笑顔でホッジズとジェロームを見つめている。〝うれしそうでない笑顔〟の存在をホッジズはこれまで信じなかっただろうが、明らかに実在するようだ。

「ホリー、きみもこっちへ来るんだ」ホッジズは声をかける。「いや、三人いっしょのハグをしようというんじゃない――約束するよ。今回の件について、もうジェロームに必要なことを話したのかな?」

「バーバラに関係する部分は、ジェロームももう知ってる。でもそれ以外の話は、あなたからきかせたほうがいいと思って」ホリーはいう。

ジェロームは温かくて大きな手でホッジズのうなじをぎゅっとつかみ、すぐ手を離す。

「ホリーからきいたけど、あしたには入院してまたいろいろ検査を受けたり治療計画を立てたりするんだってね。あなたがそれに反対するようなら、このぼくが〝黙れ〟と一喝することになってるんだ」

「黙れなんていっちゃだめ」ホリーがいかめしい目でジェロームをにらみながらいう。

「わたしはそんな乱暴な言葉をつかわなかったし」

ジェロームはにやりとする。「たしかに口では〝お静かに願います〞っぽいことをいってたけど、目は〝黙れ〞といってたよ」

「馬鹿馬鹿しい」ホリーはそういうが、顔には笑みがもどっている。こうしてまた三人いっしょになれたのはうれしい――ホッジズは思う――けれど、あつまれた理由を思うと悲しい。ホッジズはバーバラのようすをたずねることで、ホリーとジェロームのあいだの、なぜだか愉快な一種の姉弟喧嘩《きょうだいげんか》をおわらせる。

「元気だよ。脛骨《けいこつ》と腓骨《ひこつ》のそれぞれまんなかあたりにひびがはいってるけど、サッカーの試合に出たり、こぶだらけのスロープをスキーで滑ったりしたときの怪我みたいなものだな。なんの問題もなく治るはずだよ。足にはギプスをつけてもらったけど、もうギプスの内側が痒くてたまらないって文句をいってた。それで母さんが孫の手みたいなものを買いに出かけてる」

「ホリー、バーバラに六枚組写真《シックスパック》を見せたかい？」

「ええ。六人からドクター・バビノーを選んでた。一瞬も迷わずに」

ドクター、二、三おうかがいしたいことがあるんですが――ホッジズは思う――仕事ができる最後の一日のあいだには答えてもらうつもりですよ。答えをきかせてもらうためには、多少あなたを締めあげることや、目を白黒させるような目にあわせたりすることが必要になっても、それはそれでいっこうにかまわないんですがね。

ジェロームはホッジズのデスクの片隅に腰をすえる——そこが指定席だ。「じゃ、最初から一部始終を順番に話してもらえるかな？　ぼくなら、なにか新しいことに気づくかもしれないし」

話す役はおおむねホッジズが引きうける。ホリーは窓辺に歩み寄ると、両腕を組んで手で肩を押さえ、ロウアー・マルボロ・ストリートを見おろす。ときおりホッジズの話をわきから補足するものの、おおむねただの聞き役にまわっている。

ホッジズが話しおえると、ジェロームがたずねる。「その〝精神で物質をコントロールする〟っていう話だけど、どのくらい信じてる？」

ホッジズは考えをめぐらせる。「八十パーセントというところか。もっと多いかも。突拍子《とっぴょうし》もない話ではあるが、これだけエピソードがそろっては否定しがたいね」

「あいつにそんな超能力があるとしたら、責任はわたしにある」ホリーが窓からふりかえらずに口をはさむ。「あなたの〈ハッピースラッパー〉で頭を殴ったことで、あいつの脳味噌の中身を並べかえたにちがいない。あれがきっかけで、ブレイディは灰色の脳細胞のうち、普通の人間がつかっていない九十パーセントの部分をつかえるようになったのね」

「かもしれない」ホッジズはいう。「でもきみがあいつをぶん殴らなかったら、きみもジェロームも死んでいたはずだよ」

「ほかのたくさんの人もいっしょにね」ジェロームはいう。「それに、殴ったことと今回の件がまったく無関係でもおかしくない。バビノーという医者が飲ませていたなんとかっていう薬が、ブレイディを昏睡状態から引きだすこと以上の効き目を発揮したのかもしれない。ほら、実験段階の新薬が思いもかけない副作用を引き起こす例もあるし」

「あるいは、そのふたつの要因が組みあわさった結果かもしれないな」ホッジズはいう。自分たちがこんな会話をしていること自体が信じられないものの、この会話をしなければ、刑事稼業の規則第一条に公然と違反してしまったはずだ——事実の導くところへ赴《おもむ》くべし、という規則に。

「あいつはあんたを憎んでたよね、ビル」ジェロームがいう。「あんたに自殺してほしかったのに、そうしなかっただけじゃなくて、逆にあいつを追いつめたからさ」

「おまけにあなたはブレイディの武器を、逆にあいつへの武器としてつかったでしょう？」ホリーはあいかわらず窓からふりかえらず、自分の体を抱いたままいい添える。「そう、あなたは〈デビーの青い傘〉をつかって、あいつを無理やり外に追い立てた。二日前の夜、あなたにあのメッセージを送ってきたのはブレイディよ——わたしにはわかる。ブレイディ・ハーツフィールドがZボーイを自称してたのね」ここでホリーはようやくふたりのほうに顔をむける。「あなたの顔にある鼻にも負けないくらい、わかりきった話よ。あなたはミンゴ・ホールであの男を阻止して——」

「いや、わたしは下で心臓発作を起こしてた。あの男の企みを阻止したのはきみだぞ、ホリー」

ホリーはきっぱりとかぶりをふる。「あいつはそのことを知らないの――だって、わたしのことをぜんぜん見てなかったから。もしかして、あの夜の出来事をわたしが忘れるとでも思ってる？　ぜったいに忘れるものですか。あのときはバーバラが通路をはさんだ側の数列前の座席にすわってて、あいつはわたしじゃなくバーバラを見てた。わたしはあいつに大きな声をかけ、あいつが頭をめぐらせはじめるなり殴った。つづけてもう一発殴った。ええ、そのとおり――思いっきり強く殴ってやった」

ジェロームが近づこうとするが、ホリーはすかさず片手をかかげて制止する。他人と目をあわせることがすこぶる苦手なホリーだが、いまはまっすぐホッジズの目を見つめている。ホリーの目は爛々《らんらん》と燃えている。

「あいつを煽って外に追い立てたのはあなた。わたしたちはあいつのコンピューターをクラックして、あいつの目論見を見抜いたけれど、そのときパスワードを解明したのもあなた。あの男にとっては、ずっと昔からあなたこそが諸悪の元凶。ええ、わたしにはわかる。それにあなたはブレイディの病室をしじゅう訪れては、あそこに腰をすえて話しかけてもいたし」

「じゃ、あいつがこんなことをしたのも、それが原因だというのかい？　いや、〝こんなこと〟というのがなにかはともかく」

「ちがう！」ホリーは金切り声も同然に叫ぶ。「あいつがこんなことをしたのは、ただ頭がとことんいかれてるからよ！」

それからいったん間をはさんだのち、ホリーは弱々しい口調で、大声を出してわるかったと謝る。

「謝ったりするなよ、ホリーベリー」ジェロームがいう。「がんがん強く攻めてるときのホリーにはぞくぞくさせられるんだ」

ホリーはしかめ面をジェロームにむける。ジェロームは鼻を鳴らして笑うと、ホッジズにダイナ・スコットの〈ザピット〉のことをたずねる。「よかったら現物を見せてほしいな」

「わたしのコートのポケットにはいってるよ」ホッジズはいう。「ただし、〈フィッシン・ホール〉のデモ画面には気をつけるんだぞ」

ジェロームはホッジズのコートのポケットに手を突っこみ、まず胃薬のタムズとポケットに常備されている刑事愛用の手帳をとりだしてから、ダイナがもらった緑色の〈ザピット〉をとりだす。「まじで驚くな。この手のマシンは、ビデオデッキとかダイヤルアップ用モデムといっしょに絶滅したとばっかり思ってた」

「ええ、絶滅したも同然よ」ホリーがいう。「おまけに値段が売上の足を引っぱった。調べたの。希望小売価格は百八十九ドル。二〇一二年で。ぼったくりもいいところ」

ジェロームは〈ザピット〉を軽く投げて、手と手のあいだで往復させている。顔つきは沈み、いかにも疲れて見える。無理もないだろうとホッジズは思う。きのうはアリゾナで家を建てていたところ、いつも陽気な妹が自殺をくわだてたというので、大急ぎで帰ってこなくてはならなかったのだ。

ジェロームはホッジズの顔つきから、そんな思いの一部を読みとったらしい。「バーバラの足はちゃんと治るよ。ぼくが心配してるのは妹のメンタル面だ。あいつは青い光がどうこうって話してた。声がきこえてきたという話もしてた。ゲームから声がきこえてきたって」

「それに、いまもまだ頭のなかに残ってるとも話してたわ」ホリーがいい添える。「音楽の一節が耳にこびりついて、いつまでも離れなくなるみたいにね。バーバラのゲームマシンはもう壊れてるから、いずれはそんな声もきこえなくなるでしょうけど、まだマシンが手もとにある人はどうかしら？」

「バッドコンサート・ドットコムのサイトが閉鎖されたいま、あのマシンをもっている人があと何人いるかを調べる手だてはあるかな？」ホッジズはいう。

ホリーとジェロームは顔を見あわせ、まったく同様のしぐさでかぶりをふる。

「くそ」ホッジズは毒づく。「いや、まあ、まったく意外だったわけじゃないよ……それでもやはり……ええい、くそ」

「この〈ザピット〉からも青い光が出たの？」ジェロームはあいかわらず〈ザピット〉に電源を入れず、片手から片手へと軽く投げて往復させているだけだ。

「出てない。ピンクの魚が数字に変わることもなかった。自分で試してみるといい」

ジェロームは電源を入れずにマシンをひっくりかえし、電池カバーをあける。「珍しくもない単三電池。再充電可能タイプ。魔法でもなんでもないね。でも、〈フィッシン・ホール〉のデモ画面を見ていたら本当に眠くなったんだね？」

「ああ、わたしはね」ただし、そのとき薬をたっぷり飲んでいたことは話さずにおく。

「さしあたって、いまわたしが興味をもっているのはバビノーのほうだ。あの男はこの件に深くかかわっている。そんなパートナーシップがどうやってつくられたのかはわからないが、バビノーが生きていれば、そのあたりを話してくれるだろうよ。さらに、それ以外にも関係者がいるな」

「ハウスキーパーが見かけたという男ね」ホリーがいう。「塗装が点々と剝げて、下塗りがまだらにのぞく古い車を走らせていた男。わたしの考えをききたい？」

「頼む」

「そのふたりのどちらか——ドクター・バビノーか古い車の男のどちらか——がルース・スキャペッリのもとを訪れたのだと思う。ブレイディは、なにか理由があってあの看護師に恨みをいだいていたにちがいないわ」

「でも、あいつがだれかをどこかに送りこむなんて、どうすればそんなことができる？」ジェロームはいいながら電池カバーを滑らせ、〝かちり〟という音とともに所定の位置にはめこむ。「マインドコントロール？　ビル、あなたのさっきの話だと、ブレイディが念動力だかなんだかでできるのは、せいぜいバスルームの蛇口をひねって水を出すことだったたね——まあ、それだってぼくには受けいれがたい話だよ。どうせ噂話が積もり積もっただけだ。都市伝説ならぬ病院伝説じゃないかな」

「ゲームが関係しているにちがいない」ホッジズは考えを口にする。「ブレイディがゲームになにか細工をした。どうにかして、効果を底上げしたんだな」

「病室にいながらにして？」ジェロームは暗《あん》に〝冗談やめなよ〟と語る顔をホッジズにむける。

「わかってる。筋の通らない話だ——たとえ念動力を実在するものと仮定してもね。でも、ゲームが関係していることはまちがいない。ぜったいにまちがいないんだ」

「バビノーなら知ってるかも《バビノー・ウィル・ノー》」ホリーがいう。

「ホリーは詩人だね——自分じゃ知らないだけで」たまたま韻を踏んだホリーの言葉に、ジェロームがむっつりした顔で定番の揶揄を飛ばす。あいかわらずゲームマシンを片手から片手へと往復させているばかり。もしかしたら、いますぐ〈ザピット〉を床に叩きつけて踏み潰してしまいたい衝動と戦っているんじゃないか——ホッジズはそう感じる——だとしても無理からぬことだ。なんといっても、妹をおなじゲームマシンに殺されかけたのだから。

ちがう——ホッジズは思う。そういう話じゃない。たしかにダイナの〈ザピット〉で表示させた〈フィッシン・ホール〉のデモ画面には、穏やかな催眠効果があったが、それ以上のものではなかった。それはおそらく……。

ホッジズはいきなり背すじをまっすぐに伸ばす——その動作で脇腹にずきんと刺すよ

うな痛みが走る。「ホリー、〈フィッシン・ホール〉についての情報を検索したかい？」

「いいえ」ホリーは答える。「考えもしなかった」

「いま検索してもらえるか？　わたしが知りたいのは——」

「デモ画面を話題にしてる人がいるかどうかでしょう？　いわれなくても思いついてなくちゃいけなかった。いますぐ調べてみる」ホリーは急ぎ足で外の受付エリアに出ていく。

「わからないのは——」ホッジズはいう。「まだすべての結末を迎えてもいないのに、どうしてブレイディがみずから命を絶ったのか、だ」

「それはつまり、何人の若者たちをまんまと自殺に追いこめたかどうか、その結論も出ないうちに……ということだね」ジェロームはいう。「それも、あの忌ま忌ましいコンサートを見にいっていた若者たち。だって、いま話題にしているのは、そういう連中のことだから——そうだよね？」

「ああ」ホッジズはいう。「とにかく、不明部分が多すぎる。多すぎるどころじゃないくらい多い。だいたい、ブレイディのやつがどうやって自殺したのかもわかってないんだ。あの男の死が本当に自殺だったとして」

ジェロームは両手の掌底を強く左右のこめかみに押しつける——そうやって脳味噌の膨張を押さえこもうとしているかのように。「お願いだから、ブレイディのやつはまだ生きているとかいいださないでよ」

「いいや、あいつは死んでる——まちがいない。ピートがそんなことをまちがえるわけはない。わたしがいっているのは、ブレイディが何者かに殺害された可能性だ。いままでにわかっていることから判断すると、容疑者としてもっとも怪しいのはバビノーだ」

「大当たり！」外のオフィスからホリーの大きな声がきこえる。

ホリーが歓声をあげたとき、ホッジズとジェロームはたまたま顔を見あわせている——ふたりとも笑い声を押し殺そうとする一瞬にかぎって、そこに崇高なまでのハーモニーが生まれる。

「どうした？」ホッジズは声をかける。けたたましい馬鹿笑いを我慢しつつ出せる言葉はこれが精いっぱいだ——馬鹿笑いをした日にはホリーに胸の痛む思いをさせるばかりか、自分の脇腹にも激痛を招くことになりかねない。

「〈フィッシン・ホール催眠問題〉というサイトを見つけたの！　トップページには、子供がこのゲームのデモ画面を長時間見ないように気をつけろという、保護者むけの警告が出てる！　最初は二〇〇五年に、このゲームのアーケード版バージョンで催眠効果が確認されたって書いてある！　〈ゲームボーイ〉版では修正がなされた……しかし〈ザピット〉版は……待って……メーカーは修正したと発表していたけど、じっさいには修正されていなかった！　この件ですごく長く伸びてるスレッドがある！」

ホッジズはジェロームに目をむけて無言でたずねる。

「スレッドっていうのは、ネット上でかわされている会話のこと」ジェロームは答える。

「アイオワ州のデモインでは男の子が意識をうしなって倒れ、机のへりに頭をぶつけて頭蓋骨にひびがはいった例があるって！」ホリーは歓声のような声でいいながら立ちあがり、小走りにホッジズとジェロームのもとへ引き返してくる。「きっと過去に訴訟も起こされてると思う！〈ザピット〉のメーカーの経営悪化も、それが理由のひとつにちがいない！ それだけじゃなくて、サンライズ・ソリューションズ社があんなことになった理由のひとつであってもおかしく——」

ホリーのデスクの電話が鳴りはじめる。

「ったく、このカス」ホリーは軽く毒づきながら電話にむきなおる。

「かけてきたのがだれでもいいから、きょうはもう休みだと話してくれ」ホッジズはいう。

しかし、〝はい、こちらファインダーズ・キーパーズ社〟という定番の応答を口にしたあと、ホリーはじっと相手の話に耳を貸している。ついで体の向きを変え、受話器をさしだしてこう告げる。

「ピート・ハントリー。いますぐあなたと話がしたいって——なんだか妙な口ぶりよ。悲しんでるというか怒ってるというか、なんていうか……」

ピートの口ぶりが〝悲しんでるというか怒ってるというか、なんていうか〟になった事情を確かめようと、ホッジズは外の受付スペースへむかった。

その背後では、ジェロームがようやくダイナ・スコットの〈ザピット〉の電源を入れている。

そしてフレディ・リンクラッターのコンピューター室では(フレディ本人はエキセドリンを四錠飲んで寝室で眠っている)、《発見 44》という表示が《発見 45》に変わり、シグナル・リピーターが《データ転送中》という文字を点滅させる。

しばらくしてリピーターに《完了》の文字が点滅しはじめる。

16

ピートは挨拶もしない。その口から出てきたのは――「きいてくれ、カーミット。話をきいて、真相が落っこちてくるまで揺さぶってくれ。あのクソ女《ビッチ》はふたりのＳＫＩＤといっしょに家のなかだ。で、おれはいま裏に出てきた――鉢植えの草花なんかを育てるためのなんとかいう小屋で、ケツが凍るほど寒いときてる」

最初のうちホッジズは驚きのあまり返答もできない。といっても、ピートが捜査を進めている現場にふたりのＳＫＩＤ――市警察が内輪でつかう略語で、州犯罪捜査局《ステート・クライム・インヴェスティゲーション・ディヴィジョン》をあらわす――がいることに驚いたのではない。ホッジズが驚いているのは(というより、むしろ愕然としているのは)、長いつきあいのあいだにピートが

〝ビ〟ではじまる罵倒の言葉を口にしたのは、これまで一回だけだからだ。そのときピートは義母を話題にしていた――義母は、ピートがまだ結婚していたころ、妻に家を出ろとけしかけた当人であり、そのあと妻が家を出ると、子供ともども実家に引きとった。そして今回ピートが〝クソ女《ビッチ》〟呼ばわりしているのがだれかといえば、パートナーのイジーことイザベル・ジェインズ、またの名、麗しのグレイアイズ嬢にちがいない。

「おおい、カーミット。まだそこにいるか？」

「ああ、いる」ホッジズは答える。「で、そっちはいまどこに？」

「シュガーハイツ。麗しのライラック・ドライブにあるドクター・フェリックス・バビノーの自宅。いやいや、こいつはクソったれなお屋敷だ。おまえさんならバビノーが何者かはわかるな。ああ、わかるに決まってる。おまえさんほどブレイディ・ハーツフィールドに目を光らせていた者はいないからね。しばらくは、あいつがおまえさんの趣味だったといえるほどじゃないか」

「おまえがだれの話をしているのかはわかる。でも、なんの話なのかはさっぱりわからないな」

「この一件がもうじき爆発しそうでね――いざ爆発したときに、イジーは爆弾の破片に当たりたくないんだよ。ほら、あいつは野心家だろう？　十年後の刑事局長をめざしてるし、十五年後の警察本部長あたりを狙っているのかも。それはわかる――わかったからといって気にいるわけじゃないが。イジーはおれに内緒でホーガン本部長に電話をかけ、ホーガンが州犯罪捜査局を呼びこんだ。いまはまだ正式に連中の担当事件じゃないかもしれないが、昼までにはそうなってるね。連中は連中なりに考えた犯人を押さえてる――でも、てんで見当ちがいだ。おれにはわかってる。イジーにもわかってる。ただし、イジーは連中のやり口を鼠のクソほども気にかけちゃいないだけでね」

「とにかく、もうちょっと話にブレーキをかけてくれないか。いったいなにがどうなってる？」

「いいか、まず朝の七時半にハウスキーパーがこのお屋敷へやってきた。名前はノーラ・エヴァリー。ドライブウェイの突きあたりまで来たところで、バビノーの愛車のＢＭＷが芝生の上にとまっているのが見えた――それだけじゃない、フロントガラスに弾痕があった。車内をのぞいたところハンドルと座席に血痕が見えたので、ノーラは九一一に通報した。一台のパトカーが五分で現場に行けるところにいた――シュガーハイツでは、いつでも五分以内の場所にパトカーがかならず一台はいるからね。パトカーが到着したとき、エヴァリーはドアを全部ロックした自分の車にすわって木の葉みたいにぶるぶる震えてた。警官たちはエヴァリーに車内にとどまっているようにいってから、屋敷の玄関にむかった。ドアは施錠されていなかった。玄関ホールに、ミセス・バビノー――名前はコーラ――が死んで横たわっていた。いずれ監察医が遺体からとりだすはずの弾丸は、鑑識技官がＢＭＷからとりだすはずの弾丸とおなじ拳銃から発射されたと判明するだろうな。そしてミセス・バビノーのひたいには――いいか、覚悟してきけよ

——黒いインクでZが書きこまれてた、それどころか、Zの字が大型テレビのスクリーンをはじめ、一階のいたるところに書いてあるんだよ。エラートンの家にあったみたいなZの字だ。あのときエラートンの家でイジーは、こんな厄介な泥沼にかかわりたくないと決めてたが、それも正しかったように思うよ、ったく」

ホッジズはとりあえずピートに話をつづけさせるためだけに、「ああ、たぶんね」と相槌をうつ。それからホリーのコンピューター横にあるメモ用紙をつかんで引きよせ、新聞の見出しのように大文字だけをつかって《バビノーの妻が殺された》と大きく書きつける。ホリーがさっと片手で口を覆う。

「発見した制服警官のひとりが署に連絡の電話をかけているあいだ、もうひとりが二階からいびきがきこえてくることに気がついた。アイドリング中のチェーンソウみたいな音だった——警官はそう話してる。そこでふたりは拳銃を抜いて二階へあがっていった。二階には来客用寝室が三部屋ある——いいか、一、二の三部屋だぞ、そのくらいでっかい屋敷なんだ。で、そのうちひとつの寝室で老いぼれ男がぐっすり眠りこけていた。警官たちに起こされると、老いぼれは名乗った——自分はアルヴィン・ブルックスだ、と」

「〈図書室《ライブラリー》アル〉だ！」ホッジズは声を高める。「病院のスタッフだよ。わたしが最初に見た〈ザピット〉は、アルが見せてくれたものだったんだ！」

「そう、その男だ。シャツのポケットにカイナー記念病院の身分証がはいってた。しかも、問いつめられもしないうちから、ミセス・バビノーを殺したのは自分だとべらべらしゃべりはじめた。催眠術にかけられているあいだに殺した、と主張した。それでふたりはブルックスに手錠をかけて一階に連れてきて、ソファにすわらせた。それから三十分ばかりして現場に到着したおれたちが見たときにも、あいつはそこにすわってた。あいつのどこがどうわるいのかはわからん――頭が調子っぱずれになってるのかもな。とにかくやつは、〝紫の惑星《プラネット・パープル》〟にいるんだよ。話にいっさい脈絡ってものがなくて、しじゅう話題を変えては、わけのわからんことをまくしたてる」

　ブレイディの病室訪問を切りあげる少し前――ということは、二〇一四年の労働者《レイバー・》の日《ディ》の週末前後だったはずだが――やはり病室をたずねたおりにアルが話した言葉をホッジズは思い出す。そのアルの言葉を、いまホッジズは口にする。「目に見えないものが、これほどよかったことはない、だろ?」

「ああ、そうだ」ピートは驚いた声になる。「そんなような言葉だよ。だれに催眠術をかけられたのかとイジーがたずねると、魚だと答えた。とってもきれいな海にいる魚だと」

　ホッジズには筋の通る話だ。

「そのあとさらに尋問すると――そのころにはイジーがキッチンに行って、おれの話はなにもきかず、とにかくこの一件すべてをうっちゃろうとするのに忙しかったらしいんで、尋問したのはおれだが――やつはこう話した。ドクターZから――この先は引用だ

――〝しるしを残せ〟といわれたとね。それも十個のしるしを残せ、と。たしかに、遺体のひたいにあったZを含めて、一階には全部で十カ所にZが書いてあった。で、おれがドクターZというのはドクター・バビノーのことかと質問すると、あの男はこう答えた――ちがう、ドクターZはブレイディ・ハーツフィールドだ、と。いかれぽんちにもほどがあるだろう？」

「そうだな」ホッジズはいう。

「それからおれは、ドクター・バビノーも撃ったのかとたずねてみた。やつはただ頭を左右にふっただけで、できたらまた眠りたいといった。ちょうどそのときだよ、イジーがキッチンから引き返してきて、ドクター・バビノーは有名人だから、この事件も世間の注目をあつめる有名事件になる、そのためホーガン本部長が州犯罪捜査局に連絡した、と教えてくれた。おまけに、たまたまいま捜査局のスタッフがなにかの裁判で証言をする関係で、この市にいるという、好都合きわまる偶然のおまけつきだ。イジーはおれと目をあわせようとせず、顔を真っ赤にしてたよ。で、おれがあちこちに書いてあるZの字を指さしながら、ほらほら、どこかで見覚えがあるんじゃありませんかとたずねても、その話はまったくしないときた」

昔のパートナーであるピートの声に、ここまで怒りともどかしさがこもっているのをきくのはホッジズにも初めてだった。

「そのとき、携帯に着信があった……ああ、覚えてるかな？　きょうの朝おまえさんに電話をかけたとき、自殺したブレイディ・ハーツフィールドの口のなかの残留物のサンプルを病院の当直医が採取したって話をしたな？　それも、検屍担当の監察医が現場に到着する前に採取したって」

「ああ、覚えてる」

「携帯にかけてきたのはその医者だった。サイモンスンって名前だ。監察医からの報告書は早くても二日後にならないと到着しない。でもサイモンスンは、すぐに分析をすませてくれた。ハーツフィールドの口のなかにあったのは、麻薬性鎮痛剤のヴァイコディンと睡眠導入剤のアンビエンの混合物だった。ハーツフィールドにはどっちの薬も処方されちゃいなかったし、そもそもあいつじゃ、軽やかな足どりで手近な薬品ロッカーにこっそり近づいて薬をちょろまかすなんて真似は、とうていできなかったはず——そうだろ？」

ブレイディが痛み止めにどんな薬を飲まされていたかをすでに知っていたホッジズは、そう、そのとおり、まず考えられないね、と答える。

「いまイジーのやつは屋敷のなかだ——どうせ州犯罪捜査局のふたりがブルックスという老いぼれを尋問しているのを、なにもしゃべらず黙ったまま離れたところから見てるんだろうな。そもそもブルックスは、こっちからヒントを出してやらなけりゃ自分の名前だって思い出せないようなやつだ。自分の名前をいわないときには、Ｚボーイと名乗ってる。マーベル・コミックスのキャラみたいな名前じゃないか」

ホッジズはペンをふたつにへし折りそうなほどの力を手にこめ、メモ用紙にふたたび新聞の見出しめいた大文字だけの文章を書きつけていく。書きつける手もとを、ホリーが体をかがめてのぞきこむ。

《〈デビーの青い傘〉にメッセージを残したのは〈図書室アル《ライブラリー》〉だった》

ホリーは目を大きく見ひらいてホッジズを見つめる。

「州犯罪捜査局の連中が来る前に――といっても連中はほんとにすぐ現場に来たんだが――おれはブルックスに、おまえがブレイディ・ハーツフィールドのことも殺したのかと質問したんだよ。するとイジーのやつが『その質問には答えないで！』とブルックスにいいやがった」

「イジーが……なにをいったって？」ホッジズは声を高める。いまのホッジズの頭にはあまり余裕がないので、ピートとパートナーの関係が壊れつつある現状を心配することもままならないが、それでも驚きあきれる気持ちに変わりはない。イジーことイザベル・ジェインズは警察の刑事であって、〈図書室アル《ライブラリー》〉の弁護士ではない。

「きこえてただろ？　そのあとイジーはおれをじっと見つめて、『この男にきかせるべき言葉をきかせてないでしょう？』という。だからおれはふたりの制服警官に、『こちらの紳士にミランダ警告を読みあげて被疑者の権利を教えたのか？』とたずねた。ふたりは、もちろんきちんと手順を踏んだ、と答えた。おれがあらためて視線をむけると、イジーはそれまで以上に顔を赤くしてはいたが、引き下がらなかった。『この捜査でどじを踏んだところで、あなたにはどうってことない――どうせあと二、三週間で警察を辞めるんだから。でも、わたしは影響をかぶることになる――それも大々的に』」

「そして、州政府の連中がやってきて……」

「ああ。そんなこんなで、おれはいま故ミセス・バビノーが鉢植えをしまってた、なんとかっていう呼び名のある小屋でケツも凍えそうな思いをしてるわけだ。いいか、ここはこの街でもいちばん裕福な地域だぞ。それなのにおれは、井戸掘り職人のベルトのバックルよりも冷えきった安普請の小屋にいるときた。イジーのやつ、どうせおれがおまえさんに電話をかけていることもお見通しだろうよ。大好きなカーミットおじさん、ぼくちゃんの泣き言きいてほしい……ってな」

　このあたりのピートの見立ては正しいと思える。しかし、もしイザベル、またの名を麗しのグレイアイズ嬢がピートの推察どおりに出世の梯子《はしご》をあがっていく覚悟を固めているのなら、ピートの電話をもっと身もふたもない言葉で形容するはずだ――そう、〝密告《ちくり》〟と。

「例のブルックスって男はもとから頭が足りず、足りない中身もすっからかんで、マスコミに事件が報じられるときには、なにもかもおっかぶせられる間抜け男として適任ってことだな。あいつらがどんな話をでっちあげると思う？」

　ホッジズにも見当はつくが、あえてピートにしゃべらせる。

「ブルックスはなにかのきっかけで、自分がZボーイという名前の正義の復讐者だと思いこんだ。そしてこの屋敷へやってきて、玄関のドアをあけたミセス・バビノーをその場で殺し、バビノー本人がBMWに乗りこんで逃げようとしたので、おなじく殺した。そのあとブルックスは病院まで車を走らせ、バビノーが個人的にしまいこんでいた薬を盗んで、ブレイディ・ハーツフィールドに飲ませた。この部分については、もう疑いはない——この屋敷のメディスンキャビネットの品ぞろえときたら、ちょっとした薬局なみだった。それにブルックスが、なんの問題もなく脳神経外傷専門クリニックまで行けたことも確実だ。病院発行の身分証カードをもってて、過去六、七年は病院で働いていたんだから。しかし、どうしてそんなことを？　おまけにバビノーの死体はどうした？というのも、肝心のバビノーの死体がここにはないからね」

「鋭い疑問だな」

ピートはさらにつづけた。「あいつらのことだから、ブルックスが死体を自分の車に積みこんで、どこかの谷間だか地下排水溝だかに捨てたものと思われる、とかいうに決まってる——ハーツフィールドに薬を飲ませたあと、屋敷へ引き返してくる途中で捨てた、とね。だけど、女房の死体は玄関をはいってすぐのホールに転がしたままにしておいたのに、なぜバビノーの死体だけ処分する？　だいたい、そもそもなぜ病院からこの屋敷にわざわざ引き返した？」

「どうせ連中は——」

「ああ、頭がおかしい男だからだというに決まってる！　そうに決まってるんだ！　どんなに辻褄があわない事態でも、この答えひとつですっきりぜんぶ解決だ！　おまけに、もしエラートンとストーヴァーの件もとりあげられたら――って、そんなことはまずないだろうが――あいつらはいうのさ、あのふたりの女性もアル・ブルックスが殺したと！」

もし彼らが本当にそう主張するのなら――ホッジズは思う――ハウスキーパーのナンシー・オルダースンがある程度まではその主張の裏づけをするはずだ。母娘が暮らしていたヒルトップコートの家を見張っていた男は、まちがいなく〈図書室《ライブラリー》アル〉だったはずだからだ。

「連中はアル・ブルックスを洗濯物みたいに乾くまで外にぶらさげておき、マスコミにこれでもかと報道させたら幕引きにするつもりだ。だけど、この事件はそれだけじゃないんだよ、カーミット。それだけのはずがない。だから、もしなにか知ってるなら、小さな手がかりの糸を一本でも握っているのなら、とにかくその糸を手繰《たぐ》ってくれ。な、手繰ると約束してほしい」

一本ではおさまらないがね――ホッジズは思う。しかし、鍵になるのはバビノーだ。

そのバビノーは姿を消している。

「車のなかに残っていた血の量は？」ホッジズはたずねる。

「量はたいしたことはない。ただし鑑識の連中はもう、バビノーとおなじ血液型なのはまちがいないといってる。といってももちろん確定したわけじゃなく――おっと、まずいな。もう切らないと。イジーと州捜査局の片割れが裏口から出てきた。おれをさがしてる」

「わかった」

「また電話をくれ。おれがアクセスできる情報で知りたいことがあったら連絡を頼む」

「そうさせてもらうよ」

ホッジズは通話をおわらせると、会話の中身をホリーに報告しようとして顔をあげる。しかし、ホリーはもうホッジズのかたわらにはいない。

「ビル」ホリーは低い声でホッジズを呼ぶ。「こっちへ来てちょうだい」

ホッジズは内心首をひねりながら、自分のオフィスのドアにむかい……そこでいきなり足がとまる。ジェロームがホッジズのデスクについている──いつもはホッジズがすわる回転椅子にすわって長い足を前へ投げだし、ダイナ・スコットの〈ザピット〉の画面を見つめている。両目は大きく見ひらかれているが、空虚そのものだ。口は半びらきになり、下唇には小さな唾が粒になっていくつもついている。ゲームマシンの小さなスピーカーからは音楽が流れているが、ゆうべホッジズがきいたのとはちがう曲だ──そのことには確信がある。

「ジェローム？」ホッジズは一歩前へ進む。しかし、さらに一歩を踏みだす前にホリーがホッジズのベルトをつかんで引きとめる。つかむ手の力は驚くほどの強さだ。

「だめ」ホリーはさっきとおなじ低い声でいう。「ジェロームを驚かせるのは禁物。とくにあんな状態のときには」

「じゃ、どうすればいい？」

「三十代のころ、一年にわたって催眠療法をうけていたことがあるの。当時かかえていた問題がどういうものだったかといえば……いえ、わたしがどんな問題をかかえていたかは気にしないでいい。ここはわたしにまかせて」

「自信があるんだね？」

ホリーはホッジズを見つめる——血色をうしなった顔、恐怖をたたえた目。「いいえ。でも、ジェロームをあんな状態のままほっとけない。バーバラがあんな目にあったあとだもの」

ジェロームの力ない手にある〈ザピット〉から青い閃光が放たれる。ジェロームは反応しない。まばたきひとつせず、素朴な音楽が流れるなか、ひたすらスクリーンを見つめている。

ホリーは一歩前へ進み、つづけてもう一歩近づく。「ジェローム？」

答えはない。

「ジェローム、わたしの声がきこえる？」

「きこえるよ」ジェロームがスクリーンから顔をあげないままで答える。

「ジェローム、いまどこにいるの？」

これにジェロームはこう応じる。「ぼくの葬式。みんなあつまってる。すごくきれい」

17

最初にブレイディが自殺に魅せられたのは十二歳のとき――集団自殺事件にまつわる犯罪ノンフィクション、『人民寺院：ジム・ジョーンズとガイアナの大虐殺』を読んだときだった。九百人以上もの人々――その三分の一は子供だった――が青酸化合物をまぜたフルーツジュースを飲んで死んだのである。死亡者がぞくぞくするほど多いことはともかく、それ以外にいちばん興味を引かれたのはクライマックスの狂乱パーティーにいたる前段階だった。いくつもの家族がみんなそろって毒を仰ぎ、看護師たち（本物の看護師たち！）が泣き叫ぶ乳幼児の口に針のない注射器を突っこんで、のどに毒を注ぎまわる本番のずっと前から、教祖ジム・ジョーンズは激烈きわまる説教や本人が〈白夜〉と呼んでいた自殺の予行演習などを通じて、昇天をむかえるにあたっての信者たちの心がまえを周到につくりあげていた。ジョーンズはまず被害妄想で信者たちの頭を満たし、死の栄光を語ることで彼らに催眠術をかけたのだ。

ハイスクールの最上級生のとき、ブレイディは『アメリカで生きるということ』なる中途半端な授業で提出した課題レポートで、ただ一回だけのA判定をもらった。レポートにつけた題名は『アメリカの死の道《アメリカン・デスウェイズ》――アメリカ合衆国における自殺の研究抄』。このレポートでブレイディは、当時入手できるかぎり最新だった一九九九年の統計を利用した。この年の自殺者は四万人以上――その大半は銃器をもちいた自殺（この世に別れを告げるにはもっとも確実な手段）だったが、わずかな差で薬物自殺が第二位を占めていた。それ以外に首を吊った者や入水した者、血管を切った者、頭をガスオーブンに突っこんだ者や自身の体に火をつけた者がいて、さらには運転する車を橋台に突っこませた者もいた。とりわけオリジナリティあふれたひとりの自殺者は（この自殺者について、ブレイディはレポートに書かなかった――当時でさえ変わり者として目立つことを慎重に避けていた）直腸に電極を挿入し二百二十ボルトの電気でみずからを処刑した。一九九九年において、自殺はアメリカ人の死因の第十位だった。また事故死や〝自然死〟と報告されていながらもじっさいには自殺だったという事例も加算すれば、心臓発作や癌や交通事故などに迫る数字になることは疑いをいれなかった。そういった死因での死者数とならぶことはまずないだろうが、大きく差がつくこともあるまい。

ブレイディはレポートに作家アルベール・カミュの文章を引用した。いわく――「真に重要な哲学上の問題はひとつだけ――自殺だ」。

また著名な精神科医レイモンド・カッツの文句も引用した――カッツはごくあっさり、「あらゆる人間には自殺遺伝子がある」と述べたのだ。ただし、これにつづく第二文は引用して添えることを避けた――添えれば、せっかくの名文句の劇的効果が削がれると思ったからだ。第二文は「ただし大多数の人間の場合、その遺伝子は潜伏したままである」というものだった。

ハイスクール卒業から、ミンゴ・ホールで一生治癒しない大怪我を負わされるまでの十年のあいだ、ブレイディは自殺に魅せられつづけていたし、そこにはみずからの自殺――かねてから、歴史に残る絢爛《けんらん》たる瞬間になると思いこんでいるみずからの自殺――も含まれていた。

そしていまその種子が――あらゆる悲観的な見通しに反して――ようやく開花しようとしている。

そう、いよいよ自分が二十一世紀のジム・ジョーンズになるときがやってきたのだ。

18

市街地から北へ約六十五キロまで離れるころには、ブレイディはついに我慢できなくなってくる。そこで州間高速道路四七号線のサービスエリアに車を入れ、Zボーイの車の苦役にあえぐエンジンを切り、バビノーのノートパソコンの電源を入れる。サービスエリアでは珍しくないが、ここもWi-Fiが飛んでいない。しかしビッグママことベライゾン社のおかげで、六キロばかり先に携帯電話の電波中継塔がある――塔は厚くなりつつある雲を背景にそびえたっている。バビノーのマックブック・エアーをつかえば、ほとんど車がとまっていないこの駐車場にいながらにして、行きたい場所にどこへでも行ける。ちっぽけな念動力など、インターネットのパワーとはくらべものにならない――ブレイディはそう思う（そう思うのも初めてではない）。いまもネットのソーシャルメディアサイト――傍若無人な〝荒らし屋《トロール》〟たちが好き勝手に徘徊《はいかい》し、際限なく誹謗中傷が横行している空間――という可能性のスープのなかで、一千の自殺の卵が孵化《ふか》を待っているはずだ。それこそ〝精神で物質世界をあやつる〟ことではないか。

もっとすばやくキーを打ちたいのに、指が思いどおりに動かない――嵐の接近とともに湿った風が吹きこんでいるせいで、バビノーの指の関節炎が悪化しているからだ。それでも、やがてノートパソコンはフレディ・リンクラッターのコンピューター室にある高性能マシンとリンクを確立する。といっても、長時間ずっとリンクしている必要はない。ついでブレイディは、これに先立ってバビノーの頭にはいりこんだおりにこのノートパソコンに仕込んでおいた隠しファイルをクリックする。

Z《ジー》ジエンド・ドットコムとのリンクをひらきますか？　Y　N

マウスカーソルをYにあててリターンキーを押して待つ。処理中の意味で画面に表示される〝不安リング〟が何度も何度もくるくるまわる。いよいよ、なにか不具合が起こったかとブレイディが思いはじめるのを見すかしたように、ノートパソコンの画面に待望のメッセージが表示される。

Z《ジー》ジエンド・ドットコムがアクティブ状態になりました。

よし。Z《ジー》ジエンド・ドットコムは、いってみればケーキのちょっとした飾りにすぎない。〈ザピット〉は限られた台数しか配布できなかった――そのうえ腹立たしいことに、購入した在庫のかなりの部分が不良品だった。しかしティーンエイジャーは群れる習性の動物だし、群れる動物は精神と感情の双方で同調傾向が強い。それこそ魚や蜂が群れをつくる理由だ。毎年、カリフォルニアのサン・ファン・カピストラーノ教会に燕《つばめ》がもどってくる理由だ。人間の行動でいうなら、フットボールや野球のスタジアムで〝ウェーブ〟がスタンドをめぐっていく理由であり、群衆とともにあるというだけで、個人が群衆に吸収されて消える理由でもある。

十代の少年たちは仲間外れにされたくない一心でおなじようなバギーパンツを穿き、おなじような無精ひげを生やす。十代の少女たちはそろっておなじようなスタイルの服を着て、おなじ音楽グループに熱をあげる。今年の流行はウィ・アー・ブラザズ。ほんの少しだけ昔にはラウンドヒアとワン・ダイレクション。さらに昔はニュー・キッズ・オン・ザ・ブロック。流行のあれやこれやは、感染力の強い麻疹《はしか》のようにティーンエイジャーのあいだに広がっていく——そしておりおりに、自殺が流行のひとつになりもする。二〇〇七年から二〇〇九年にかけてイギリスの南ウェールズ地方で十代の男女数十人が首を吊って自殺したことがある——このときにはネットのソーシャルネットワーキングサイトのメッセージがこの狂熱をあおった。自殺者が残した別れの言葉さえもが、ネットスラング流の綴りを採用していた——《Me2《ミーツー》（わたしも）》そして《CU《シーユー》 L8er《レイター》（じゃあ、またね）》。

数百万平方キロメートルもの土地を灰燼《かいじん》に帰《き》してしまうような野火も、乾ききった枯れ草の茂みに火のついたマッチを一本投げこむだけでつくりだせる。ブレイディが手下のドローン人間を操縦して頒布《はんぷ》した〈ザピット〉は、いわば数百本のマッチだ。すべてのマッチに火がつくことはないし、いったん火がついても消えてしまうマッチもある。そのことはブレイディにもわかっていた。しかしブレイディには、後方支援の手段でもあり作用を促進する触媒としてもつかえるZ《ジー》ジエンド・ドットコムがある。うまく動くだろうか？　自信があるとはとてもいえないが、徹底したテストをおこなうには、もう時間が足りない。

もしこれが目論見どおりに動いたら？

この州全域で——いや、そればかりか中西部全域で——十代の若者が自殺する。数百人、いや、ひょっとしたら数千人単位で。さあ、そうなったらあんたはどう思うかな、退職刑事のホッジズさん？　これであんたの引退生活がいっそう明るくなるだろうよ、お節介好きの出しゃばりクソ野郎。

ブレイディはバビノーのノートパソコンをわきへ置いて、代わりにZボーイのゲームマシンを手にとる。このマシンは手にしっくりとなじむ。頭のなかではこのマシンを〈ザピット・ゼロ〉と呼んでいる。最初に目にした〈ザピット〉だからだ——あの日アル・ブルックスは、これがブレイディの気にいるかもしれないと考えて病室にもってきた。気にいった。そう、心の底から〈ザピット〉が気にいったのだ。

ただしこのマシンには、追加プログラムも数字に変わる魚もサブリミナルメッセージも組みこまれてはいない。ブレイディにはどれも必要ないからだ。そのいずれも、純粋に標的のためのものだ。しばらく右に左に泳ぐ魚を見つめるのは心を落ち着けて精神を集中させるのに役立つからで、ブレイディは目を閉じる。最初は闇しか見えないが、ややあって赤い輝点があらわれはじめ——たちまちその数が五十以上になる。コンピューターの地図に表示されるドットに似ているが、いまブレイディが見ている輝点は一カ所にとどまってはいない。輝点は上下に動き、左右に動き、おたがいに交差しあって動いている。ブレイディはそこから適当にえらんだひとつの輝点に意識を集中させ、閉じた瞼の裏で眼球を動かして輝点の動きを追う。その動きが速度を落としはじめ、さらに速度を落とし、また速度を落とす。やがて動かなくなった輝点はぐんぐんと大きくなり……まるで花のようにひらく。

そしてブレイディは寝室にいる。寝室にいるのはひとりの少女、バッドコンサート・ドットコムから無料でもらった自分の〈ザピット〉で、食い入るように魚を見つめている。少女はベッドに横になっている。きょうは学校へ行かなかったからだ。もしかしたら、体調がわるいとでもいったのかもしれない。

「きみの名前は？」ブレイディはたずねる。

彼らがゲームマシンから出る声を耳にするだけという場合もあるが、とりわけ感受性の強い者なら、じっさいにブレイディの姿を目にすることもある——ビデオゲーム内のアバターのように。この少女は後者のタイプだ——幸先のいいスタートというべきか。しかし、彼らの反応が決まってよくなるのは名前で呼びかけたときなので、ブレイディはこれからも名前を呼びつづけるつもりだ。ベッドで自分の隣に若い男が腰かけているのを見ても、少女は驚いたようすも見せない。顔は青ざめている。目はぼんやりとうつろだ。

「わたしはエレン」少女はいう。「当たりの数字をさがしてるの」

ああ、そうに決まってる——ブレイディは思いながら、するりと少女のなかへはいっていく。エレンという少女は南に六十五キロほど離れた場所にいるが、ひとたびデモ画面がふたりをつなげばもう距離は問題ではない。その気になれば少女を思うままに操って、ドローンのひとりにすることもできるが、いまはそんなことをしたくはない——オリヴィア・トレローニーの死を願っていたころも、夜のあいだに自宅に忍びこんでのどを切り裂いてやろうとは思いもしなかったが、それとおなじだ。殺人は相手を支配することではない──殺人はしょせん殺人だ。

　自殺こそが相手の支配である。

「いまは幸せかい、エレン？」

「前は幸せだったわ」エレンは答える。「でもまた幸せになれる──当たりの数字が出てくれればね」

　ブレイディは、寂しげでありながら魅力にあふれている笑みをエレンにむけ、「たしかにそうだね。でも数字なんて人生みたいなものだよ」という。「ぴったり計算が合うことなんてない。そうじゃないかな？」

「うーん、そうかも」

「教えてくれないかな、エレン──いまのきみの心配事はなに？」その気になれば質問しなくてもわかる。それでも、本人が口に出すほうがいい。エレンに心配事があることはわかっている。心配と無縁な人はいないし、なかでもティーンエイジャーはどの世代よりも心配が多い。

「いまの心配？　SATかな」

　なるほど──ブレイディは思う──悪名高き大学進学適性試験《スカラスティック・アセスメント・テスト》。教育という畜産業をつかさどる文部農務省の役人どもが、山羊《やぎ》の群れから羊を選別するためのテストだ。

「とにかく数学が苦手でさ」エレンはいう。「本気でヤバい」

「数字と相性がよくないんだね」ブレイディはさも同情しているようにうなずきながらいう。

「とにかく総合で六百五十点はとらないと、まともな学校へはどこにも進めなくなるし」

「そしてきみは、たとえ運がよくても四百点がやっとだもんな」ブレイディはいう。「そうじゃなかったかい、エレン？」

「ええ」エレンの目に涙がこみあげ、頬をつたって流れ落ちはじめる。

「おまけにきみは英語でも大失態をしでかしそうだ」ブレイディはいう。いよいよエレンの腑《ふ》分《わ》けにとりかかるところ——旨味がいちばん強い部分だ。たとえていうならショック状態にあってもまだ生きている動物の腹を裂いて手を突っこみ、臓物を抉りだすような作業である。「きみは手も足も出なくなってしまうだろうな」

「たぶんわたしは手も足も出なくなっちゃう」エレンはいう。いつしか声をあげて泣きはじめている。エレンの短期記憶をチェックしたところ両親は仕事に出かけて留守であり、弟は学校へ行っていることがわかる。だったら泣き声があがっても問題はない。この馬鹿女には好きなだけ声をあげて泣かせておけ。

「〝たぶん〟は余計じゃないかな。きみはきっと手も足も出ない。きみはプレッシャーにうまく対処できないからだ」

　エレンはしゃくりあげる。

「さあ、自分でいってごらん」

「わたしはプレッシャーにうまく対処できない。わたしはきっと手も足も出ない。もしいい学校に進めなかったら、父さんはがっかりするだろうし、母さんはきっとかんかんになる」

「じゃ、そもそもどこの学校にも入学できなかったらどうなるかな？　ほかの人の家を掃除するとか、クリーニング店で洗いあがった服を畳むとか、その手の仕事しか見つからなくなったらどうなるかな？」

「母さんからきらわれちゃう！」

「でも、お母さんはきみのことをもうきらってるんじゃないのかな、エレン？」

「そんな……まさか、そんな……」

「いや、お母さんはきらってる……きみをきらっているよ。さあ、自分でいってごらん。『母さんはわたしをきらっています』と」

「母さんはわたしをきらっています。ああ……すごく怖い……わたしの人生はもうめちゃくちゃ！」

これこそ、〈ザピット〉が誘発した催眠状態と、ひとたび抵抗をなくして暗示にかかりやすくなった精神を侵略するブレイディの能力が溶けあったことで授けられる極上の贈り物というべきか。通常の恐怖心——エレンのような若者が不快なバックグラウンドノイズとして日々の暮らしでつきあっている恐怖心——も、その気になれば荒れ狂う怪物につくりかえることができる。ちょっとした疑心暗鬼という小さな風船でも、メイシーズ百貨店が感謝祭パレードに出すような巨大アドバルーンなみのサイズに膨らませることができる。

「きみなら、そんな怖い気持ちもおわりにできる」ブレイディはいう。「それだけじゃない……きみなら、お母さんに心の底から後悔させてやることだってできるよ」

エレンは涙を流しながらも微笑む。

「こんなことのすべてを置き去りにすればいい」

「そうすればいい。すべてを置き去りにすればいい」

「そうすればきみは安らかになれる」

「安らかに」エレンはいい、ため息を洩らす。

なんとすばらしい展開だろうか。マーティーン・ストーヴァーの母親の場合には数週間かかった——あの母親はしじゅうデモ画面をうっちゃって、いまいましいソリテアをはじめてしまったからだ。バーバラ・ロビンスン相手でも数日は必要だった。しかしルース・スキャペッリや、甘ったるいピンクずくめの寝室にいる、このにきび面《づら》の泣き虫小娘の場合には？　ほんの数分だ。しかし考えてみれば——ブレイディは思う——昔からおれは学習曲線が急勾配《きゅうこうばい》の右肩上がりタイプだったではないか。

「いま手もとに携帯はある？」ブレイディはエレンにたずねる。

「うん、ここに」エレンは飾り用の小クッションの下に手をいれる。エレンのスマホも甘ったるいピンク色だ。

「フェイスブックとツイッターに投稿しておくべきだね。友だちみんなに読んでもらえるように」

「なにを投稿すればいいの？」

「そうだね……『いまはとっても安らか気分。みんなもそうなれるよ。zeetheend.com《Zジエンド・ドットコム》へ行ってごらん』とか」

エレンはいわれたとおりにする。しかしその動作は苛立たしいほどのろくさい。この状態に達した連中は、水中にいるようにのろのろとした動作になる。ブレイディは、この少女相手の仕事はきわめて順調に進んでいることを思い起こし、短気を起こすなとおのれを戒《いまし》める。ようやくエレンが文字を打ちこんでメッセージが送信されると――乾燥した焚きつけに追加でマッチが投げこまれたわけだ――ブレイディはエレンに窓辺に行ってみるといいと提案する。

「新鮮な空気を吸うのもわるくないと思うよ。頭がすっきり冴えるかもしれないし」

「新鮮な空気を吸うのもわるくないと思うの。頭がすっきり冴えるかもしれないし」

「〈ザピット〉を忘れないようにね」ブレイディはいう。

エレンは〈ザピット〉を手にとって窓にむかう。

「窓をあける前に、〈ザピット〉をアイコンがならんだメイン画面にもどしておくことを忘れないように。きみならできるよね？」

「うん……」長い間がつづく。このクソ娘ときたら、凍りかけたどろどろの糖蜜なみに、やることなすことのろまだ。「オーケイ。アイコンがいっぱい見えてる」

「いいぞ。じゃ、〈言葉消し《ワイプ・ワーズ》〉をやろうか。黒板と黒板消しのアイコンだよ」

「うん、わかる」

「そのアイコンを二回つづけてタップするんだ」

エレンがその言葉に従うと、〈ザピット〉は了解のしるしとして青い閃光を放つ。これで、今後何者かがこの特定の〈ザピット〉をつかおうとしても、最後に一回だけ青い閃光を出して、それっきりうんともすんともいわなくなる。

「これでもう窓をあけても大丈夫だね」

冷たい風が吹きこみ、エレンの髪をうしろになびかせる。エレンがふらふらして、いまにも目を覚ましそうになる。つかのまブレイディは、エレンがすり抜けて離れていきかけるのを感じる。対象人物が催眠状態にあっても、やはり遠距離では支配を維持するのがむずかしい。しかし、いずれはこのテクニックを一撃必殺の鋭さにまで研ぎあげてやろう。完璧な境地にいたるには修錬あるのみだ。

「さあ、飛ぼう」ブレイディはささやく。「ひと思いに飛べば、ＳＡＴなんか受けずにすむ。お母さんも、きみをきらわなくなる。お母さんは後悔するよ。ひと思いに飛べば、正しい数字のすべてがきみのもの。特等賞がきみのもの。特等賞、それは眠りだよ」

「特等賞、それは眠り」エレンはくりかえす。

「さあ、いまこそ思いきって」アル・ブルックスの年代物の車の運転席で、ブレイディは目を閉じたまま低くつぶやく。

そこから南に六十五キロの場所ではエレンが寝室の窓から飛びおりる。といっても、地面に落ちるまで長くはかからないし、除雪された雪が家の外壁に押しつけてある。日数がたって表面が固くなったこの雪の山のクッションが、エレンの落下の衝撃をある程度やわらげる。その結果エレンは命を落とさず、鎖骨と肋骨を三本折っただけにおわる。エレンが痛みに悲鳴をあげはじめ、ブレイディはF-一一一戦闘機の緊急脱出シートにすわったパイロットよろしく、エレンの頭から一気に叩きだされる。

「くそっ！」ブレイディは叫び、拳をハンドルに叩きつける。バビノーがわずらっている関節炎の痛みが腕を駆けあがってくるが、それもブレイディの怒りを煽るだけだ。

「くそ、くそ、くそっ！」

19

ブランスンパークという上品な高級住宅街の街路で、エレン・マーフィーはなんとか立ちあがろうともがく。最後に覚えているのは、きょうは体調がわるいので学校を休むと母親に告げた記憶だ。この言葉は嘘だった――人を虜《とりこ》にしてしまうあの楽しげな〈フィッシン・ホール〉のデモ画面で、ひたすらピンクの魚をタップしていたかった。〈ザピット〉がすぐそばの地面に落ちていて、見るとスクリーンが割れている。もうなんの興味も感じない。エレンは〈ザピット〉をそのままに、裸足のままよろよろと自宅の正面玄関へむかいはじめる。息を吸いこむたびに、刺すような痛みが脇腹を襲う。

でも、わたしは生きてる――エレンは思う。なにはなくても、わたしは生きてる。いったいわたしはなにを考えていたんだろう？　いったい全体、なにを考えていたんだろうか？

ブレイディの声がいまもまだ耳の底に残っている――なにやら不気味な生き物をうっかり生きたまま飲みこんでしまい、ぬるぬるした後味が口に残っているかのように。

20

「ジェローム？」ホリーがたずねる。「わたしの声がまだきこえてる？」

「うん」

「じゃ、〈ザピット〉の電源を切ってビルのデスクに置いてもらえる？」いったん言葉を切ったあと、前々からベルトとサスペンダーをいっしょに用意するほど入念な性格のホリーはこうつづける。「スクリーンが隠れるように裏返してね」

ジェロームの立派なひたいに皺ができる。「しなくちゃだめ？」

「ええ。いますぐに。その忌ま忌ましいゲームマシンには目をむけないで」

ジェロームが命令にしたがう前に、ホッジズは最後にちらりと泳いでいる魚の姿を目にすることができる──次の瞬間、またしても青い閃光が放たれる。一瞬の眩暈《めまい》の波がホッジズのなかを駆け抜けていく──鎮痛剤の作用かもしれないし、ちがうかもしれない。ついでジェロームがゲームマシン上部にあるボタンを押し、魚が消える。

ホッジズが感じているのは安堵ではなく失望だ。いかれた話かもしれないが、ホッジズがかかえている身体面での問題を考えれば、いかれた話ではないのかもしれない。これまでにも、催眠術を利用して証人からもっと鮮明な記憶を引きだせた場面に立ちあったことはおりおりにあったが、催眠術にこれだけの底力があることは、いまのいままでまったく知らなかった。ホッジズはふとあることを──この場の情況を思うなら不謹慎とさえいえそうなことを──思う。ひょっとしたら〈ザピット〉が見せてくれる魚のほうが、ドクター・スタモスの処方薬よりもずっと痛みに効くのではないか。

ホリーがいう。「ジェローム、これからわたしが十から一までカウントダウンする。わたしが口にする数字をひとつきくたびに、きみは少しずつ目を覚ます。わかった？」

数秒のあいだジェロームはなにもいわない。のどかに落ち着きはらった顔ですわったまま、どこか別世界を旅しながら、おそらくその地で永遠に暮らしたほうがいいかどうかを思案しているのだろう。対するホリーは音叉《おんさ》のようにぶるぶる震え、ホッジズは気がつくと握り拳をつくっていて、手のひらに食いこんでいる爪を感じている。そしてようやくジェロームが口をひらく。「うん、わかった。だってあなたがいうことだもんね、ホリーベリー」

「カウントダウンをはじめるね。十……九……八……きみはだんだん帰ってくる……七……六……五……だんだん目を覚ます……」

ジェロームが顔をあげる。両目がホッジズの顔にむけられる。しかしジェロームが自分をちゃんと見ているのかどうか、ホッジズにはわからない。

「四……三……もう少し……二……一……起きなさい！」ホリーは両手をぱちんと打ちならす。

ジェロームの全身が激しく痙攣するように動く。片手がダイナの〈ザピット〉をかすめ、そのまま床につき落とす。ジェロームはホリーに驚愕の表情をむける――驚きをさらに誇張したような顔つきは、こんな場面でなければ笑いを誘ったかもしれない。

「なにがあったの？　もしかして、ぼくは眠ってたとか？」

ホリーは、ふだんは探偵社への依頼人用にとってある椅子にどさりとへたりこむ。それから深々と息を吸いこみ、汗でぐっしょりと濡れた左右の頬を手でぬぐう。

「眠っていたともいえるね」ホッジズは答える。「そのゲームがきみに催眠術をかけたんだ。妹のバーバラに催眠術をかけたようにね」

「本気でいってるの？」ジェロームはそうたずねてから、自分の腕時計を見る。「ああ、本気みたいだ。十五分間の記憶が抜けてる」

「二十分近かった。で、なにか覚えていることは？」

「ピンクの魚をタップして、それを数字に変えようとしてたこと。びっくりするほどむずかしいんだよ。しっかり目をあけて、まじで真剣に画面を見てなくちゃいけないし、おまけに青い閃光が邪魔をするしね」

ホッジズは床から〈ザピット〉を拾いあげる。

「わたしだったら電源は入れないでおくけど」ホリーがいう。

「いまはその気はないよ。ただ、ゆうべは電源を入れてみた。そのときには青い閃光は出なかったし、指がじんじんするほど何回もピンクの魚をタップしても、魚は数字に変わらなかった。そればかりか、流れている音楽もそのときとはちがってる。大きくちがうわけじゃないが、変わったことは事実だ」

ホリーが完璧な音程で歌う。「《海のそば、海のそば、とってもきれいな海のそば、きみとぼく、きみとぼく、どれだけ幸せになれるかな》——わたしがまだ幼いころ、母がよく歌ってたの」

ジェロームは食い入るようにホリーを見つめる——その目つきの迫力にホリーは耐えきれず、思わずうろたえて目をそむける。「なに？　どうかしたの？」

「音楽に歌詞はついてた」ジェロームはいう。「でも、そんな歌詞じゃなかった」

ホッジズがきいた音楽には歌詞はなかったが、そのことは口にしない。ホリーはジェロームに、歌詞を思い出せるかとたずねる。

ジェロームの音程はホリーほど正確ではないが、ホッジズとホリーが〝まちがいない、自分が耳にした音楽だ〟と断言できる程度には正解に近い。

「《さあさ、お眠り、お眠りなさい、眠ればとっても気持ちいい……》」ジェロームはそこで口をつぐむ。「ここまでしか思い出せないや。といっても、ぼくが勝手にでっちあげてるんでなければの話だけど」

ホリーがいう。「これで確実にわかったことがある。だれかが〈フィッシン・ホール〉のデモ画面をパワーアップさせたのね」

「そう、ステロイドをどっさり射ったんだ」ジェロームがいい添える。

「ひらたくいうと、どういう意味かな？」ホッジズはたずねる。

ジェロームはホリーにうなずきかけ、ホリーが説明しはじめる。「何者かがデモ画面にステルスプログラムを仕込んだのよ――まず、わずかな催眠作用を発揮するようなプログラムを。ただし、〈ザピット〉がダイナのもとにあるあいだ、プログラムは冬眠状態だった。ゆうべ、あなたがマシンをのぞいたときにもまだプログラムは冬眠してた――あなたにとって幸運なことに。でも、そのあとで何者かがプログラムを起動させたの」

「バビノーか？」

「バビノーなり、ほかのだれかなりが。まあ、警察の見立てが正しければ、バビノーは死んでるけど」

「プリセットされていたんだよ、きっと」ジェロームはそうホリーにいい、ホッジズにむきなおる。「ほら、時計のアラームみたいに」

「話を整理させてくれ」ホッジズはいう。「問題のプログラムは最初からずっとマシンのなかにあった……ただし、きょうダイナ・スコットの〈ザピット〉に電源がはいって初めて起動した……そういうことだね？」

「ええ」ホリーがいう。「もしかすると、リピーターが動いているのかもしれない……そうは思わない、ジェローム？」

「そうだね。どこかの間抜け――今回の場合はぼくだ――が〈ザピット〉の電源を入れてWi‐Fiにつなぐまでじっと待っていて、いざつながったらプログラムのアップデートを送りだすようなプログラムかな」

「あらゆる〈ザピット〉で、おなじことが起こりうる？」

「すべての〈ザピット〉にステルスプログラムが仕込まれていればね」ジェロームが答える。

「ブレイディが仕組んだんだ」ホッジズは室内を行きつもどりつ歩きはじめる。同時に片手が脇腹にむかう――痛みをその部分に抑えこみ、押しとどめるかのように。「ブレイディ・〝クソ野郎〟・ハーツフィールドが」

「でも、どうやって？」ホリーがたずねる。

「それはわからないが、そう考える以外には説明がつかない。ブレイディはコンサートの最中にミンゴ・ホールを爆弾で吹き飛ばそうとした。わたしたちがその企みを阻止した。大多数が少女たちからなる観客はみんな助かった」

「あなたのおかげでね、ホリー」ジェロームがいう。

「静かにしてなさい、ジェローム。この人の話をききましょう」そういったホリーの目つきから察するに、ホッジズの話の行先がすでにわかっているらしい。

「あれから六年。二〇一〇年のコンサートのときには小学生や中学生だった女の子たちも、いまでは高校に通っているし、大学生になった子もいるだろうね。ラウンドヒアはずいぶん前に消え、少女たちはずいぶん成長してタイプのちがう音楽をきくようになった。しかし、そこで無視できないチャンスが転がりこんできた。無料でゲームマシンがもらえる、そのためには、あの夜コンサートに行っていたことを証明するだけでいい、という願ってもない話だ。彼らにとって〈ザピット〉は白黒テレビなみに時代遅れの品に思えるだろう……しかし、ただでもらえるのだからかまうものか」

「そうよ！」ホリーがいう。「ブレイディはいまもまだ、あのコンサートの観客を狙ってる。これはブレイディの復讐——といっても観客たちへの復讐というだけじゃない。これは、あなたへの復讐なのよ、ビル」

ということは、この一件の責任はわたしにもあるわけだ——ホッジズは寒々しい思いをいだく。しかし、あのときほかになにができたのか？　わたしだけじゃない、だれであってもほかになにができた？　あいつは大ホールを爆弾で吹き飛ばすつもりだったんだ。

「そしてバビノーはマイロン・ザキムという変名で、八百台の〈ザピット〉を購入した。買ったのはバビノーにちがいない。それだけの財力があったからね。ブレイディは無一文だし、前金の二万ドルだけであれ、〈図書室アル《ライブラリー》〉が老後の生活資金からぽんと出せたとは思えない。そんなふうに購入された〈ザピット〉は、もうすべて世間に出ている。そのすべてが電源を入れたとたんに、機能増強のための更新プログラムをインストールされたとしたら……」

「ちょっと待って。話をもどそうよ」ジェロームがいう。「立派な脳神経科医がこんなクソな話に関係しているって、本気でそんな話をしているわけ？」

「ああ、わたしはそう話しているよ。きみの妹さんがバビノーに見覚えがあると証言してくれたし、その立派な脳神経科医がブレイディ・ハーツフィールドを実験用モルモット同然にあつかっていたという事実もわかっているからね」

「でも、ブレイディ・ハーツフィールドはもう死んでる」ホリーがいう。「そうなると残るはバビノーだけど、バビノーももう死んでいるのかもしれないし」

「いや、死んでいないかもしれないぞ。車内に血痕はあったが死体はなかった。犯人が自分を死んだと見せかけた事件だって前例がないわけじゃないぞ」

「ちょっとコンピューターでチェックしたいことがあるの」ホリーがいう。「無料配布された〈ザピット〉がきょうから新しいプログラムをインストールされはじめたということは……もしかしたら……」いいながら早足で受付エリアへむかう。

ジェロームが口をひらく。「どうしたらそんなことが現実になるのか、さっぱりわからないよ。でも――」

「そのあたりはバビノーが答えてくれるだろうな」ホッジズはいう。「まだ生きていたらね」

「そうだね。でも、ちょっと待って。バーバラは声がきこえたと話してた――その声が不気味なことをあれこれ話しかけてきた、と。ぼくの場合にはそういう声はまったくきこえなかったし、自分で自分を片づけたい気分にもならなかったな」

「きみには免疫があるのかも」

「いや、免疫はないよ。スクリーンに引きこまれたし――だって、ほら、ぼくは行っちゃってた。あの素朴な音楽の歌詞はききとれたし、青い閃光のなかにも言葉が見えた気がする。サブリミナル効果を狙ったメッセージみたいにね。でも……声はきいてない」

そのことならありとあらゆる理由が考えられそうだ――ホッジズは思う。それにジェロームが自殺をうながす声を耳にしなかったからといって、ゲームマシンを無料でもらった若者たちの大多数が、やはりそういった声をきかずにすむとは断定できない。

「とりあえずリピーターなる機械のスイッチがはいったのは過去十四時間だけだと仮定しようか」ホッジズは話す。「まず、わたしがダイナの〈ザピット〉の電源を入れた時刻よりも早くから動いていたはずがないのは、もうわかっている——あのときリピーターが動いていれば、わたしも数字に変わる魚や青い閃光を見たはずだ。そこで、こんな疑問が出てくる——〈ザピット〉の電源が切れているときでも、デモ画面の機能増強アップデートがなされる可能性があるかな？」

「それはないよ」ジェロームはいう。「電源がはいっていないことにはどうにもならない。でも、ひとたび——」

「動いてる！」ホリーが叫ぶ。「Zジエンド・ドットコムのサイトが動いてるの！」

ジェロームは小走りに受付エリアにあるホリーのデスクへ急ぐ。ホッジズはもっとゆっくりした足どりであとを追う。

ホリーがコンピューターの再生音量をあげると、音楽がファインダーズ・キーパーズ社のオフィスを満たす。曲は〈きれいな海のそば〉ではない——ブルー・オイスター・カルトの〈死神を恐れるな《ドント・フィアー・ザ・リーパー》〉だ。曲が進むにつれて——《毎日四万人の男女が……次の日もまた四万人の男女が世を去るのさ》——キャンドルの明かりに照らされた葬儀場と花に埋もれた柩《ひつぎ》が見えてくる。その上では笑顔の若い男女が次々にあらわれては、画面を左右に横切ったり斜めに横断したりして消えていき、ふたたび姿をあらわしている。手をふっている者もいるし、ピースサインを送っている者もいる。柩の下では以下の一連のメッセージが、ゆっくりと鼓動している心臓を思わせるような、いったんふくらんでは収縮する文字によって表示されている。

苦しみをおわらせよう。
恐怖をおわらせよう。
怒りとはもうさよなら。
疑いとはもうさよなら。
争いとはもうさよなら。
安らぎ。
安らぎ。
安らぎ。

つづいて断続的に青い閃光がいくたびもスクリーンから放たれる。光には言葉が埋めこまれている。いや、もっと中身に即して形容したほうがいいとホッジズは思いなおす。そう、これは〝毒のしたたり〟だ。

「コンピューターを切るんだ、ホリー」ホッジズにはスクリーンを見つめているホリーの顔つきが気にくわない――大きく目を見ひらいた表情は、つい先ほどまでのジェロームにそっくりだ。

ホリーの身ごなしがジェロームには耐えがたいほど遅く思えたらしい。ジェロームはホリーの肩ごしに手を伸ばし、電源スイッチを押してコンピューターを強制終了させる。

「なんてことしてくれたのよ」ホリーは不愉快そうに文句をいう。「データが消えちゃうかもしれないでしょう？」

「それこそ、このクソふざけたウェブサイトの目論見だよ」ジェロームはいう。「人にデータを消させようとしてる。データだけじゃない、なにもかも消せとけしかけてるんだ。ビル、最後のメッセージは読めたよ。あの青い光のなかに。《いますぐやれ》って書いてあった」

ホリーはうなずく。「ええ。それから《友だちにも教えろ》というのがあった」

「〈ザピット〉が利用者を、さっきのあれ……あそこに導いてしまうのか？」ホッジズがたずねる。

「いや、導く必要なんかないよ」ジェロームはいう。「あのサイトを見つけた連中は――無料の〈ザピット〉をもらっていない連中もふくめて、大勢の若者が見つけると思うけど――そのあとフェイスブックだのなんだので拡散するからね」

「ブレイディの目当ては自殺の爆発的な大流行を引き起こすことね」ホリーがいう。

「大流行の動きをつくりだしたら、自分も自殺するつもりだわ」

「ひょっとしたら、ひと足先にあっちの世界へいくのが目的かも」ジェロームはいう。

「そうすれば、みんなを入口で出迎えられるじゃないか」

ホッジズはいう。「しかし、ロックミュージックと葬式のイラストで若い者が自殺に追いこまれるなんて話を信じろというのか？〈ザピット〉ならまだわかる。どんなふうに効き目を発揮するかをこの目で見たからね。しかし、あのサイトが？」

ホリーとジェロームが目を見交わす——かわされた無言の会話の中身は、ホッジズにもやすやすと読みとれる。この人にどう説明しようか？　そもそも鳥を見たことがない人に駒鳥をどう説明すればいい？　ほんの一瞬の視線だけでも、ホッジズが確信をいだくにはほぼ充分だ。

「ティーンエイジャーはこの手のしろものに耐性がないの」ホリーはいう。「全員じゃないのはたしかだけど、耐性のない子は大勢いる。十七歳のわたしが見たら、影響されててもおかしくないわ」

「おまけに伝染力もあるよね」ジェロームがいう。「いったんはじまれば……もし本当にはじまったりすれば、あとは……」肩をすくめて発言をしめくくる。

「となると、リピーターという機械を見つけて電源を切る必要があるな」ホッジズはいう。「被害を食い止めるためにも」

「バビノーの家にあるかも」ホリーがいう。「ピートに電話して。自宅のどこかにコンピューター関係の機械があるかどうか調べてもらって。もし見つかったら、ひとつ残らず電源プラグを引っこ抜いてもらって」

「パートナーのイザベルがそばにいたら、電話も留守番電話サービスに転送されるだろうが」ホッジズはそういいながらも電話をかける。ピートは最初の呼出音で出てくると、イザベルが州犯罪捜査局のふたりとともに署にもどり、鑑識からの最初の報告を待っているとホッジズに教える。〈図書室アル〉《ライブラリー》ことアル・ブルックスはもう現場にはいない――最初に現場にやってきたふたりの警官が身柄を拘束した――ふたりの制服警官は、今回の容疑者逮捕の功績を一部認められることになりそうだ。

ピートの声には疲れがにじんでいる。

「喧嘩をしちまったよ。おれとイジーで。派手な大喧嘩だ。おまえさんとパートナーを初めて組んだころ、おまえさんからいわれた話をイジーに教えようとしたんだ――おれたちが従う相手はあくまでも事件だという話や、おれたちは事件に導かれるままに進むという話だ。頭を低くして逃げたり、人に押しつけたりせず、とにかく手がかりを拾い、拾ったらその赤い糸をたどれるところまでずっとたどれ。イジーはその場に立って腕組みをして話をきいてたし、おりおりにうなずいてもいた。だから、ひょっとしたらようやくわかってもらえたのか……って早合点しちまった。でもそのあと、イジーがおれになにをたずねたと思う？　市警察の上層部にひとりでも女性幹部がいたのはいつのことだったか覚えてるか――だとよ。おれは覚えていないと答えた。するとイジーは、それが当たり前だ、そもそもそんな前例は一回もないんだからといった。それから、自分こそ市警で最初の女性幹部になるともいった。まいったね、こっちはてっきりイジーという女性を知っていると思ってたんだが」ピートの口から洩れた笑い声は、ホッジズが耳にしたなかではもっともユーモアに欠ける笑い声だといえる。「ああ、これまではあいつも警官だとばかり思ってたよ」

あとで機会さえあれば、ピートに同情できるかもしれない。しかしいま、ホッジズには時間がない。そこでホッジズはコンピューター関係の機械の有無をたずねる。

「バッテリーが切れたiPadがひとつ見つかっただけだ」ピートは答える。「ただハウスキーパーのエヴァリーがいうには、バビノーの書斎にほとんど新品のノートパソコンがあったのに、それが見あたらないそうだ」

「バビノー本人とおなじだね」ホッジズはいう。「バビノーがもちだしたのかも」

「ああ、そうかもしれんな。いいか、カーミット、もしおれで助けになることがあれば、すぐに――」

「ああ、電話させてもらう」

そして目下ホッジズには、得られるかぎりの助けが必要だ。

21

エレンという小娘相手の企みが不首尾におわったことでは怒りが抑えられなかったが

――あばずれバーバラ・ロビンスン相手の失敗をくりかえされた気分だ――ようやくブレイディの気分が落ち着いてくる。とりあえず成功した――いま焦点をあわせるべきなのはその部分だ。落下距離が短かったうえ、地面に雪が積もっていたのは、ちょっとした不運というだけ。標的はまだまだたくさんいる。自分にはこれからやるべきたくさんの仕事があり、火をつけられるマッチもたくさんある。しかしひとたび火がめらめらと燃えあがったら、あとはのんびりすわって見物三昧《ざんまい》だ。

火はすべてを燃やしつくすまで燃えつづける。

ブレイディはZボーイの車のエンジンをかけ、パーキングエリアをあとにする。州間高速道路四七号線の交通量もまばらな北行車線にブレイディの車が合流すると同時に、白茶けた空から最初の風花《かざはな》が舞いおりてきて、マリブのフロントガラスに落ちる。ブレイディは車を加速させる。Zボーイのぽんこつ車には雪道走行用の装備などない。それに高速道路を離れたあと、道路の状態はどんどん悪化していくはずだ。だから天候の先まわりをする必要がある。

ああ、これなら問題なく先まわりできるぞ。ブレイディはそう思い、つづいて頭にひらめいたすばらしい考えに口もとをゆるめる。もしかしたらエレンは、首から下がすっかり麻痺した体になったかもしれない――ただの木偶《でく》の坊《ぼう》、クソ女のマーティーン・ストーヴァーとおなじざまになったかも。そうなった見込みは薄いが、ありえないともいいきれず、長いドライブの時間をつぶすにはうってつけの心楽しい白日夢だ。

ラジオをつけるとジューダス・プリーストの曲が流れていて、ブレイディはボリュームをあげる。ホッジズとおなじく、ブレイディもハードなロックが好みだ。

自殺のプリンス

二一七号の病室でブレイディは数多くの勝利をおさめたが、当然ながらすべて自分の胸にしまっておくしかなかった。まず、昏睡状態という生きながら死んでいる世界から帰ってきた。そして、頭で考えるだけで小さな品物を動かせる能力がそなわったことに気づいた――バビノーが投与した薬剤の影響かもしれないし、脳波の根本のところでなんらかの変化があったのかもしれないし、その組みあわせの結果かもしれない。それから〈図書室《ライブラリー》アル〉の脳内にはいりこんで、Zボーイという第二の人格を創作した。あのでぶの警官のことも忘れてはいけない――こちらが手も足も出ないときにタマを殴ってきたあの警官を。しかし最高だったのは――最高まちがいなしだったのは――セイディー・マクドナルド看護師をそそのかして自殺に追いこんだことだ。あれこそ支配の力だった。

そして、おなじことをまたやりたくなった。

その欲望が提起したのは単純な問題だった――次の標的をだれにする? アル・ブルックスが相手なら、立体交差の橋から飛び降りをさせるのも、パイプ洗浄剤をごくごく飲ませるのも簡単だったはずだ。しかし出かけるときにはZボーイといっしょだし、Zボーイがいなくなったら、また二一七号室に閉じこめられてしまう。表むきは病室だが、ここは立体駐車場が見えるだけの刑務所の独房だ。そう、アル・ブルックスはいまの場所にとめおいておく必要がある。いまのままの存在でいてもらう必要が。

それ以上に重要なのは、そもそも自分がこんなところに入れられる原因をつくりやがったあのクソ男をどうするかという問題のほうだ。病院で理学療法部門を仕切っているナチ女のアーシュラ・ヘイバーがいっていたが、リハビリ中の患者に必要なのはGTG――すなわち〝向上のための目標《ゴールズ・トゥ・グロウ》〟だそうだ。なるほど、いま自分はリハビリで向上中だし、ホッジズへの復讐というのは意義ある目標にはちがいないが……それをどうやって現実のものにする？　たとえそのための方策があるにしても、ホッジズをそそのかして自殺をさせるというのは答えにならない。ホッジズ相手には、すでに自殺ゲームを仕掛けたことがある。そして負けた。

フレディ・リンクラッターがブレイディ自身と母親との写真を手にして病室を訪れた時点では、ホッジズ相手の仕事にけりをつける方法を考えつくのはまだ一年半も先だった。しかしフレディの姿を見たことが、当時のブレイディが切実に必要としていた突破口のきっかけになった。ただし、その先は慎重さが求められた。すこぶるつきに慎重に動くことが。

一度に一歩ずつだぞ――夜も深まった時間に目を覚ましているときには、そう自分に語りかけた。一度にたったの一歩だけ。とほうもない障害物はいくつもあるが、こっちには並みはずれた武器もある。

一歩めはアル・ブルックスをつかって、病院の図書室に保管されていた寄付品の〈ザピット〉を移動させることだった。アルは残っていた〈ザピット〉をすべて兄の家にもって帰った——アルは兄の家のガレージの上にある部屋を間借りしていたのだ。もち帰るのは造作もなかった。そもそも、だれも欲しがらなかった。ブレイディの頭のなかで、この〈ザピット〉は弾薬だった。いずれ、この弾薬を活用するための銃器も見つかるだろう。

アル・ブルックスは病院から〈ザピット〉を移す作業をひとりでこなしたが、これは薄っぺらいが役に立つZボーイの人格に、ブレイディが命令を埋めこんだからこそできた労働だった。ブレイディはアル・ブルックスの精神に完全に没入して、アルをすっかり乗っ取ってしまう行為に慎重になっていた。その行為が高齢のアルの脳味噌をどんどん燃やしてしまうことに気づいたからだ。完全没入の時間をきちんと計算して、賢く利用しなくては。病院から外に出て過ごす休暇旅行が楽しかっただけに残念だったが、〈図書室アル《ライブラリー》〉の挙動がこのところわずかに薄らぼんやりしてきたことに人々が気づきはじめていた。もし挙動があまりにもぼんやりしてしまったら、アルはいまのボランティア仕事も辞めさせられてしまうだろう。それだけではすまず、ホッジズに勘づかれるかもしれない。それでは困る。老いぼれ退職刑事が念動力《テレキネシス》にまつわる噂を好きなだけ拾いあつめているのは勝手にさせておけばいいが、裏で本当はなにが進行しているのかについては、ホッジズにわずかな気配も悟られたくなかった。アルの精神資源を枯渇させる危険はあったが、ブレイディは二〇一三年春にアル・ブルックスに没入して心身を完全に支配した。図書室のコンピューターが必要だったからだ。画面を見るだけなら完全に没入しないでも可能だった、操作するのはまったくの別問題だった。さらにこのときは短時間の訪問だった。やりたかったのは、〈ザピット〉と〈フィッシン・ホール〉というふたつの条件をキーワードとしたグーグル・アラートの設定だけだった。

そのあとは二、三日おきにZボーイをコンピューターの前へ送りだして、結果を報告させた。そのさい出した指示は、だれかがふらりと近づいてアルがネットでなにを見ているのかとのぞきこもうとしてきたら、スポーツ専門局のＥＳＰＮのサイトに切り替えろ、というものだけだった（そんな人はめったにいなかった。病院の図書室はクロゼットに毛が生えたような狭苦しい部屋で、たまに顔を出す人がいても、たいていは隣の礼拝堂をさがしている人だった）。

アラートの結果は興味深く、情報量が豊富だった。どうやら〈フィッシン・ホール〉のデモ画面を長時間にわたって見つづけた人のなかには、準催眠状態に誘いこまれた人や、さらには発作を起こした人までいるらしかった。こうやって調べなければブレイディも信じなかったと思えるくらい強い効果だった。この問題はニューヨーク・タイムズ紙の経済面でも記事になり、メーカーは苦境に立たされていた。

　この苦境は、弱り目にたたり目というべきものだった。そうでなくても会社は傾きかけていた。ザピット社が近々倒産するか、あるいはもっと大きな会社に買収されるというのは、天才でなくても予想できた（し、ブレイディは自分を天才だと思ってもいた）。ブレイディは会社が倒産するほうに賭けた。絶望的なほど時代遅れで馬鹿馬鹿しいほど高価、しかもインストールずみのゲームのひとつは危険な欠陥をかかえているような携帯ゲーム機のメーカーを、あえて買収するような愚かな会社がどこにある？

　その一方で、人々の目をもっと長時間にわたってデモ画面に吸い寄せておけるよう、自前の〈ザピット〉（Zボーイの自室クロゼットにしまってあったが、ブレイディは自分の所有物だと考えていた）を改造するにはどうすればいいか、という問題もあった。ブレイディがその問題で頭をいっぱいにしていたとき、フレディ・リンクラッターが病室にやってきた。フレディが友人の見舞いという〝キリスト教徒の義務〟を果たしおわって（といってもフレディことフレデリカ・ビンメル・リンクラッターはキリスト教徒ではなかったし、キリスト教徒だったためしもなかった）病室から姿を消したあと、ブレイディは真剣にじっくり考えをめぐらせた。

　そして二〇一三年八月下旬のある日――病室を訪れたくだんの退職刑事が、いつにも増して攻撃的な態度だったひとときのあと――ブレイディはZボーイをフレディのアパートメントへ送りだした。

フレディはまず現金を数えてから、自宅で居間として通っているスペースの中央に肩を落としてたたずんでいる緑の〈ディッキーズ〉のスラックスを穿いた年配の男に目をむけた。現金はミッドウェスト・フェデラル銀行にあったアル・ブルックスの口座から引きだしたものだった。わずかな貯えからの最初の現金引きだし。しかし、まだまだ最後にはならなかった。

「ちょっと質問したいからって二百ドルくれるんだ？　うん、こっちはぜんぜんかまわない。でも、もしここへ来たほんとの目的が、この金でフェラ抜きしてほしいとかだったら、わるいけどほかを当たって。わたしはレズでタチだからさ」

「質問したいだけだよ」Ｚボーイはそういって〈ザピット〉をとりだし、〈フィッシン・ホール〉のデモ画面を見てほしいと告げた。「でも三十秒以上は見ていちゃだめだ。そいつは……その……不気味だから」

「へえ……不気味なんだ？」フレディはＺボーイに優越感まじりの笑みを投げ、画面で泳ぐ魚のほうに目をむけた。その状態が三十秒つづき、四十秒になった。Ｚボーイを今回の任務に送りだすにあたってブレイディが与えた指示では、四十秒はまだ許容範囲だった（ブレイディはいつも〝密命《ミッション》〟の語をつかった――アルがこの単語を頭のなかでヒロイズムと結びつけていることを知ったからだ）。しかし四十五秒を越えたところで、アルはついに〈ザピット〉をとりあげた。

フレディは顔をあげ、目をぱちくりさせた。「ひええっ。これって人の脳味噌をおかしくさせちゃいかねない——ちがう？」

「ああ。そんな感じだ」

「前にゲーマー・プログラミング誌で見かけた記事だけど、アーケード版の〈スターースマッシュ〉に似たような効果があったみたいだね。でもあっちだと催眠効果が出てくるまでに、三十分ばかりぶっつづけでゲームする必要があった。こっちはもっと早い。世間の人はこのことを知ってる？」

Zボーイはこの質問を無視した。「ボスが知りたがっているのは、きみがそのマシンをどう改造すれば、人々がもっと長いことデモ画面だけを見てくれるのか、ということだ——本番のゲームをすぐにはじめたりせずにね。ゲームそのものにはおなじ効果がないんだよ」

そしてフレディは、このときはじめて嘘っぱちのロシア訛を採用した。「Zボーイ、恐れ知らずの指導者はだれなのだ？　さあ、いい子になって同志《コムラード》に教えたまえ。いいね《ダー》？」

Zボーイのひたいに皺が寄った。「はあ？」

フレディはため息をついた。「ハンサムさん、あなたのボスはだれ？」

「ドクターZ」ブレイディはこの質問を予期していたので——なんといってもフレディのことは昔から知っている——この答えもあらかじめ指示に含めてあった。フェリックス・バビノーについても計画の心づもりはいくつかあったが、この段階ではまだどれも漠然としていた。このときは手さぐりで進んでいた。視界が効かずに計器だけを頼りにして飛行機を飛ばしていたのだ。

「ドクターZとその腹心の部下のZボーイか」フレディはいいながらタバコに火をつけた。「ふたり力をあわせて世界征服をめざしてる、ってところね。あきれた。だったら、わたしはZガールになれる？」

そんな問答は指示に含まれていなかったので、Zボーイは口をつぐんでいた。

「いいの、気にしないで。わかってる」フレディはそういってタバコの煙を吐いた。「あなたのボスが求めているのは〝目の罠《アイトラップ》〟。目をつかまえてデモ画面を見つづけずにいられないようにするには、デモ画面そのものをゲームにすればいい。でも単純なゲームでなくちゃね。複雑なプログラミングのゲームは、ここには埋めこめない」いいながら、いまは電源を切ってある〈ザピット〉をかかげる。「ほら、これってそんなに賢くないから」

「どんなゲームがいい？」

「わたしにきかないでよ。それはクリエイターの仕事。あいにく、その方面が得意だったことはない。とにかくマシンの電源がはいって強度のあるWi-Fiにつながったら、ルートキットをインストールする必要がある。メモに書きとめたほうがいい？」

「いや、けっこう」ブレイディはアル・ブルックスの急速に消えつつある記憶容量の一部を、まさにこのメモ書きという目的のためにあらかじめ確保していた。そもそも、この手の仕事をいざ実行する段になったら、実行するのはフレディ本人だ。

「ルートキットをインストールすれば、今度はほかのコンピューターからソースコードをダウンロードできるようになる」そういってから、フレディはふたたびロシア訛を採用した。「北極の氷冠の下にある秘密基地〈ゼロ〉からだ」

「いまの部分もボスに話すべきかな？」

「いや。話すのはルートキットとソースコードだけにして。わかった？」

「ああ」

「ほかには？」

「ブレイディ・ハーツフィールドは、あんたにまた病院まで来てほしがってる」

フレディの両の眉毛が、クルーカットの髪の生えぎわに届きそうなほど跳ねあがった。

「あいつがあんたにそういったの？」

「ああ。最初のうちはなにがいいたいのかわかるのにひと苦労もふた苦労もさせられたけど、しばらくすると言葉がわかるようになるんだよ」

フレディは、さも興味が芽生えたかのような顔で自宅の居間を――薄暗くて乱雑、ゆうべテイクアウトした中華料理のにおいのこもっている居間を――見まわした。本音では、この会話そのものがしだいに不気味に感じられてならなかった。

「どうしようかな。とりあえず一回は善行を積んだわけだし、そもそもわたし、ガールスカウトにはいったこともないんだ」

「ブレイディは金を払うといってる」Zボーイはいった。「些少で心苦しいが、それでも……」

「いくら？」

「一回の訪問につき五十ドル」

「でもどうして？」

Zボーイは答えを知らなかったが、この二〇一三年の時点ではひたいの裏にまだ、一定の分量のアル・ブルックスが残っていたし、その部分は事情を理解していた。「おれが勝手に思っているだけだが、あんたが自分の過去の生活の一部だったからじゃないかな。ほら、あんたとあの男が街の人のコンピューターを修理してまわっていたころだよ。そう、昔の日々の話さ」

ブレイディにとってドクター・バビノーは、K・ウィリアム・ホッジズほど激烈な憎しみの対象ではなかったが、それでもバビノーの名前がクソ人物リストにないかといえば、そんなことはなかった。なにせバビノーはブレイディを実験室のモルモット扱いした——これは悪行だ。そして飲ませた実験段階の新薬が効能を発揮しないとなると、ブレイディへの関心をうしなった——前者に輪をかけた悪行だ。最低最悪だったのは、ブレイディが意識をとりもどすと新薬の注射が再開されたことだ。あの新薬がどう作用するものか、だれが知っていようか？　命にかかわってもおかしくない——しかしブレイディは、自身の死を心底からこいねがっていた男だ。それゆえ夜中に眠れぬ思いをしていたのは、死ぬかもしれないという恐怖のせいではなかった。眠れなかったのは、注射される薬のせいで新しく獲得した能力が阻害されるかもしれないと思ってのことだった。バビノーは人前ではブレイディのいわゆる〝超能力〟なるものをとことん笑い物にしていたし、ブレイディはバビノーから実演をしつこくせがまれても、この医者の前では注意して自身の才能を発揮しないようにしてきたが、それでもバビノーは内心、超能力が実在するのではないかとにらんでいた。それればかりかブレイディに念動力《テレキネシス》があるとすれば、バビノー本人がセレベリンと称している薬剤の作用ではないかと考えてもいた。

ＣＡＴスキャンとＭＲＩによる検査も再開された。

「きみは世界七不思議につづく八番めの不思議だよ」あるときおこなわれた検査のあとで、バビノーはブレイディにそういった――二〇一三年の秋のことだった。看護助手がブレイディの車椅子を押して二一七号室へむかうあいだ、バビノーは横を歩いていた。この医者の顔には、内心でブレイディが〝ほくそ笑み顔〟と名づけている表情が浮かんでいた。「目下の治療方針がきみの脳細胞の破壊を食い止めたが、それだけではない――どうやら、新しい脳細胞の生成をもうながしたようだ。しかも、以前より丈夫な脳細胞をね。これがどれほど画期的なことか、きみにわかるかな？」

わかるに決まってるだろ、このボケ――ブレイディは思った。だから、そのへんのスキャン結果はおまえだけの秘密にしておけ。もし地区検事局の連中に見つかったら、おれが厄介なことになるんだから。

バビノーはブレイディの肩をぽんぽんと叩いていたが、所有物を叩くようなバビノーのこの手つきがブレイディは大きらいだった。たとえるなら、ペットの犬を叩くときの手つきだ。「人間の脳は全体で千数百億個にもなる脳細胞からできている。きみの場合には大脳のブローカ野《や》が深刻な損傷を負ったが、そこが恢復しているんだよ。それだけじゃない——このわたしでさえ見たことのない神経細胞がつくられている。いずれきみは有名になるよ——他人の命を奪った犯人として有名になるだけではなく、他人の命を救うことになった人物としてもね」

もしそうなったところで——ブレイディは思う——おまえが生きてその日を迎えることなんかないね。

覚悟しておけよ、うぬぼれ野郎。

《それはクリエイターの仕事。あいにく、そっちの方面が得意だったことはない》フレディはZボーイにそういった。これは事実だったし、その方面の仕事はずっとブレイディの担当だった。二〇一三年が二〇一四年に変わるあいだ、ブレイディには〈フィッシン・ホール〉のデモ画面にどのような改造をほどこせば、フレディのいう〝目の罠《アイトラップ》〟にできるのかをじっくり考えるための時間がふんだんにあった。しかし、どのアイデアも成功しそうになかった。

フレディの病室訪問で〈ザピット〉改造が話題になることはなかった。ふたりはおおむね、昔の〈サイバーパトロール〉時代の思い出話をした（といっても、当然ながら話していたのはもっぱらフレディひとりだったが）。そのときには出張先で出会ったおかしな客たちのことも話題に出た。さらには、人でなしの上司だった〈トーンズ〉ことアントニー・フロビッシャーのこと。フレディはよくフロビッシャーのことを話題にし、〝いってやるべきだったのにいえなかったこと〟を〝いってやったこと〟にして話したりもした——それも面とむかって、きっぱりと！　フレディの見舞いはおもしろみにこそ欠けていたが、心が安らいだ。そういった時間があればこそ、ともすれば絶望に——ドクター・バビノーのお情けと〝ビタミン注射〟に頼りきりのまま、死ぬまでずっと二一七号室に閉じこめられているのではないかという絶望に——沈みそうになる夜も耐え抜くことができた。

バビノーをとめなくては。ブレイディは思った。あの男をなんとかして操る必要がある。

そのためには、例のデモ画面を目的にかなうように改造する必要がある。バビノーの精神に侵入するチャンスができたとしても、最初の試みでしくじれば、チャンスは二度とないかもしれない。

二一七号室では、いまや一日四時間はテレビがつけっぱなしになっていた。これはバビノージきじきの命令によるものだった。バビノーはヘルミントン看護師長に、これからは〝ミスター・ハーツフィールドに外部刺戟を与える〟意向だと告げた。

ミスター・ハーツフィールドとしては、正午のニュース番組を見るのは苦でなかったが（広い世界のどこかでは、いつでも胸躍るような爆発事故や壮大で痛ましい悲劇が起こっていた）、それ以外の番組——料理番組、トーク主体のバラエティ、ソープオペラ、いんちき医者の医療番組——はどれもこれも愚劣だった。しかしある日のこと、窓辺の椅子にすわって〈プライズ・サプライズ〉を見ていたときに（とりあえずテレビのあるほうに目をむけてはいた）、ブレイディは天啓を得た。番組では〝ボーナスラウンド〟まで勝ち抜いた解答者に、プライベートジェット機で行くカリブ海のアルバ島への旅という賞品を勝ちとるチャンスが与えられていた。解答者の女性は大きなコンピュータースクリーンを見せられる。スクリーン上では、さまざまな色あいの大きな丸い記号が乱舞していた。解答者はそのうち赤い記号だけを五つタップする。タップすると記号は数字に変わる。五回タップするまでのあいだに数字の合計が百以上になれば、賞品はこの女性のものになる。

ブレイディが見ていると、解答者の女性は大きく見ひらいた目を左右に目まぐるしく動かしてスクリーンを真剣に見つめていた。それを見てブレイディは、ついにさがしもとめていたものが見つかったと悟った。ピンクの魚だ——そう思った。いちばんすばやく泳ぐ魚だし、赤が怒りの色だとしたら、ピンクは……なんの色だろう？　それを表現するのはどんな言葉だっただろう？　その言葉が思い出されて口もとがほころんだ。顔に浮かんできた輝くような笑みのおかげで、ブレイディは十九歳に若返ったようにさえ見えていた。

ピンクはリラックスの色だ。

フレディが病室を訪れたおりに、Ｚボーイがカートを廊下に置いてふたりにくわわることもあった。二〇一四年夏のそうしたある日のこと、Ｚボーイがフレディに〝電子機器レシピ〟をわたした。図書室のコンピューターで作成された文書、それもブレイディがＺボーイに指示を与えるだけにとどまらず、運転席に滑りこんでこの男を完全に支配するという珍しい機会に作成した文書だった。ブレイディにはそうする必要があった。すべてをきっちり正確にこなさなくてはならず、エラーはひとつも許されないからだ。フレディは指示書にざっと目を通して興味を引かれ、あらためてもっと綿密に読み進めた。

「へえ」フレディはいった。「すごく巧妙ね。サブリミナルメッセージを滑りこませるところも冴えてる。卑劣な手口だけど冴えてる。これを考えたのは、謎のドクターＺ？」

「そうだ」Ｚボーイが答えた。

フレディは注意をブレイディにむけた。「あんたはこのドクターがだれかを知ってる？」

ブレイディはのろのろと頭を左右に動かした。

「ほんとにあんたじゃないの？　だって、まるであんたが考えたアイデアみたいだから」

ブレイディがなにもいわず、ただうつろな目で顔をじっと見つめるうちに、フレディは自分から目をそらした。フレディには、ホッジズや看護師たちや理学療法のスタッフには決して見せないほど自分を見せてきた――しかし、フレディにも内面までのぞかせる気はなかった。少なくともいまの時点では。フレディが他人に明かしてしまう危険が大きすぎる。そもそも、まだ自分がなにをしようとしているのかも明らかではない。世間では〝高性能の鼠とり罠のようなすばらしい新発明をすれば、世界のほうが勝手に接近してくる〟という声もある。しかし、まだ本当に鼠をとれるかどうかがわからなければ、黙っているのが最善だろう。おまけに、ドクターZにはまだ実体がない。

しかし、いずれは実体をもつ。

フレディが〈フィッシン・ホール〉のデモ画面をどのように改造するべきかを記した〝電子機器レシピ〟を受けとってからほどなくして、Zボーイがフェリックス・バビノーをオフィスに訪ねた。バビノーは病院への出勤日には毎回この専用オフィスで一時間を過ごし、コーヒーを飲んだり新聞を読んだりしていた。窓（バビノーの窓から見えるのは立体駐車場ビルではない）の近くにはゴルフのパター練習用マットが敷いてあり、グリーン周辺でのショートゲームの練習をすることもある。Ｚボーイがノックを省略して入室したときにも、バビノーはマットのそばに立っていた。

バビノーは冷ややかな目をＺボーイにむけた。「なにか用かな？　それとも迷っただけか？」

Ｚボーイは、フレディが（アル・ブルックスの急速に減りつつある銀行口座の金でコンピューター関連機器をいくつか購入したあとで）アップグレードした〈ザピット・ゼロ〉をさしだした。

「これを見るんだ」Ｚボーイはいった。「そのあとおれが指示をする」

「出ていきたまえ」バビノーはいった。「きみの頭のなかにどんないかれた考えが飛んでいるのかは知らないが、ここはわたしのプライベートな空間だし、いまはわたしのプライベートな時間なのでね。それとも警備員を呼んでほしいのか？」

「とにかくこいつを見ろ。さもないと、先生は自分の顔を夕方のニュースで見ることになるぞ。『医師が大量殺人者ブレイディ・ハーツフィールドに、南米でつくられた未承認の新薬を投与する人体実験をおこなっていたことが明らかになりました』ってね」

バビノーは口をあんぐりとあけてＺボーイを見つめた――この瞬間のバビノーは、のちにブレイディが人格の核を少しずつ削りはじめたときに見せる顔ときわめて似通った顔になっていた。「なんの話かさっぱりわからないな」

「セレベリンの話だよ。あの薬に連邦食品医薬品局《FDA》の承認がおりるのは——おりるとしても——まだ何年も先だな。おれはあんたのファイルにアクセスして、自前のスマホで二十枚ばかり写真を撮った。あんたが自分のところにだけ保管している脳のスキャン結果の写真も撮った。ずいぶんたくさんの法律を破ってるじゃないか、先生。さあ、そのゲームを見るんだ。そうすれば、すべてはおれと先生のあいだの秘密にする。この申し出を拒めば、先生のキャリアは破滅だ。決めるまでに五秒の時間をくれてやるよ」

バビノーはゲームマシンを受けとると、泳ぐ魚を見はじめた。素朴な音楽が流れていた。おりおりに画面から青い閃光が放たれた。

「さあ、ピンクの魚をタップするんだ、先生。首尾よくタップすれば魚が数字に変わる。頭のなかでその数字を足していけ」

「で、これをどのくらいつづけなくちゃならない？」

「いずれわかる」

「きみは正気か？」

「先生はここにいないとき、ちゃんとオフィスに鍵をかけてる。でも病院には、どこでもアクセスできる権限があるセキュリティカードがいっぱい流通してるんだ。おまけに先生はコンピューターの電源を入れっぱなしで出かけてる。おれにいわせれば正気の沙汰じゃない。さあ、お魚を見てごらん。ピンクの魚をタップして。出てきた数字を足していけ。それだけでいい。それだけすれば、あんたには手出しをしないよ」

「これは立派な脅迫だぞ」

「ちがうね。脅迫は金が目当てだ。これはただの取引だよ。さあ、魚を見てごらん。こんなお願いをするのは、もう最後だぞ」

バビノーは魚を見つめた。ピンクの魚をタップしようとしてミスする。ふたたびタップしたが、今回も逃げられた。思わず小声で、「くそ!」と毒づく。最初に思ったよりもはるかにむずかしく、バビノーは次第に引きこまれた。青い閃光は邪魔くさく思えるのが当然なのに、なぜかそうは思えなかった。むしろ精神集中の助けになってくれた。目の前の老いぼれになにを知られているのかという不安さえ、だんだんと思考の背景に吸いこまれて消えはじめた。

バビノーはすばやく泳ぐピンクの魚がスクリーン左側から出ていって姿を消す前に、首尾よくタップに成功して九点を獲得した。よし、いいぞ。スタートとしては上々だ。やがてバビノーは、自分がこんなことをしている理由も忘れた。いまではピンクの魚をつかまえることが重要になっていた。

音楽が流れつづけていた。

そこから一フロア上にある二一七号室では、ブレイディが自分の〈ザピット〉を見つめつつ、一方では呼吸が緩慢になりつつあることを意識していた。目を閉じると、ひとつだけの赤い輝点が見える。Zボーイだ。ブレイディは待った……待った……そして、いよいよ標的の人物には耐性があるのかもしれないと思いはじめたそのとき、ふたつめの赤い輝点が出現した。最初は薄暗かったが、しだいにまばゆく明瞭な光の点になってくる。

よし、つかまえたぞ――ブレイディは思った。

しかし、慎重になる必要がある。これは極秘任務だ。

ついでブレイディが瞼をひらいた目はバビノーの目だった。バビノーはいまもまだ魚を見つめていたが、もうタップはしていなかった。いつしかバビノーは……なにになっていた？　病院の連中が内輪でつかう言葉は？……そう、植物状態だ。バビノーは植物状態になっていた。

この最初の機会では、ブレイディはバビノーの精神に長居はしなかったが、それでも驚くほど大量の情報にアクセスできるようになったことに気づくまでに長くはかからなかった。アル・ブルックスが豚の貯金箱だったとすれば、フェリックス・バビノーは銀行の地下大金庫だ。ブレイディはバビノーの過去の記憶や蓄積された知識や、この医師の技能のすべてにアクセスできるようになった。アルの精神にはいりこんでいるときには、電気回路の配線のやりなおし工事ができた。一方バビノーの精神のなかにいれば、開頭手術で脳回路の配線をやりなおすことも可能だった。さらには、これまで理論化こそできていたものの、まだまだ願望の対象でしかなかったことが実現できるという確証も得られた――対象人物と離れていても、相手を支配できることがわかったのだ。必要なのは、〈ザピット〉が誘発する催眠状態で彼らの心の扉をひらくことだけだった。フレディ・リンクラッターが改造した〈ザピット〉はきわめて効率的な〝目の罠《アイトラップ》〟になったばかりか、すばらしいことに、効果の発現がすこぶる迅速でもあった。

これをホッジズ相手につかう日が待ちどおしい。

バビノーの脳を去る前に、ブレイディは数尾の思考魚《ソートフィッシュ》を脳内に放流しておいた——ただし、数尾にとどめた。この医者を相手にする場合には、慎重にも慎重を期して動くことに決めていた。いずれは名乗りでるつもりだが、それにはまずバビノーにあのデモ画面——いまでは催眠術の専門家がいうところの〝誘引道具〟になっている画面——の完全な依存症者になってもらわなくては困る。この日に放流した思考魚の一尾は、〝ブレイディのCATスキャン検査では有意義なデータはひとつも見つかっておらず、だからこそもう検査はやめるべきだ〟というものだった。また〝セレベリンの注射もやめるべき〟という思考魚も放した。

なぜならブレイディの症状は有意な改善を見せていないからだ。なぜなら自分という人間は行きどまりだからだ。なぜなら、自分はつかまるかもしれないからだ。

「つかまったりしたら困るな」バビノーはもごもごとつぶやいた。

「そのとおり」Zボーイはいった。「つかまったりしたら、先生とおれ、両方とも困ったことになるぞ」

バビノーの手から、練習につかっていたパターが落ちた。Zボーイはパターを床から拾い、バビノーの手にもどした。

暑い夏がしだいに肌寒く雨がちな秋へ移り変わっていくあいだ、ブレイディはバビノーの支配をだんだん強固にしていった。思考魚《ソートフィッシュ》の放流にあたっては、池に鱒《ます》をはなつ漁場管理人のように慎重におこなった。バビノーは若手の看護師と触れあいたいという欲求を感じはじめ、セクシャルハラスメントで告発されるリスクをおかすようになった。またおりおりに、〈刑務所《バケツ》〉の電子式薬剤管理キャビネットから鎮痛剤を盗みもした——そのさいには架空の医師の身分証カードをつかったが、これはブレイディがフレディ・リンクラッターを通じてつくらせた品だった。またある日は神経内科の医師ラウンジからロレックスの腕時計を盗み（自分でもロレックスは所持しているというのに）、オフィスのデスクのいちばん下の抽斗にしまいこんで、そのことをすぐに忘れた。歩くこともままならないブレイディ・ハーツフィールドは、少しずつ少しずつドクター・バビノーを支配していった——それまではバビノーのほうがブレイディを支配していると思いこんでいたものだが。また同時にブレイディは、ずらりと牙がならぶ〝罪の罠《ギルトトラップ》〟にバビノーを追いこんでいった。バビノーが愚かな行動に出た場合——たとえば、いま進行中の事態を他人に話したりした場合——この罠が一気に閉じることになる。

ブレイディはこれと並行して、〈図書室《ライブラリー》アル〉のときよりももっと慎重にドクターZの人格をつくりあげていった。ひとつには人格創造という仕事の腕が巧みになっていたこともある。また、仕事につかう素材が格段によかったことも理由だ。この年の十月にもなると、バビノーの脳内には数百尾の思考魚が泳いでいた。ブレイディはバビノーの精神だけではなく肉体も支配するようになり、さらにはバビノーの肉体での外出の時間をだんだん伸ばしもした。一度はバビノーにBMWを走らせてオハイオ州との州境まで出かけた――彼我の距離が増えると支配力が弱まるかどうかを実地に確かめたかったのだ。弱まることはなかった。ひとたび精神にはいりこめば、距離にかかわらずはいりこんだままになるようだった。それに、楽しい旅でもあった。途中で一軒のドライブインに立ち寄って、オニオンリングをがつがつと貪り食った。

味は最高だった!

二〇一四年のクリスマス・シーズンが近づくころ、ブレイディは幼い子供時代以来感じたことがなかったような精神状態にあることに気づかされた。ブレイディにとってはあまりにも珍しい状態だったので、いざその正体がわかったときにはクリスマスの飾りがすっかりとりはらわれ、バレンタインデーが間近に迫っていたほどだった。

そう、ブレイディは満ち足りた気分になっていた。

ブレイディのなかには、この感覚に〝小さな死〟というラベルをつけて抵抗している部分もあったが、受け入れたがっている部分もあった。腕を広げて歓迎している部分もあった。満ち足りた気分になっても当然ではないか。いまではもう二一七号室だけに縛りつけられているのではないし、自分の肉体に閉じこめられているわけでもないのだから。その気になればいつでも出ていける――乗客としても、あるいは運転者としても。ただし運転席にあまりひんぱんにすわったり、あまり長時間すわったりしないように配慮する必要はあった。意識の核はかぎりある資源のようだった。つまり、つかいきってしまえば、それでおわりだ。

あいにくなことに。

ホッジズが以前のように病室訪問をつづけてくれていれば、ブレイディにも新しい〝向上のための目標《ゴールズ・トゥ・グロウ》〟ができていたはずだ――抽斗にある〈ザピット〉に目をむけさせ、ホッジズの精神に侵入したら、自殺をうながす思考魚を放してくるという目標が。そうなれば、かつて〈デビーの青い傘〉を利用してやったことを最初からまたくりかえしたはずだ――ただし、前とは比較にならないほど強力な暗示をつかって。いや、はっきりいえば、もはや暗示ではなく、命令そのものだった。

ただし、この計画にも問題がひとつあった――ホッジズが病室に来なくなったのだ。労働者の日《レイバー・デイ》の直後に姿をあらわして、いつものようにたわごとをまき散らしていったが――《おまえがそこにいるのはわかっているんだよ、ブレイディ……おまえが苦しんでいることを祈るよ、ブレイディ……手をつかわずにいろんな品物を動かせるというのは本当かい、ブレイディ……そんなことができるなら見せてくれ……》――それ以来ふっつりと来なくなった。ひょっとしたらホッジズがおれの毎日から消えたことこそ、いま感じている新奇な満足感、諸手《もろて》をあげて歓迎したくはないこの満足感の理由なのではないか――ブレイディはそんなふうに考えた。ホッジズはブレイディにとって、鞍の下にはいりこんだ毬《いが》のようなものだった――毬に怒りを煽られたことや、そのせいで走りだしたこともあった。毬が消えたいま、ブレイディという馬は望めばのんびり草を食《は》めるようになった。

ある意味でブレイディはそうしていた。

ドクター・バビノーの精神だけではなく、銀行口座や投資ポートフォリオへもアクセスできるようになると、ブレイディはコンピューター上で湯水のように金をつかっていった。バビノーが金を引きだして買い物をした。Zボーイが購入品をフレディ・リンクラッターの住むうらぶれた狭苦しい部屋へと運んだ。フレディには、もっといい部屋に住んでもらわないと――ブレイディは思った。なんとかして手を打ってやらないと。

またZボーイは、病院の図書室からくすねた〈ザピット〉を一台残らずフレディのところへ運んだ。フレディはすべての〈ザピット〉内の〈フィッシン・ホール〉のデモ画面に改造をほどこした……もちろん報酬と引き換えに。かなりの高額だったが、ブレイディは文句ひとつついわずに支払った。どのみちドクターの金、バビノーの貯えにすぎない。ただし機能を向上させた〈ザピット〉をどうするのかという点について、ブレイディはまだなにも思いついていなかった。いずれは新しいドローンが一、二台は欲しくなるかもしれないが、いまのドローンを下取りに出して新品を買う理由もない。そしてブレイディは、自分の満足感の正体を理解しはじめた——大西洋には、あらゆる風がなくなって航海中の帆船がただようだけになったという亜熱帯無風帯があるが、あれの感情バージョンだ、と。

この状態になるのは、人が〝向上のための目標《ゴールズ・トゥ・グロウ》〟をうしなったときだ。

この状態は二〇一五年二月十三日までつづいた——なぜこの日までだったかといえば、ブレイディが正午のニュース番組のあるコーナーに注意を引き寄せられたからだ。それまで二匹のパンダの赤ちゃんがふざけまわるようすに声をあげて笑っていたニュースキャスターが、背後の映像がパンダから割れたハートのイラストに変わると同時に、〝ああ、なんと悲しいことでしょうか〟といいたげな表情を顔に貼りつけた。

「あしたはバレンタインデーですが、セウィクリー郊外では悲しい日になりそうです」コンビのキャスターの片割れをつとめる女性がいった。

「そうですね、ベティ」男性キャスターがいった。「といいますのも、二十六歳のクリスタ・カントリーマンさんと二十四歳のキース・フリアスさんのふたりが、フリアスさんの自宅で自殺したからです——おふたりは、あの市民センターにおける無差別殺傷事件の被害者でした」

ベティが話す番になった。「ケン、ショックを受けておられるご両親によれば、今回亡くなったおふたりは今年の五月に結婚する予定だったものの、ブレイディ・ハーツフィールドが起こした無差別殺傷事件でどちらも重傷を負っていたこともあり、心身双方の苦痛にどちらも耐えられなくなったのではないか、とのことです。フランク・デントンが事件の詳報をお伝えします」

このときにはブレイディは最高度警戒態勢に突入していた――目をぎらぎら光らせて、いまの体で可能なかぎり背すじをきりっと伸ばして椅子にすわる姿勢をとって。いまのニュースのふたりも、おれが仕留めた獲物だと正式に主張できるだろうか？　できるはずだ――ブレイディは思った――これで市民センターでの獲得点数は八から十に増えた。まだ一ダースには届かないが、わるい数字じゃない。

フランク・デントン特派員もまた、とっておきらしい〝なんとまあ痛ましや〟風の表情でひとしきり、べらべらしゃべっていた。ついで映像は自殺したカントリーマンという女の老いた哀れな父親に切り替わった。父親はカメラの前でカップルが残した遺書を読みあげた。父親の言葉はほぼ最初から最後まで不明瞭だったが、ブレイディにも遺書のあらましはききとれた。わたしたちは死後の生について、すばらしい展望をいだいています……そこではわたしたちが負った傷のすべてが癒えるでしょうし……苦痛という重荷もとりのぞかれ……そしてわたしたちはすっかり健康な体になり、われらが主にして救い主であるイエス・キリストのそばで結婚するのです……。

「こんな痛ましいことはありません」ニュースのしめくくりにあたって男性キャスターはそうコメントした。「痛ましいの一語に尽きます」

「そのとおりですね、ケン」ベティが合の手を入れた。ふたりの背後のスクリーンがウェディングドレス姿でプールサイドにずらりとならぶ愚か者集団の映像に切り替わると同時に、それまで悲しそうだったベティの表情が〝かちり〟と音をたてるようにして、先ほどまでの楽しげな顔に切り替わった。「しかし、次のニュースにはみなさんも晴れやかな気持ちになるでしょう。クリーヴランドで二十組のカップルがプールサイドで結婚式をあげることにしました——といっても、気温はわずかマイナス六度です!」

「カップルのみなさんが燃えあがる愛の炎でぽっかぽか気分を味わったらいいのですが」ケンがいいながら笑みを見せ、完璧なクラウンを装着した歯をのぞかせた。「ぶるるるる! 現地のベティ・ニューフィールドにくわしい話を伝えてもらいます」

あと何人、仕留められるだろう? ブレイディは思った。いまブレイディは闘志に燃えていた。改造をすませた〈ザピット〉は九台……それ以外にはふたりのドローンがそれぞれ一台ずつ所有し、病室の抽斗にも一台ある。おれがあの薄のろ求職者連中相手の仕事をおえたなんて、どこのだれがいった?

おれがもう点数を稼げないなんて、どこのだれがいった?

ブレイディは休息期間中にもザピット社の動向に目を光らせ、週に一、二回はZボーイをグーグル・アラートのチェックに行かせた。〈フィッシン・ホール〉の画面がそなえる穏やかな催眠作用（および、〈ホイッスリング・バーズ〉のデモ画面のさらに弱い催眠作用）についてのネット上のおしゃべりは終息しかけていて、いまではザピット社がいつ倒産するのかという話題になっていた——倒産するかどうかは、もう問題ではなくなっていた。そんなザピット社をサンライズ・ソリューションズ社が買収したとき、〈エレクトリックつむじ風〉を自称するある有名ブロガーはこんな文章を書いた。

「びっくり仰天！　この買収劇って、余命六週間のふたりの癌患者が手に手をとって駆落ちするようなもんだ」

このころにはバビノーの影の人格も充分できあがっていた。そのためブレイディに代わって市民センターの惨劇で生き残った人々のことを調べていたのは、影の人格であるドクターZだった。ドクターZは重傷者のリストを作成した——重傷を負ったがゆえに、自殺をうながす思考に耐性のない人々のリストだ。そのなかにはダイエル・スターやジュディス・ローマのようにいまも車椅子から離れられない者もいた。ローマはいずれ車椅子が不要になるかもしれないが、スターは無理だろう。またマーティーン・ストーヴァーもいた——首から下の全身麻痺で、いまはリッジデイルの自宅で母親のジャニス・エラートンとふたりで暮らしていた。

よし、そのふたりにお情けをくれてやるとしよう——ブレイディは思った。ああ、本気のお情けをくれてやる。

ブレイディは、ストーヴァーの母親のエラートンこそ一例めにうってつけだと判断した。最初に思いついたのは、Zボーイをつかって母親あてに〈ザピット〉を郵送してはどうかというものだった（「あなたへの無料プレゼントです！」）。しかし、あっさり〈ザピット〉を捨てられたりしないように確実を期すにはどうすればいい？　つかえる〈ザピット〉は九台だけなので、一台も無駄にする余裕はない。パワーアップのための改造にもかなりの金が（バビノーの金が）かかっている。それよりはバビノー本人に任務を負わせて送りだすほうがいい。あつらえのスーツに真面目な印象のダークカラーのネクタイをあわせたバビノーなら、皺だらけの緑の〈ディッキーズ〉を穿いたZボーイよりも信頼できる人物に見えるはずだし、そもそもバビノーはストーヴァーの母親のような女が好意をいだきがちな年配の男だ。あとはブレイディがもっともらしい話をでっちあげるだけでいい。マーケティングがどうこうという話は？　ブッククラブがらみの話はどうか？　それとも賞品をかけたコンテスト？

ブレイディがまだ各種のシナリオをあれこれ検討していたときに——急ぐ必要はなかった——グーグル・アラートが予想されていた死を報じてきた。サンライズ・ソリューションズ社がお亡くなりになったのだ。これが四月初頭のこと。すでに資産処分のために破産管財人が指名されていた。ほどなく通常の競売サイトに〝実物財〟のリストが掲載されるはずだった。それが待ちきれない向きは、倒産関係の書類をあされば、売却不能のがらくたまで含めたサンライズ・ソリューションズ社の資産リストがあるはずだった。ブレイディには興味深い情報に思えたが、ドクターZを派遣してリストを調べたいと思うほど興味をもったわけではなかった。リストのなかには木箱にはいった〈ザピット〉の在庫もリストアップされているだろうが、いまは手もとに九台あるし、おもちゃとしてはそれで充分だろう。

しかし一カ月後、ブレイディはこの考えをあらためた。

〈正午のニュース〉の人気コーナーのひとつに「ジャックのひとこと」がある。登場するのはジャック・オマリー。白黒テレビの時代にこの業界で仕事をはじめたような、太った老いぼれ恐竜というべき男であり、そのオマリーがニュース番組のおわりに登場、そのとき頭にいちばん残っている話題について五分ばかり漫然としゃべるのである。顔には巨大な黒縁眼鏡をかけ、話すときにはのどから垂れた肉袋がゼリーのようにぷるぷると震える。いつもならブレイディは、多少のコミックリリーフとして、ジャックの話を楽しくきいていた。しかし、この日の「ジャックのひとこと」は楽しくもなんともなかった。それどころか、まったく新たな展望をひらくものだった。

「わたしたちの局が先日報道したニュースの結果、クリスタ・カントリーマンさんとキース・フリアスさんのご遺族に、たくさんのお悔やみが寄せられているとのことですな」ジャックはコメンテイターの先輩であるアンディ・ルーニー風の気むずかしげな声でいった。「おわりなき苦痛、軽減されない苦痛とともに生きていくことはもう無理だ

――そう思ったおふたりがみずからの命をともに断つ決断をくだしたことで、自殺にまつわる倫理についての論争にあらためて火がついています。この事件をきっかけにわたしたちは――不幸にも――このおわりなき苦痛、軽減されない苦痛をつくりだしたひとりの卑劣漢のことを思い出しました。そう、ブレイディ・ウィルスン・ハーツフィールドという名前の怪物のことを」

おれのことだ――ブレイディは楽しく思った。きちんとミドルネームまで含めて語られると、本物のブギーマンになった実感を味わえる。

「もしも死後に来世なるものが実在すれば――」ジャックはいった（手のつけようもなく伸びている左右の眉毛がひとつにつながり、あごの肉袋がぶるぶる揺れる）。「――いざそこにたどりついたとき、ブレイディ・ウィルスン・ハーツフィールドはおのれの非道な犯罪の代償をすっかり払わされることでしょう。それはそれとして、この悲劇という暗雲のへりを銀色に光らせている縁どりについて語りましょう――ええ、そういった光が実在するからです。

市民センターにおける卑劣漢らしい大量殺傷事件から一年たったころ、ブレイディ・ウィルスン・ハーツフィールドはさらなる忌まわしい犯罪の実行を企んでいました。ミンゴ・ホールで開催されていたコンサートの会場に、警備の目を盗んで大量のプラスティック爆薬をもちこみ、音楽を楽しむためにあつまっていた数千人の観客を殺そうと企んだのです。しかしこの企みは、退職刑事のウィリアム・ホッジズとホリー・ギブニーという勇敢な女性によって挫《くじ》かれました。この負け犬の殺人狂が爆弾のスイッチを押す寸前、ホリー・ギブニーがこの男の頭に痛烈な一打を食らわせたからこそ——」

ここから先の話は、もうブレイディの耳にはいってこなかった。おれの頭を棍棒でぶん殴って、あやうくおれを殺しかけたのが、ホリー・ギブニーとかいう女だって？　ホリー・ギブニーとはいったい何者だ？　その女がおれの頭の明かりを消し、おれをこんな病室へ叩きこんでからもう五年にもなるのに、なぜだれも教えてくれなかった？　どうしてそんなことになった？

いや、それも当たり前ではないか——ブレイディは思った。事件直後の報道がさかんだったときには、おれは昏睡状態だった。そしてそのあとおれは、やったのがホッジズか、あいつの家で芝刈りをしている黒人小僧のどっちかだと勝手に思いこんでいた。

機会があれば、ホリー・ギブニーなる女のことをウェブで調べよう。しかし、この女に大きな意味があるわけではない。この女は過去の一部だ。未来は卓抜なアイデアのなかにある。そのアイデアは、これまでの最上の発明群とおなじ流儀で頭にふって湧いてきた——そう、過不足なくまとまった形で。あとは多少の改善をほどこすだけで完璧なものになる。

ブレイディは自分の〈ザピット〉の電源を入れ、Ｚボーイを見つけると（このときには産婦人科の待合室にいる親たちに雑誌を手わたしていた）、図書室のコンピューターの前へむかわせた。Ｚボーイがスクリーンの前にすわると、ブレイディはこの男を運転席から強引に追いだして肉体の支配権を奪い、背中を丸めてアル・ブルックスの近視の目を細めながらスクリーンを見つめた。〈倒産会社資産二〇一五〉というウェブサイトにサンライズ・ソリューションズ社があとに残した資産の一覧リストがあった。そこには同社が買収した十以上ものさまざまな会社のがらくたが、アルファベット順に記載されていた。〈ザピット〉は最後に記載されていたが、ブレイディの立場からすればその意味は決して最小ではなかった。彼らの資産リストのうち最大のものが、四万五千八百七十二台の〈ザピット・コマンダー〉だった。希望小売価格は百八十九ドル九十九セント。販売単位は四百台、八百台、あるいは一千台。その下に赤字で、発送される商品には一部不良品もあるという警告が添えてあった――「ただし、在庫の大半は完動品です」とも。

ブレイディの昂奮が、〈図書室《ライブラリー》アル〉の老いた心臓に負担をかけた。両手がキーボードから離れて指が曲がった。市民センターの事件での生存者をさらに仕留めていくという計画は、いまブレイディをとらえている新しい壮大な計画の前に色褪せた――あの夜のミンゴ・ホールで未遂におわった仕事をおわらせるという計画だ。〈デビーの青い傘〉のサイトからホッジズにメッセージを送っている自分の姿が見えた――《おれをとめたと思ってるのか？　考えなおせ》。

そうなれば、なんとすばらしいことだろうか！

バビノーの資金力をもってすれば、あの夜ホールにいた全員に行きわたる数の〈ザピット〉を買っても充分なお釣りがきそうだ。しかし結局はブレイディが一度にひとりの標的を相手にしなくてはならないのだから、極端なやりすぎをしてもなんにもならない。ブレイディはZボーイをつかってバビノーを病室に呼びだした。バビノーは来たがらなかった。このころにはブレイディを恐れるようになっていたのだ——その恐怖心がブレイディには美味に思えた。

「おまえはこれからいろいろと買物をするんだ」

「いろいろと買物をする」従順そのもの。もう恐怖はない。二一七号室に足を踏み入れたのはバビノーだったが、力なく肩を落としてブレイディの椅子の前に立っているのはドクターZだった。

「そのとおり。おまえはこれから、新しい口座に金を入れたくなる。そちらの口座は、そうだな、ゲームズ・アンリミテッド社名義にしよう。〝ゲームズ〟の最後の字はZだ」

「最後の字はZ。わたしとおなじだ」カイナー記念病院の脳神経科部長は薄ぼんやりと惚《ほう》けた笑みをのぞかせた。

「よし、いいぞ。金額は十五万ドルだ。ついでにフレディ・リンクラッターにも、もっと新しくて広いアパートメントを用意してやれ。おまえが買った品を受けとれて、そのあと作業できるような部屋を。あの女もこれから忙しくなるからな」

「わたしはあの女に、もっと新しくて広いアパートメントを用意して——」

「いいから黙って話をきけ。フレディ・リンクラッターには、まだほかにも必要な機材がある」

ブレイディは前に乗りだした。前方にはいま輝かしい未来が見えていた——退職刑事がひとり勝手にゲームはおわったと思いこんでから何年もたったあとで、この自分が真の勝者になって栄冠を授けられる未来が見える。

「なかでもいちばん重要なのは、リピーターという機材だ」ブレイディはいった。

〈頭と毛皮《ヘッズ&スキンズ》〉

1

フレディ・リンクラッターが目を覚ましたのは、痛みではなく膀胱のせいだ。膀胱がいまにも破裂しそうになっている。ベッドから起きあがるのが最重要任務。頭ががんがん痛むうえ、胸に石膏《せっこう》のギプスをはめられたような感じだ。ただし、こちらはそれほど痛まない——もっぱらこわばってしまって重く感じられるだけだ。息をするたびに、重量あげのバーベルを肩からさらに頭の上にまでかかげている気分になる。

バスルームは異常殺人鬼が出てくる映画のワンシーンそのままだ。あたりの血を見なくてもすむように、便器に腰かけるなり目をつぶる。まだ生きているだけでも幸運だ——数十リットルにも思える小便が迸《ほとばし》りでているあいだ、フレディはその思いを嚙みしめる。幸運だったというしかない。だいたい、なんでわたしがこんな同時多発クソ事態の中心にいるのか？　もとはといえば、あいつにあの写真をもっていってやったからだ。母親がいっていたとおり——よいことをしても正直者は馬鹿を見る、ってね。

しかし、すっきり澄んだ考えをめぐらせる機会があるとすれば、それはいまこのときだ。そしてフレディは、いま自分がこんな状態に——すなわち頭のなかに結び目ができていて、胸には銃撃の傷を負った体で血の海のようなトイレにすわっている状態に——なったのは、決してあの写真をブレイディにもっていったからではない、と認めざるをえなくなる。こんな目にあっているのは病室を再訪したからで、再訪したのは報酬をもらえたからだ。一回の訪問につき五十ドル。金をもらって相手のもとを訪ねるなんてコールガールのようなものだった——フレディは思う。

本当はどういうことか、すっかりわかっていたくせに。もちろんドクターZがもってきたUSBメモリの中身を——あの不気味なウェブサイトを起動させるために必要なファイルを——のぞいたあのときにわかったと話すことも無理ではないにしろ、本当は〈ザピット〉を片はしから残らずアップデートしていたときには、もうわかっていたのでは？　工場によくある組立ラインのように、一日に四十台から五十台の〈ザピット〉を改造し、初期不良品ではないマシンすべてに地雷を仕込んだ。全部で五百台以上。そのあいだもずっと、あれはブレイディだとわかっていたし、ブレイディが正気をなくしていることもわかっていたくせに。

フレディはスラックスを引きあげて水を流し、トイレをあとにする。居間の窓から射しいる光はだいぶくすんできたが、それでも目に痛みを与える。目を細めて外を見やり、雪が降りはじめたことを見てとってから、ひと息つくたびに苦しい思いをしつつ、すり足でキッチンへむかう。冷蔵庫の中身の大半は、食べ残したテイクアウトの中華料理のカートンで占められているが、ドア裏のポケットに〈レッドブル〉が二缶ある。一本をつかみだし、ごくごく半分飲むと、気分がわずかによくなってくる。心理的な効果にすぎないのだろうが、それでも歓迎だ。

さて、これからどうする？　いったい全体なにをする？　はたして、この泥沼から逃げる道があるのか？

フレディは、これまでよりも若干速いすり足でコンピューター室へはいると、ディスプレイを生き返らせる。ついでグーグルで検索して、Zジーエンド・ドットコムを訪問する。アニメの男がアニメの鶴嘴《つるはし》をふるっている工事中のイラストが出ればいいと思っていたが、意に反してキャンドルが光を投げる葬儀場の光景が浮かびあがって心を沈ませる。USBメモリをわたされたときには中身を見ずに全ファイルをコピーしろといわれたが、指示に反して起動させたとき、オープニング画面として出てきたのが、まさにこの葬儀場の光景だった。眠気をもよおすようなブルー・オイスター・カルトの曲が流れている。

フレディは画面をスクロールさせ、柩の下に表示されていて、ゆっくりした鼓動のように字が膨らんでは縮んでいるメッセージ類（苦しみをおわらせよう。恐怖をおわらせよう）を通過して、その下にある《コメントはこちら》をクリックする。この電脳世界の毒薬サイトがどのくらい前からアクティブになっていたのかは知らないが、すでに数百件のコメントが寄せられるほどの期間にわたっているようだ。

Bedarkened77：これこそ真実を語る勇気！

AliceAlways401：やりぬくガッツが欲しい……だって家が最低最悪だから。

Verbana The Monkey：苦しみに耐えるんだ、みんな。自殺なんて意気地なし!!!

KittycatGreeneyes：ちがうよ、自殺は苦しくなんかないし、たくさんの変化をもたらしてくれる。

異論をとなえているのはハンドル名 Verbana The Monkey だけではないが、画面をスクロールさせてコメントのすべてに目を通さなくても、ここでは反対者がきわめて少数であることはフレディにもわかる。このぶんだとインフルエンザなみに感染が拡大していきそうだ、とフレディは思う。

いや、インフルエンザどころか……エボラ出血熱だ。

シグナル・リピーターを見あげると、ちょうど表示が《発見　**１７１**》から《発見　**１７２**》へ切り替わるところだ。数字に変化する魚の話はたちどころに広まり、今夜は改造をほどこした〈ザピット〉のほぼすべてが動作中になっている。デモ画面が利用者に催眠術をかけて耐性をうしなわせる。なにへの耐性を？　そう、たとえばこのZ《ジー》ジエンド・ドットコムを訪問しろという暗示への耐性。いや、ひとたび〝ザピット人間〟になれば、もうサイトを訪問する必要もないのかもしれない。彼らはあっさりサイトを無視するかもしれない。催眠術にかけられた人々は自殺をうながす命令にもすなおに従うのか？　まさか、そんなはずはない。

……そんなはずはない？

ブレイディがふたたびここへやってくるのではないかと思うと恐ろしくて、シグナル・リピーターを切るふんぎりをつけられない。しかしウェブサイトを閉じるのは？「いまシャットダウンしてやるよ、このクソ野郎」フレディはサイトにむかっていいながら、キーボードを猛然と打っていく。

しかし三十秒もたたないうちに、フレディは画面のメッセージを信じられない思いで見つめている――《実行を許可されていない機能です》。フレディは再度チャレンジしようとして手を伸ばし、そこで動きをとめる。ここでまたウェブサイトに手出しをすれば、全財産に核爆弾を落とす結果になるかもしれない――コンピューター関係の機器すべてがだめになるばかりか、クレジットカードも銀行口座も携帯電話も、さらにはクソったれな運転免許証さえつかえなくなるかもしれない。その手の邪悪きわまる企みをプログラムできる人間がいるとすれば、ブレイディをおいてほかにいない。

くそ。ここから逃げなくては。

スーツケースに衣類を投げこんだらタクシーを呼んで銀行へ行き、ありったけの預金を引きだそう。うまくすれば四千ドルはあるはずだ（しかし心の奥では、現実にはせいぜい三千ドルだと承知してもいる）。銀行で用をすませたらバスターミナルへ行く。窓の外で渦を巻いている雪は大きな嵐が近づいていることを告げているし、そのせいで短時間での逃避行の道は封じられるかもしれないが、ターミナルで数時間待てといわれたら待とう。いいや、ターミナルで寝なくてはならないとなったら寝てやろう。すべてはブレイディのしわざ。あの男は複雑怪奇な大量集団自殺《ジョーンズタウン》プロジェクトを練りあげた――改造をほどこした〈ザピット〉はそのプロジェクトの一部であり、自分はそんなことに手を貸してしまった。はたしてプロジェクトが目的どおりの成果をあげるのかどうかはわからないが、座して結果を待つ気はさらさらない。〈ザピット〉にうっかり騙された人や、自殺について考えるだけではなくてクソなZ《ジー》ジエンド・ドットコムのせいでうっかり自殺してしまった人がいたら、それはそれで気の毒だが、こちらはこちらで〝自分《ヌーメ》の利害《ロ・ウーノ》〟を優先させて考える必要がある。自分以外にだれも考えてはくれないし。フレディは精いっぱい足を速く動かして寝室へ引き返す。クロゼットから古いサムソナイトのスーツケースを出すが、そこで呼吸が浅いせいで酸素不足におちいり、同時に昂奮過多にもなったせいで両足がいきなり力をなくし、ゴムのようにぐんにゃりとなる。なんとかベッドまでたどりつくと、腰をおろして頭を力なく垂らす。

大丈夫、むずかしくない――フレディは思う。まともな呼吸をとりもどすこと。一度にひとつずつ。

ただし、ウェブサイトをシャットダウンさせようとして愚かな手出しをしてしまったいま、自分にどれだけの時間が残されているのかもわからない。そしてドレッサーの上からいきなりアンドリュース・シスターズの〈ブギウギ・ビューグル・ボーイ〉が流れはじめ、フレディはひいっと小さな悲鳴を洩らす。この電話には出たくない――それでもフレディは立ちあがる。ときには知っておいたほうがいい場合もある。

2

ブレイディが七番出口で州間高速道路を離れるころは、まだ小雪程度だったが、州道七九号線を走るころには――もうずいぶん辺鄙《へんぴ》な田舎に来ている――降雪量が若干増えてくる。道路のアスファルトはまだ見えているし、路面は濡れているだけだが、もうじき雪が積もりはじめるだろう。それなのに身を隠して多くの用事をこなそうと思っている場所は、まだ六十五キロも先だ。

チャールズ湖――ブレイディは思う。お楽しみの本番がはじまるところ。

そのときバビノーのノートパソコンが目を覚まし、チャイムを三回鳴らす――ブレイディがこのパソコンに組みこんだ警告通知音だ。あとで後悔するくらいならあらかじめ用心しておくべし。車をとめるわけにはいかないが――癪にさわる雪嵐と競走しているのだからなおさらだ――しかし警告を無視して走りつづけるわけにもいかない。前方右に窓や戸口を板でふさがれた廃屋がある――錆だらけのビキニを着た若い女の金属の人形が二体、屋根の上にすわって、《ポルノパレス　XXX　裸なんてへっちゃら》と書かれた看板をかかげている。未舗装の駐車場――雪がその地面に粉砂糖をふりかけはじめている――のまんなかに、《売物件》という看板が立っている。

ブレイディは車を駐車場に入れてギアをパーキングに切り替え、ノートパソコンをひらく。スクリーンに表示されたメッセージを目にしたとたん、それまでの上機嫌な気分のまんなかに無視できないほど大きな裂け目が走る。

午前十一時〇四分
Z《ジー》ジエンド・ドットコムの改変／取消を目的としたアクセス検知
アクセス拒否
サイト：アクティブ

マリブのグラブコンパートメントをひらくと、アル・ブルックスのくたびれた携帯電話がある。あの男はいつも携帯をここにしまっている。ありがたい。バビノーの携帯をもってくるのを忘れたからだ。

だったらその罪でおれを訴えろ――ブレイディは思う。すべてを覚えていられる人間なんかいないし、おれはおれで忙しかったんだ。

ブレイディはいちいち連絡先を参照せず、記憶から抜きだしたフレディの番号に電話をかける。あの女は〈ディスカウント・エレクトロニクス〉に勤めていたころから番号を変えていない。

3

ホッジズがトイレのために中座する。ジェローム はホッジズがドアから出ていくのを待ち、ホリーに近づく。ホリーは窓ぎわに立って、降る雪を見つめている。街ではまだ小雪だ――雪は重力を否定するかのように、ひらひらと宙を舞い飛んでいる。ホリーはまたもや腕を組んで、反対の肩をしっかりつかむ姿勢をとっている。

「どのくらい深刻なの？」ジェロームは低い声でたずねる。「だって、どう見ても具合がよくなさそうだし」

「膵臓癌なのよ、ジェローム。そんな病気の人が具合よさそうに見えるはずがある？」

「きょう一日を乗り切れると思う？　だって、本人は乗り切りたいみたいだし、とにかくこの件にどうにか始末をつけたがっているように思えるからさ」

「ハーツフィールドを始末したがってる……そういいたいのね？　ブレイディ・〝カス

野郎〟・ハーツフィールド。あのカス野郎は死んでるのに！」

「そうだよ、ぼくがいいたいのはそういうこと」

「かなり深刻だと思う」ホリーはジェロームにむきなおると、自分に鞭を打つようにして視線をあわせる――こんなふうに他人と視線をあわせると、いつも決まって裸にひん剝かれた気分になる。「あの人がいつも片手で脇腹を押さえているのに気がついた？」

ジェロームはうなずく。

「もう何週間も前からああしてたの。消化不良だといってた。で、わたしがしつこくせっついて、ようやく医者のところへ行かせたの。それで本当の病気がなにかわかると、あの人は嘘でごまかそうとしたんだから」

「まだ質問に答えてないよ。あの人はきょう一日を乗り切れると思う？」

「乗り切れると思う。乗り切ってほしい。だって、きみのいうとおり――あの人にはこれが必要だから。でも、わたしたちがずっと付き添っていなくちゃだめ。わたしたちふたりが」ホリーは片方の肩から手を離し、その手でジェロームの手首を握る。「約束して、ジェローム。男の子ふたりだけでツリーハウスで遊びたいからって、瘦せっぽちの女の子だけを家に帰すような真似はしない、と」

ジェロームは手首からホリーの手を引き離し、その手を自分の手で強く握る。「心配すんなよ、ホリーベリー。ぼくたちのバンドを引き裂くなんて、だれにもできないよ」

4

「もしもし？　あんたね？　ドクターZでしょ？」

ブレイディにはフレディ・リンクラッターとゲームをしている時間はない。雪は一秒ごとに強くなっている。Zボーイのマリブはスノータイヤを履いていないし、すでに走行距離は十六万キロを越えている――ひとたび雪嵐が本格的に吹き荒れだしたら太刀打ちできる車ではない。また普通の情況なら、フレディがなぜいまも生きているのかを問い質すところだが、あいにくフレディのもとへ引き返して情況をあるべき姿に改善するつもりもない以上、たずねても無意味な質問だ。

「こっちがだれかはわかっているはずだぞ。それにこちらも、おまえがなにを企んだのかは把握してる。もう一度やってみろ――その建物を見張っている男たちをおまえの部屋へ送りこんでやる。死なずにすんだとは運のいい女だな、フレディ。おれなら運命を試すような真似は二度としないぞ」

「ごめんなさい」まるで、ささやくような小声だ。いま話をしているのは、かつてブレイディが〈サイバーパトロール〉でいっしょに働いていた、〝おまえらまとめてくたばりやがれ〟といっているようなライオットガールではない。ただし、完全に屈したわけではない——屈していれば、コンピューターにちょっかいを出そうという気を起こすはずはないからだ。

「このことをだれかに話したのか?」

「まさか!」フレディは、そんなことは考えるだけでも恐ろしいという声でいう。恐怖は好ましい。

「じゃ、これからだれかに話すのか?」

「ま、まさか!」

「そう、その答えが正解だ。おまえがだれかに話せば、おれにはわかる。おまえには見張りがついてるんだぞ、フレディ。忘れるな」

ブレイディは相手の返答を待たずに通話を一方的に切る。フレディが妙な手出しをしたこと以上に、フレディがまだ生きているという事実のほうがずっと腹立たしい。ブレイディがフレディを殺したと思いこんでいれば、建物の外から男たちに見張らせる必要はないはずだが、その矛盾にも気づかずに、さっきの見張りの話を信じただろうか? 信じたと見ていい。あの女はドクターZともZボーイとも話をしたことがある——だから、ブレイディが意のままにあやつれるドローンをあと何台も確保していてもおかしくない、と思っているはずだ。

いずれにしても、その件でいまブレイディに打てる手はない。そもそもブレイディには、困った問題にぶつかると責任を他人になすりつけてきた長い長い歴史がある。そしていまブレイディは、死んでいるべきタイミングで死んでいなかったことでフレディを責めている。

マリブのギアを前進《ドライブ》に入れてアクセルを踏む。倒産した〈ポルノパレス〉の駐車場を薄く覆う雪のカーペットのせいで最初タイヤは空転するが、すぐに地面をとらえ、車はふたたび州道へ出て走りはじめる。これまで茶色だった柔らかい土の路肩が、どんどん白くなってきている。ブレイディはZボーイの車をじわじわ加速させ、スピードを時速百キロにまであげる。いまの天気と道路事情では、これでもほどなくスピード超過になるはずだ。それでもできるかぎり長く、この速度を保って進もう。

5

ファインダーズ・キーパーズ社はビル七階の洗面所を旅行代理店と共用しているが、いまこの瞬間ここをつかっているのはホッジズひとりだ。それがありがたい。ホッジズは洗面台にむけて身をかがめ、右手で洗面台のへりを強くつかみ、左手では脇腹を強く押さえている。ベルトのバックルをはずしたままなので、スラックスはポケットにしまいこんだ品々――小銭、キーホルダー、財布、携帯――の重みで、腰よりもずっと下にまでずり落ちている。

洗面所へ来たのはクソをするためだ。生まれてからずっと実行してきた、珍しくもない日常の排泄行為。しかしトイレでいきみだすなり、左腹部が核爆発を起こした。今回の激痛の前では、これまで感じていた痛みがコンサート本番前の音あわせ程度にしか思えなくなるほどだ。いまの段階でこれほど激しく痛むのなら、この先どれほどの事態が訪れるのか、考えることさえ忌まわしい。

いや、〝忌まわしい〟というのはちがう、とホッジズは思う。考えるのも〝恐ろしい〟というべきだ。いまわたしは生まれて初めて未来が恐ろしくなっている。未来に目をむければ、わたしという人間をつくっているものすべてが、まず最初に水面下へ沈み、つづいてすべてが抹消されていくさまがありありと見える。痛みだけではそうならなくても、痛みを抑えるために処方される効き目のもっと強い薬が、その役を果たすだろう。

いまになれば膵臓癌に〝ステルス癌〟という別名がある理由も、この癌がほぼまちがいなく患者の命を奪う理由も理解できる。この癌はじっと身をひそめつつ兵力を増強し、肺やリンパ節や骨や脳に密使を送りだす。そしてしかるべき瞬間に、電撃作戦がはじまる。ただし、自分の勝利がすなわち自分の死滅であることを、強欲で愚かなこの癌は理解していない。

ホッジズは思う――だが、この癌にとっては自身の死こそが願ったりかなったりなのではないか。この癌は自己嫌悪の塊であり、宿主を殺したいという欲望ではなく、自分を殺したいという願望を生まれながらにしていだいているのかもしれない。もしそうなら、膵臓癌こそ本物の自殺のプリンスだ。

ホッジズは、深みのある響きのげっぷを長々と口から出す。理由はわからないが、痛みがわずかにやわらぐ。とはいえ、これもどうせ長つづきしない。しかしいまのホッジズは、少しでも楽になれる機会ならひとつたりとも逃がしたくはない。それから鎮痛剤をボトルから三錠出して（ホッジズはすでに、この薬を飲むのは突進してくる象に豆鉄砲を撃っているようなものだ、と考えている）、蛇口の水で飲みくだす。つづいて顔に水をかけたのは、多少なりとも血色をとりもどしたかったからだ。この作戦がうまくいかないので、ホッジズは自分の頰を強めに平手で叩く——左右それぞれの頰を二回ずつ。ホリーとジェロームには、ここまで病状が悪化していることを知られてはならない。きょう一日は仕事をすると約束したのだし、一分一秒もおろそかにしないつもりだ。必要なら、日付が変わる夜中の十二時までも。

背すじをしゃきっと伸ばすことを忘れず、脇腹を手で押さえないようにすること——自分にそういいきかせながら洗面所から外へ出ようとしたとき、携帯電話が鳴る。最初はピートが悪口マラソンを続行したがっているのかと思ったが、あてがはずれる。電話をかけてきたのは看護師のノーマ・ウィルマーだ。

「ファイルを見つけたの」ノーマはいう。「ほら、いまは亡き偉大なるルース・スキャペッリの――」

「ああ」ホッジズはいう。「訪問許可者リストだね。だれの名前があった？」

「そんなリストはなかったわ」

ホッジズは壁にもたれて目を閉じる。「というと、あの話は――」

「でも、バビノーの名前がレターヘッドにはいっているメモが一枚だけあった。いまから中身をそのまま読みあげるね。『フレデリカ・リンクラッターの病室訪問は面会時間中であれ時間外であれ認める。この女性の訪問はB・ハーツフィールドの恢復をうながす要素である』――どう、役に立てた？」

海兵隊風に短く刈りこんだヘアスタイルの若い女だ――ホッジズは思う。体のあちこちにタトゥーを入れている、むさ苦しい身なりの女。

最初はなにも思い出さなかったが、かすかな共鳴がたしかに存在している。いま、その理由も見えてくる。二〇一〇年、ジェロームとホリーのふたりと力をあわせてブレイディを追いかけていたとき、ホッジズは〈ディスカウント・エレクトロニクス〉で頭を丸刈りにした女と会った。六年後のいまになっても、その女が〈サイバーパトロール〉の同僚だったブレイディについて語った言葉は思い出せる――《きっとブレイディのお母さんがらみのことだよ。あいつ、お母さんのことになると頭がいかれちゃうからさ》。

「ね、まだそこにいる？」ノーマが苛立った調子でたずねる。

「ああ。でも、もう切らないと」

「報酬を特別に上乗せするっていう話だったよね――？」

「ああ。お礼はちゃんとさせてもらうよ」ホッジズは通話を切る。

先ほどの薬が効きはじめて、オフィスに引き返すホッジズはそこそこ速い足どりを維持できる。ホリーとジェロームは窓ぎわに立ってロウアー・マルボロ・ストリートをながめている。ドアのあく音にふりかえる両者の表情を見れば、それまでふたりがホッジズのことを話しあっていたのは丸わかりだ。しかし、それについて思いをめぐらす時間はない。いちいち気に病む余裕もない。いまホッジズの頭にあるのは、改造された〈ザピット〉のことだ。情報の断片が組みあわさりはじめてからずっと残っている疑問、それは〝病室に縛りつけられて、ろくに歩くこともできないブレイディがなにかをするとなれば、どのように実行しているのか？〟というものだ。しかしブレイディには、自分の代わりに仕事をこなすスキルをもった知人がすでにいるではないか。以前、おなじ職場にいた知りあいが。しかもバビノーから書面で許可をもらって、〈刑務所《バケツ》〉にブレイディをたずねていた人物が。たくさんタトゥーを入れているパンキッシュな女、態度のすこぶる横柄な女が。

「ブレイディのもとを訪れていた人物――ほぼ唯一の訪問者というのは、フレデリカ・リンクラッターという女だった。この女は――」

「〈サイバーパトロール〉！」ホリーが悲鳴じみた声をあげる。「ブレイディの同僚だった女ね」

「そのとおり。で、いっしょに働いていた男がひとりいたね――たしか上司だったと思うんだが。あの男の名前を覚えていないか？」

ホリーとジェロームは顔を見あわせてから、いっしょにかぶりをふる。

「もうずいぶん昔の話だからね、ビル」ジェロームはいう。「それにあのころぼくたちは、ブレイディ・ハーツフィールドひとりに集中してたから」

「たしかに。わたしがリンクラッターを覚えているのも、ちょっと忘れがたい雰囲気の人だったからにすぎないな」

「あなたのコンピューターをちょっと借りてもいい？」ジェロームはビルにたずねる。「ホリーがリンクラッターの現住所を調べているあいだ、ぼくは上司の男の名前を調べてみる」

「ああ、遠慮なくつかってくれ」

ホリーはすでに自分のコンピューターにむきなおり、背すじをまっすぐ伸ばしてキーをがんがん打っている。それだけではなく、なにかに深く没頭しているときの例に洩れずに調べを進めながら、その中身を声に出してしゃべってもいる。「ったくもう。個人電話帳には番号も住所もなし。どのみち見こみ薄だけど……独身女性はたいてい非公開……ちょっと待って……カスな電話はともかく……これはリンクラッターのフェイスブック……」

「いや、リンクラッターの夏の休暇旅行の写真は見たくないし、友だちが何人いるのかも知りたくはないんだが……」ホッジズはいう。

「ね、それって本気？　だって、リンクラッターのフェイスブック上の友だちは六人だけで、そのうちひとりはアントニー・フロビッシャーよ。断言したっていいけど、これこそあの――」

「フロビッシャー！」ジェロームがホッジズのオフィスで大声をあげる。「〈サイバーパトロール〉三人めの男はアントニー・フロビッシャーという名前だ！」

「わたしの勝ちよ、ジェローム」ホリーはいう。顔には得意そうな表情。「今度もね」

6

フレデリカ・リンクラッターとは異なり、アントニー・フロビッシャーは電話番号を公開している――本名と、営業用らしき〈あなたの《ユア》PC《コンピューター》専門家《グル》〉という屋号でも番号が公開されている。ただし、どちらもおなじ番号だ――携帯電話だろうとホッジズは思う。

ホッジズは自分の椅子からジェロームを追いだし、代わって腰をおろす。そのときにはゆっくり慎重な動作を心がける。トイレにすわっているときに襲いかかってきた痛みの爆発の記憶は、いまもまだ生々しい。

電話をかけると最初の呼出音で相手が出る。「〈コンピューター・グル〉ことトニー・フロビッシャー。ご用件は?」

「ミスター・フロビッシャー、わたしはビル・ホッジズです。もしかしたら、わたしのことはお忘れかもしれないが――」

「いえいえ、あなたのことはよく覚えてますよ」フロビッシャーは警戒している声になる。「きょうはどのようなご用でしょう? もしあのハーツフィールドのことなら――」

「フレデリカ・リンクラッターの件です。こちらの女性がいまどこにお住まいか、ご存じでしょうか?」

「フレディのことですよね? いまだろうといつだろうと、あの女の住所をわたしが知っているはずがありますか? 〈ディスカウント・エレクトロニクス〉の閉店からこっち、いっぺんも会ってないのに」

「本当に? リンクラッターのフェイスブックを見ると、あなたが友だちとしてリストアップされてます」

フロビッシャーは信じられないといいたげに、からからと笑う。「ほかにだれがリストアップされてます? 金正恩《キム・ジョンウン》? チャールズ・マンソン? いいですか、ミスター・ホッジズ。あのこましゃくれた口を叩くしか能がない下衆女《げす》には友だちなんかひとりもいません。いちばん友だちに近かったのはブレイディ・ハーツフィールドでしょうね
――たまたまニュースアプリのプッシュ通知で、ハーツフィールドが死んだと知らされ

たばかりですよ」

〝ニュースアプリのプッシュ通知〟がなんなのかは見当もつかないが、知りたい気分でもない。とりあえずフロビッシャーに礼をいって電話を切る。ということは、リンクラッターのフェイスブックに出ている半ダースほどの友だちは、じっさいには友だちでもなんでもなく、自分を孤立したひとりぼっちに見せないために名前をあげているだけなのだろう。昔々のホリーだったら似たようなことをしたかもしれない。しかしいまのホリーには本当の友だちがいる。ホリーにとってはラッキーだし、友だちにとってもラッキーだ。そこから導きだされる疑問は——だったら、どうやってフレディ・リンクラッターを見つければいい？

ホッジズがホリーといっしょに仕事をしている探偵社の社名に〝人さがし屋《ファインダーズ》〟とあるのは伊達《だて》ではない。しかし会社独自の検索術は、悪友が何人もいて、警察に長大な記録があり、派手な記載の手配書が何通も出ているような悪人の所在をつきとめることに特化している。いずれはリンクラッターを見つけることができる——このコンピューター時代にあって、電子の網目から完全に抜け落ちてしまえる人はまずいないといっていい。しかし、いまは一刻も早くリンクラッターを見つける必要がある。どこかで若者が無料でもらった〈ザピット〉の電源を入れるたびに、そのマシンにピンクの魚と青い閃光がインストールされるばかりか——ジェローム自身の経験によれば——Z《ジー》ジエンド・ドットコムを訪問するのが適切な行動だと示唆するサブリミナルメッセージも仕込まれてしまうのだ。

おまえは刑事なんだぞ。そりゃ癌にかかっているのは確かだが、刑事に変わりない。だったら無関係な情報はすっぱり切り落として、調べを進めろ。

そうはいっても簡単ではない。たくさんの若者たち――ブレイディがラウンドヒアのコンサートでまとめて殺そうと企んで失敗したあの若者たち――にまつわる思いが、くりかえしホッジズの頭にもどってくる。ジェロームの妹のバーバラは、そんな若者たちのひとりだ――デリース・ネヴィルが居合わせなかったら、バーバラはいまのように骨折した足にギプスを装着しているだけではすまずに死んでいたかもしれない。バーバラの件は予行演習だったのかもしれない。ジャニス・エラートンの件も。そう考えると、ある程度は筋が通る。しかし、いま現在、洪水のように大量の〈ザピット〉がどこかにある……たくさんの〈ザピット〉がどこかに送られたはずだぞ、ちくしょうめ。

次の瞬間、ようやくひらめきの電球が輝く。

「ホリー！　教えてほしい電話番号があるんだ！」

7

トッド・シュナイダーは電話に出てきたし、愛想もいい。「そちらは嵐で大変なことになっているそうですな」

「ええ、たしかに」

「それで、不良品のゲームマシンの行方を突きとめる件では幸運に恵まれましたか？」

「実はその件で電話をしたんです。委託販売品だった〈ザピット・コマンダー〉の発送先の住所を、いまおうかがいしたくて」

「もちろんわかりますよ。調べて、折り返し電話をかけましょうか？」

「いや、できればこのまま待たせてください。急ぎで知りたいもので」

「緊急の消費者保護案件ですか？」シュナイダーは困惑したような声を出す。「あまりアメリカ的には思えませんな。いま調べますので、少々お待ちを」

かちりと音がして、ホッジズの電話が保留にされる――ご丁寧にも心をなごませるストリングスのBGMつきだが、あいにく心をなごませてはくれない。いまではホリーとジェロームもホッジズのオフィスへやってきて、デスクまわりで肩を寄せあっている。ホッジズは意識して、脇腹を手で押さえないように気をつけている。秒単位の時間が伸びて、ついに一分になる。二分になる。ホッジズは思う――シュナイダーに別の電話がかかってきて、こっちの用件をすっかり忘れたか、そうでなければ求める情報を見つけられないのかもしれない。

そのとき保留音楽がふっと消える。「ミスター・ホッジズ？　まだそこにいますか？」

「ええ、待っていました」

「住所がわかりました。宛先はゲームズ・アンリミテッド社——ご記憶でしょうが、ゲームズの最後の文字はZです。住所はマリタイム・ドライブ四四二番地。で、ミズ・フレデリカ・リンクラッター気付になってました。これでお役に立てますかな?」

「ええ、もちろん。ありがとうございました、ミスター・シュナイダー」

ホッジズは電話を切り、ふたりの同僚を見あげる——ひとりはほっそりしていて雪のように白い肌の女性、もうひとりはアリゾナでの住宅建設の仕事で筋骨隆々となった若者。いまは国の反対側に住んでいる娘のアリーとおなじく、このふたりもいま人生のおわりを迎えつつあるホッジズがいちばん愛している人たちだ。

ホッジズはいう。「よし、ひとっ走り行こうじゃないか、みんな」

8

ブレイディは〈サーストン・ガレージ〉までは州道七九号線を進み、その先でヴェイル・ロードに車を進ませる。自動車のサービスステーションである〈サーストン〉には地元の農民たちがたむろしていて、トラックに給油したり、路面の凍結防止につかう塩をまぜた砂を荷台に積みこんだり、あるいはなにもせずにコーヒーを飲んでふらふらしては与太を飛ばしあったりしている。〈サーストン〉に立ち寄って、〈図書室《ライブラリー》アル〉のマリブに装着できる雪道用のスパイクタイヤの有無を確かめようか——そんな思いがふっと頭をかすめる。しかし雪嵐がサービスステーションに呼び寄せている人々の数を見ると、それだけでも午後いっぱいかかってしまいそうだ。どのみち目的地まではあとわずか——結局ブレイディは素通りすることにする。ひとたび目的地にたどりついたあとでなら、雪に降りこめられたところで、だれが困るというのか？　いっこうに困らない。目的地の別荘地には、これまでにも二回にわたって足を運んでいる。あたりのようすを自分の目で確かめるためだったが、二回めには必要な品々を備蓄していた。

ヴェイル・ロードにはたっぷり八センチ近い雪が積もっていて、路面はきわめて滑りやすい。マリブは何度かスリップする——そのうち一回では、あやうく側溝に落ちそうになる。ブレイディはしとどに汗をかく。ブレイディが必死になってハンドルを力のかぎり握っているせいで、関節炎をわずらっているバビノーの指がずきずきと痛む。

そしてようやく、目的地にたどりつくための最後の目標である高く伸びた赤い柱が見えてくる。ブレイディはブレーキを何度かにわけて踏みこみつつ、徒歩と変わらないスピードで横道へ折れていく。目的地までの最後の三キロばかりは、別荘地内を通る名前のついていない一車線の道だ。しかし頭上で左右から木が枝を延ばしているせいで、これまでの一時間の道よりはずっと車を走らせやすくなっている。ところどころ、まだ路面が見えている箇所さえある。雪嵐の本体がここまでやってくれば、そんな箇所はひとつもなくなるはずだ――そしてラジオの天気予報によれば、今夜八時にはそうなるとのことだ。

ブレイディの車は三叉路に行き当たる。正面にそびえる古い樅《もみ》の巨木の幹に、それぞれ反対の方向を指しめす矢印の標識が釘でとめてある。右を指す矢印には《ビッグ・ボブの熊キャンプ》とある。左向きの矢印には《頭と毛皮《ヘッズ&スキンズ》》の文字。ふたつの矢印からさらに三メートルばかり上方に設置された監視カメラが、早くもうっすらと雪のフードをかぶって地表を見おろしている。

ブレイディは左へ進む道をえらび、ようやく両手から力を抜く。いよいよあと一歩で到着だ。

9

市内では雪はまだ小降りだ。路面にはまったく積雪は見あたらず、車の流れは順調そのもの。しかし三人は安全を第一に考えて、ジェローム・ジープ・ラングラーに乗りこむことにする。マリタイム・ドライブ四四二番地は、不動産バブルの八〇年代に、雨後の筍のようにつぎつぎと湖の南側に建設されたコンドミニアムのひとつだとわかる。当時は大人気物件だったのだろう。いまはどれもおおむね半分が空室だ。玄関ホールでジェローム が《F・リンクラッター》の名前を6A室で見つける。ジェロームはインターフォンのボタンに手を伸ばす。しかしホッジズは、ジェロームがボタンを押す前にその手をとめさせる。

「どうして?」ジェロームがたずねる。

ホリーがとりすました口調でいう。「やり方を実地に見て学んでね、ジェローム。これがわたしたちの流儀よ」

ホッジズは数字ボタンで適当な部屋番号を打ちこんでいく。四番めでようやく、部屋の住人らしい男の声で返答がある。

「はい?」

「フェデックスの配達です」ホッジズはいう。

「うちにフェデックスで荷物を送ってよこすなんて、いったいだれなんだ?」男はいかにも首をかしげているような声だ。

「わたしにはわかりませんね、お客さん。こっちは送り主じゃなくて、ただお届けしてるだけなんで」

ロビーに通じるドアが不機嫌そうな雑音とともにひらく。まずホッジズがドアを通り抜けて、後続のふたりのためにドアを手で押さえる。エレベーターは二基あり、片方には故障中と書いた紙がドアにテープで留めてある。動くほうのエレベーターのドアに、だれかがこんな手紙を掲示している。《やかましく吠える犬を飼っている四階のやつへ――ぜったいおまえを突き止める》。

「これってちょっと気持ちわるいね」とジェローム。

エレベーターのドアがひらいて三人で乗りこむと、ホリーはハンドバッグをかきまわしはじめる。それから〈ニコレット〉の箱をとりだし、ガムをひと粒ふりだす。エレベーターのドアが六階でひらくと、ホッジズはいう。

「いいか、本人がいた場合、話をするのはわたしにまかせてくれ」

6A室はエレベーターのまっすぐ正面だ。ホッジズはノックをする。返答がないと、さらに力をいれてドアを叩く。それでもまだ返答がないので、ホッジズは拳の側面をドアにがんがん叩きつけはじめる。

「帰って」ドアの反対からきこえてきたのは、弱々しく、いまにも消え入りそうな声だ。インフルエンザにかかった幼い女の子みたいな声だな――ホッジズは思う。

ホッジズはふたたびドアを強く叩く。「あけてください、ミズ・リンクラッター」

「もしかして警察？」

この質問にイエスと答えてもいい――退職後、警官の身分を詐称《さしょう》したことが一度もないとはいえない。しかし、今回ばかりはやめておけと本能が伝えてくる。

「いいえ。わたしの名前はビル・ホッジズ。もう何年も前ですが、二〇一〇年に一度、ほんの短時間だけお会いしたことがあります。あなたがまだ、あの家電量販店に勤めて――」

「ええ、覚えてる」

錠前のひとつが回転し、つづいてもうひとつの錠前もまわる。ドアチェーンがはずされて落ちる音。ドアがあくと、つんと鼻をつくようなマリファナのにおいが廊下にまであふれだす。ドアのところに立っている女は、半分まで吸った太いマリファナタバコを左手の親指と人差し指でつまんでいる。あと一歩で〝憔悴《しょうすい》しきっている〟と形容できそうなくらいの痩せっぷりで、顔色が牛乳のように白い。着ているのは肩紐のあるタイプのTシャツで、胸に《バッドボーイ保釈保証社　フロリダ州ブレインデントン》の文字がある。その下に語呂あわせつきの会社のモットー、《牢屋《ジェイル》行き？　保釈《ベイル》をとります！》が書いてあるが、いまは血の染みのせいで読めない。

「あんたに電話をすればよかったのね」フレディ・リンクラッターはそういう――いいながらホッジズを見つめてはいるが、ホッジズ本人はこの言葉が本当は自身へむけたひとりごとだろう、という感触を得る。「そう、思いついていれば電話したはず。だって、前にあの男をとめたのはあんただったよね？」

「それはともかく、いったいなにがあったんです？」ジェロームはたずねる。

「荷物にあれもこれもと詰めこみすぎたみたい」フレディはいいながら、背後の居間に立っているちぐはぐな二個のスーツケースを手で示す。「母さんのアドバイスをちゃんときいておくんだった。母さんはいつもいってたの、身軽な旅を心がけなさいって」

「この青年がたずねたのはスーツケースのことじゃないと思うよ」ホッジズは親指を突きだし、フレディのTシャツの真新しい血の染みを指さしてから室内に足を踏み入れる――ジェロームとホリーがそのすぐうしろにつづく。ホリーがドアを閉める。

「あの子がなにをききたかったかはわかってる」フレディはいう。「クソ男がわたしを撃ったの。いったんは血がとまったけど、スーツケースを寝室から引きずったときに傷がひらいて、また血が出てきちゃった」

「傷を見せてくれ」ホッジズはいう。しかし近づこうとしてホッジズが一歩踏みだすと、フレディは呼応するように一歩あとずさり、胸の前で腕組みをする――ホリーを思わせるその動作に、ホッジズはちくりと胸を刺される思いだ。

「だめ。ブラもしてないし。ブラをつけると痛くて痛くて」

　ホリーがホッジズをわきへ押しやって前へ出る。「バスルームはどこなのか教えて。傷を見せてほしいの」

　ホリーの口調はホッジズには問題なくきこえる。落ち着きはらっているからだ。しかし、ホリーは〈ニコレット〉を嚙んでニコチンを吸収してもいるのだ。

　フレディはホリーの手首を握ると、二個のスーツケースの先にまで案内していき、そこでいったん足をとめてマリファナを吸う。そして話をしながら、肺のなかの煙を狼煙《のろし》のように切れ切れに噴きあげる。「機材は予備室にある。右側よ。じっくり見て」つづいて最初の話にもどって、こうつづける。「まったく、あんなに荷物をいっぱい詰めこまなければ、いまごろもう出発してたのに」

ホッジズには疑わしく思える。たとえこの部屋から出ても、いまのフレディではエレベーターで気絶していたことだろう。

10

〈ヘッズ&スキンズ〉は、シュガーハイツにあるバビノーの成金趣味丸出しのお屋敷ほど広くはないが、それでもあと一歩で互角だ。建物自体は左右が不釣りあいで、平屋のままだらしなく延び広がったようなつくり。建物の先には、いまは雪にすっかり覆われた斜面があって、そこをくだっていった先がチャールズ湖。この前ブレイディが来たときからいままでのあいだに、湖面はすっかり凍結している。

ブレイディは正面側に車をとめてから、慎重な足どりで建物の西側を目ざす。バビノーの高価なローファーは、積もりつつある雪の上でやたらに滑りやすい。この狩猟用別荘はあたりがひらけた空地にあるために積雪も多く、足をとられがちだ。両の足首までが凍えるように冷たい。ブーツをもってこなかったことが悔やまれるが、ここでもブレイディはどんな人間でもすべてを覚えていることは不可能だ、と自分にいいきかせる。電気のメーターボックスをあけて発電機小屋の入口の鍵と、小屋から母屋へ行くための扉の鍵をとりだす。発電機は、ジェネラック社のガーディアン・シリーズの最高級機だ。いまは静かだが、しばらくしたら動きはじめることになる。ここは山奥の辺鄙な地、嵐のたびに決まって停電するといっても過言ではない。

ブレイディはいったん車に引き返し、バビノーのノートパソコンをとってくる。別荘はWi‐Fi完備であり、このノートパソコンがあれば目下進行中のプロジェクトとつながっていられるばかりか、展開に後《おく》れをとることもない。もちろん、これにくわえて〈ザピット〉があれば、という意味だ。

昔ながらの頼りになる〈ザピット・ゼロ〉。

母屋は薄暗くて肌寒い。ブレイディが屋内にはいって真っ先にしたのは、どこの家でも外出から帰ってきた家主がやるのとおなじ、きわめて平凡な行為だ——まず明かりをつけ、サーモスタットのスイッチを入れる。広大なメインルームは松材の壁で、カリブーの骨を磨いてつくったシャンデリアの明かりが室内を照らす——このあたりの森林にカリブー種の大きなトナカイが生息していたころにつくられた品だ。自然石づくりの煖炉は犀《さい》を丸焼きできそうなほど大きな口をあけている。天井では、長年のあいだに煖炉で燃える薪から立ちのぼった煙ですっかり黒ずんだ太い梁が何本も交差している。一方の壁の前には部屋そのものとおなじくらい長い桜材のカウンターがあり、五十本ほどの酒の瓶がならんでいる──ほとんど空になっている瓶もあれば、封を切られてもいない瓶もある。家具はいずれも古く、とりあわせはちぐはぐで、いずれも贅沢なつくりだ──ゆったり深くすわれる安楽椅子に巨大なソファ。長い歳月のあいだには、このソファの上で数えきれないほどのセクシーな美女たちがセックスの対象にされてきたのだろう。人里離れたこの別荘では、狩りや釣りといった通常の娯楽だけではなく幾多の婚外セックスも楽しまれてきた。煖炉の前に敷いてある毛皮は、ドクター・エルトン・マーチャントが仕留めた熊のものだ──ドクター・マーチャントはいま天国の大手術室にいる。壁に飾ってある動物の頭部や魚の剝製は、そのほか十名ばかりの(物故者であると存命中であるとを問わず)医者たちの獲物だ。左右あわせて先端が十六になるまで枝分かれした巨大な角のある堂々とした雄鹿の頭部もあり、これはバビノー自身がまだバビノーだったころに仕留めたものだ。禁猟期間に仕留めたのだが、なに、かまうものか。

ブレイディは部屋のいちばん奥にある年代物のロールトップデスクにノートパソコンを置き、まず電源を入れてから、コートを脱ぎはじめる。最初にチェックするのはシグナル・リピーター。《発見　243》という表示にうれしさがこみあげる。

〝目の罠《アイトラップ》〟がそなえる力の強さは理解しているつもりだったし、あのデモ画面にどれだけの中毒性があるかも──機能を強化する前でさえ──わかっていたつもりだ。しかし現状は、ブレイディのもっとも野放図な予想を超える成功をおさめている。予想をはるかに超える大成功だ。あのあとZ《ジー》ジエンド・ドットコムからは警告メッセージが届いていないが、それでもブレイディは次にサイトを訪れて、ようすをただ確かめる。そしてここでも、実状は予想を凌駕《りょうが》している。これまでのところ訪問者は七千人以上――七千人だ。しかも、こうして見ているあいだにも人数は着々と増えている。

ブレイディはコートを床に落とすと、熊の毛皮のラグマットの上でちょっとした軽快なダンスを踊る。ダンスはたちまち疲れをもたらすが――次の宿主に乗り換えるときには、忘れずに二十代か三十代の人間を選ぶようにしよう――体を心地よく温めてくれる。

ブレイディはカウンターからテレビのリモコンをつかみあげ、巨大なフラットスクリーンの電源を入れる。この別荘内には数少ない、二十一世紀という時代を承諾するしるしのひとつがこのテレビだ。ディッシュ型アンテナは神のみぞ知るといいたいほど多数のテレビ局の電波を受信できるうえに、HD画質の映像は一見の価値ありだ。しかし、きょうのブレイディがいちばん関心を寄せているのは〝地元の番組〟である。入力切替のボタンを何度も押していくと、外界へ通じている別荘地内の道路をふりかえった映像がスクリーンに映しだされる。ここまで来る者がいるとは思えないが、これから二、三日は多忙な日々がつづく――生涯でもっとも重要で実り多い日々になるはずだ。そのため、だれかが妨害しようと企んでいるのなら早めに知っておきたい。

銃器は専用のウォークインクロゼットにしまってある。飾りになるような節《ふし》が多い松材の壁にライフルがならんでいるほか、フックから拳銃類が吊り下げてある。なかでも最上の逸品が拳銃タイプのグリップをそなえたFN-SCAR《スカー》の17Sモデル――ベルギー製の戦闘アサルトライフルの民間用だ。もとから一分間に六百五十発を発射できる性能をそなえているが、銃器マニアでもあった肛門科医が違法改造をほどこした結果、セミオートではなくフルオート射撃が可能になっていて、アサルトライフル界のロールスロイスといえる。ブレイディはこの銃を数本の予備の弾倉ともどももちだす。さらに、三〇八ウィンチェスターのライフル実包のずっしり重い箱もいくつか手にとり、そのすべてを煖炉横の壁に寄せておく。ついでに煖炉に火を入れることも考えないではなかったが――年月がたって充分に乾燥した薪がすでに炉床に積んである――いちはやく片づけておくべき用事がある。ブレイディは市の最新ニュースを随時流しているサイトを訪問し、すばやく画面をスクロールさせて、自殺のニュースをさがす。いまのところ一件もない。しかし、自分ならこの情況を改善できる。

「その行為をいっそ〝ザピット化〟とでも呼ぶか」ブレイディはにたりと笑ってひとりごとをいい、〈ザピット〉のスイッチを入れる。ついで安楽椅子のひとつにゆったりくつろいだ姿勢ですわり、ピンクの魚を追いはじめる。目を閉じても、ピンクの魚は瞼の裏に見えている。そう、最初のうちは魚のままだ。やがてそれが黒々としたフィールドを移動していく、いくつもの赤い輝点に変わる。

ブレイディはそこから適当にひとつを選びだして、仕事にとりかかる。

11

ホッジズとジェロームが《発見　244》というデジタル表示を見つめていると、ホリーがフレディをともなって、フレディ自身のコンピューター室にはいってくる。

「この人なら心配ないわ」ホリーは静かな声でホッジズにいう。「大丈夫なわけじゃないけど、でも心配ない。胸に穴があいていて、その穴は見た目には――」

「さっきわたしがいったとおり」フレディはさっきよりいくぶん力のこもった声でいう。目は赤く充血しているが、たぶんマリファナを吸っていたせいだろう。「あいつがわたしを撃ったの」

「この人が小さなガーゼパッドをもってたから、傷をふさいでテープで貼っておいた」ホリーがいう。「バンドエイドでは間に合わない傷の大きさだったから」そういって鼻に皺を寄せる。「おええぇっ」

「だってクソ野郎がわたしを撃ったんだもん」そうくりかえすフレディは、いまもまだその事実を頭のなかに確立しようとしているかのようだ。

「そのクソ野郎というのはだれだ？」ホッジズはたずねる。「フェリックス・バビノーか？」

「そう、あいつ。クソったれドクターZ。でもね、あいつはほんとはブレイディ。って いうか、もうひとりのやつもね。Zボーイ」

「Zボーイ？」ジェロームは疑問を声に出す。「Zボーイっていうのはだれ？」

「年配の男かな？」ホッジズはたずねる。「バビノーよりも年上？　もじゃもじゃの白髪頭？　ペンキが剝げて下塗りがのぞいているぽんこつ車を走らせてる？　ひょっとして、布地が裂けたところにテープを貼りつけたパーカを着ているとか？」

「車は知らないけど、パーカなら知ってる」フレディはいう。「そう、それこそわが愛しのZボーイだよ」

それからフレディは自分のマックのデスクトップの前にすわり――現時点では、画面にはスクリーンセイバーのフラクタル画像が表示されている――マリファナタバコを最後に一回だけ強く吸うと、すでにマルボロの吸殻がてんこ盛りになっている灰皿に押しつけて火を消す。顔色はまだ青ざめているが、前に会ったときにホッジズの記憶に残った〝どいつもこいつもくたばれ〟という威勢のいい態度がいくぶん復活している。

「ドクターZとその忠実なる副官のZボーイ。といっても、両方とも中身はブレイディ。あいつらがなにかといえば、クソたわけたマトリョーシカ人形よ」

「ミズ・リンクラッター――？」ホリーがいう。

「あら、遠慮せずにフレディって呼んで。わたしがおっぱいと呼んでるあのティーカップをじかに見た女の人には、わたしをフレディって呼ぶ資格があるから」

ホリーは顔を赤らめるが遠慮はしない。ひとたびなにかを嗅ぎつけたときのホリーは遠慮などしない。「ブレイディ・ハーツフィールドは死んだの。ゆうべかきょうの早朝に、薬物の過剰摂取で」

「エルヴィスはもう帰った、ショーはもうおわり……っていうわけ？」フレディは決まり文句を口にしつつその件に考えをめぐらせ、頭を左右にふる。「だったら、よかったね。うん、もしそれが本当なら」

こっちは、きみがとことん正気をなくしてると信じられたらよかったのに――ホッジズはそう思う。

ジェロームはフレディのデスクトップの巨大モニターの上にある機器のデジタル表示を指さす。そこでは《発見　２４７》の文字が点滅中だ。「あれは検索して見つかったということ？　それともデータ転送中の意味？」

「両方」フレディの片手が――おそらく無意識のうちに――Ｔシャツの下にある間にあわせの繃帯をそっと押さえていて、その動作を目にしたホッジズは自分の動作を連想する。「あれはリピーター。わたしにも電源を切れるはず――切れると思う――でも、その前に約束してちょうだい。このマンションを監視している男たちからわたしを守るって。でも、あのウェブサイトのほうは……お手あげ。ＩＰアドレスもパスワードもわかってる。なのにサーバーを閉じられない」

ホッジズには千もの疑問があったが、《発見　247》がかちりという音とともに《発見　248》に変わっていくこのとき、もっとも重要な疑問はただふたつだけに思える。「あれはなにをさがしているんだね？　そして、どんなデータを転送してる？」

「その前にまず、わたしを保護すると約束して。安全なところへ連れていくと。証人保護プログラムでもなんでもいいんだけど」

「ホッジズは、あなたになにかを約束する必要はないわ。だって、その質問の答えならもうわかってるし」ホリーはいう。その口調に底意地のわるさは微塵《みじん》もない――むしろ相手の心をなごませる調子だ。「ビル、この機械は〈ザピット〉を検索してるの。だれかがどこかで〈ザピット〉の電源を入れると、リピーターがその存在を検知して、〈フィッシン・ホール〉のデモ画面をアップグレードするわけ」

「それでピンクの魚が数字に変わる魚になり、青い閃光が出るようになる」ジェロームは説明をくわえ、フレディに目を移す。「それがあの機械のやってること――そうですよね？」

今回フレディの手がむかった先は、紫色に変色して乾燥した血がこびりついたままのひたいのこぶだ。指先がこぶに触れると、フレディはいきなり顔をしかめて、手を引っこめる。

「そう。ここに配達されてきた八百台の〈ザピット〉のうち、二百八十台は故障してた。起動時にフリーズしてしまったり、起動しても、ゲームを起動しようとしたとたんにだめになったりね。でも、残りの〈ザピット〉は問題なし。残り全部に、一台ずつルートキットをこつこつ仕込まなくちゃならなかった。とんだ骨折り仕事よ。おまけに退屈ったらない仕事。工場の組立ラインで部品Aと部品Bを組みあわせてるみたいな仕事」

「つまり、五百二十台の〈ザピット〉は問題なく動いた？」

「こちらの男性は引き算マスターね——賞品に葉巻をプレゼント」フレディはちらりとデジタル表示を見あげる。「で、その〈ザピット〉のうち半分近くがすでにアップグレードをすませてる」フレディは笑い声をあげる——しかし、その笑い声にユーモアはかけらもない。「ブレイディは気がふれてるかもしれない。でも、実に見事な計画をつくりあげたと思わない？」

ホッジズはいう。「そいつの電源を切るんだ」

「ええ。わたしの身を保護すると約束してくれたら」

〈ザピット〉がどれだけ迅速に効果を発揮し、人間の精神にどれほど不愉快な思考を植えつけるのかを身をもって経験しているジェロームは、フレディがホッジズ相手に条件交渉をしているあいだ、なにもせずに待っていることに興味はない。アリゾナにいるあいだベルトにはさんでいたスイスアーミーナイフは、飛行機で帰ってくるときにはスーツケースにしまってあったが、いまはまたポケットにもどっている。そしていまジェロームはそこからいちばん大きなナイフを引きだしてリピーターをラックから押しだすと、フレディのシステムとこの機械をつなぐケーブル類をざくざく切っていく。リピーターは控えめな音とともに床に落ち、同時にデスク下のコンピューター本体から警告音が鳴りはじめる。ホリーがデスクの下をのぞきこんで、なにかを押すと、警告音がやむ。「スイッチがあるのよ、この馬鹿」フレディが金切り声をあげる。「そんな真似をする必要はなかったのに！」

「お言葉だけど、ぼくにはこうする必要があったんだ」ジェロームはいう。「忌ま忌ましい〈ザピット〉の一台のせいで、妹が死にかけたんだからね」そういって一歩迫ると、フレディがひっと体をすくめる。「自分がなにをしているのか、まったく気づいていなかった？　これっぽっちもわかっていなかったというつもり？　いや、わかっていたはずだよ。ドラッグに酔っ払ってるみたいな顔をしてたって、あんたは決して馬鹿じゃない」

フレディは泣きはじめる。「知らなかった。誓うよ、なんにも知らなかったって。だって……知りたくなかったんだもん」

ホッジズは深々と息を吸いこむ。その呼吸が痛みを目覚めさせてしまう。「では、最初から話してもらおうかな、フレディ。わたしたちに一部始終を打ち明けたまえ」

「できるだけ手早く話してね」ホリーがいい添える。

12

ジェイミー・ウィンタースは九歳のとき、母親に連れられて中西部芸術センターのミンゴ・ホールで開催されたラウンドヒアのコンサートに行った。その夜のコンサート会場には、十二歳以下の男子はジェイミー以外ほとんどいなかった——このバンドは、ジェイミーの同年代の男子が〝女の子の好きなもの〟として切り捨てがちなもののひとつだった。まだ九歳だったジェイミーは、自分がゲイかどうかもまだわからなかった（し、そもそもその言葉の意味もよくわかっていなかった）。わかっていたのは、ラウンドヒアのリードボーカル、キャム・ノウルズを見ていると、お腹の底のあたりが妙にくすぐったくなることだけだった。

十六歳を目前に控えたいま、ジェイミーは自分がどういう人間かを正確に知っている。学校で特定の男子生徒たちといっしょのときには、ファーストネームの最後のeの字を落としておきたいと思う——そういった男子たちから、女の子っぽくジェイミと呼ばれたいからだ。父親もジェイミーがどういう人間かをすでに知っていて、息子をフリークス扱いする。父親のレニー・ウィンタースは——その手の性格が実在するものなら〝男のなかの男〞で――建設会社のオーナーとして成功をおさめている。しかしきょうは、近づく雪嵐の影響でウィンタース建設が目下進めている四カ所の現場のすべてが工事を中止している。そこでレニーは自宅の仕事場にこもり、書類仕事に耳まで埋もれそうになりながら、コンピューターのスクリーンに表示されているスプレッドシートを見つめては気を揉んでいる。

「父さん！」

「なんの用だ？」レニーは顔をあげず、不機嫌にうなり声をあげる。「なんできょうは学校に行ってない？　臨時休校か？」

「父さんってば！」

今回レニーは顔をあげて周囲を見まわし、息子ジェイミーに――ときおり（声の届く範囲に本人がいないと思っているときに）〝わが家のオカマ〞と呼んでいるわが子に――目をむける。まず気づくのは、息子が赤い口紅とアイシャドウをつけていることだ。ふたつめに気づくのは息子が着ているワンピース。妻の服ではないか。ずいぶん背が高くなったジェイミーにはワンピースが短すぎて、裾がようやく腿の半分までしか届いていない。

「な、なにを血迷った真似を！」

ジェイミーは微笑んでいる。喜びあふれる輝かんばかりの笑み。「あのね、ぼく、このかっこで埋葬してほしいんだ！」

「なにをいってる――」レニーがあまりにもあわてて立ちあがったせいで、椅子がうしろへ倒れる。そのとき、息子の手に拳銃があるのが見える。夫婦の寝室にあるクロゼットで、レニーの品物が置いてある側からもちだしてきたのだろう。

「ほらほら、父さん、ちゃんと見てて！」あいかわらず微笑んでいる。あたかも、これから本当にすてきなマジックを披露するといっているかのよう。ジェイミーは拳銃をもちあげると、銃口を右のこめかみに押しつける。引金には指がしっかりとかかっている。指の爪には、きらきら光るラメ入りのマニキュアが丁寧に塗ってある。

「そいつをおろせ、坊主！　おろすんだ――」

ジェイミー――あるいは、あっさりと短い遺書の署名にしたがうならジェイミー――は引金を引く。銃は三五七口径、銃声は耳を聾《ろう》せんばかりに響く。鮮血と脳組織が噴きだして扇状にひろがり、ドアフレームをけばけばしく飾り立てる。母親のワンピースを着て、母親の化粧道具を借りた少年は前のめりに倒れこむ。顔の左半分は、内側からの衝撃で風船のように膨らんでしまっている。

レニー・ウィンタースは高く引《ひ》き攣《つ》った震える声で、たてつづけに悲鳴をあげはじめる。まるで若い女のような悲鳴だ。

13

ブレイディは、ジェイミー・ウィンタースが拳銃の銃口を頭にあてがうなり、この少年との接続を断ち切る。それまで勝手にいじっていた脳組織に弾丸が飛びこんできたときにも少年の精神内にとどまっていたら自分がどうなるかを考えると、不安がつのったからだ――いや、現実には恐怖を感じた。たとえば、半分催眠術にかかった状態で二一七号室の床にモップをかけていた頭の鈍い若者のときとおなじく、あっさり口から飛ばされる果物の種のように精神から吐き捨てられるだけなのか、それとも少年といっしょに死んでしまうのか。

つかのま、逃げるタイミングが一瞬だけ遅かったのかと思い、一定の間隔で鳴るチャイムがきこえても、この世からの退場にあたってだれもがきく音なのではないかと思う。しかし次の瞬間、ブレイディは〈ヘッズ&スキンズ〉のメインルームにもどっている――だらしなく垂れた手で〈ザピット〉をもち、バビノーのノートパソコンを前にすわった姿で。先ほどのチャイムの音の出どころはノートパソコンだ。画面を見ると、メッセージが二件表示されている。最初のメッセージは《発見　248》。これは歓迎できるニュースだ。しかしもう一件のメッセージは歓迎できない。

リピーターがオフラインになりました。

フレディだな——ブレイディは思う。おまえにそんな根性があるとは思ってもいなかったよ。いや、本当にね。

クソ女め。

ブレイディの左手がデスクの表面にそって動き、ペンや鉛筆がぎっしり立っている髑《どく》髏《ろ》のかたちの陶器のペン立てをつかむ。この髑髏をスクリーンに叩きつけ、腹立たしいメッセージを消し去ってしまいたいと思ってのことだ。しかしブレイディをひとつの思いつきが引き止める。恐ろしいほど事実であってもおかしくない思いつきが。

フレディには、結局そんな根性などなかったのかもしれない。リピーターの息の根をとめたのは別人かもしれない。だったら、だれならおかしくない？　知れたこと、ホッジズだ。あの老いぼれ退職刑事だ。おれのクソったれ天敵野郎だ。

ブレイディも自分の頭が完全にまっとうではないことを知っている。そうとわかってからもう何年もたっているし、この見立てがいささか常軌を逸した疑心暗鬼の産物でもおかしくないとわきまえてもいる。それでもなお、そこそこ筋の通った考えに思えてならない。ホッジズが、ひとりよがりのお楽しみといえる二一七号室の訪問をやめてから一年半になる。しかしバビノーによれば、ついきのうも病院にやってきて、くんくん嗅ぎまわっていたようだ。

おまけにあいつは、おれが前から病気をよそおっていることを見抜いていた——ブレイディは思う。あいつはそう口にしていたぞ、何度も何度も——《おまえがそこにいるのはわかっているんだよ、ブレイディ》と。地区検事局からやってきたスーツ族のなかにもおなじことを口にしていた者がいたが、あれはただの希望的観測だ——なにせ連中はおれを公判に引きずりだし、おれの始末をつけたい一心だから。しかし、ホッジズは……。

「あれは確信している者の口調だった」ブレイディは声に出していう。

それに考えてみれば、それほどわるいニュースでもないかもしれない。フレディが改造をほどこしてバビノーが発送した〈ザピット〉の半数が、いまアクティブになっている。つまり〈ザピット〉をつかっている連中は、ついさっき始末した女装小僧とおなじく、精神への侵入に無防備な状態になっているということだ。おまけにあのウェブサイトがある。ひとたび〈ザピット〉利用者たちが——ブレイディ・ウィルスン・ハーツフィールドからのちょっとしたあと押しもあって——いよいよ自殺に踏み切れば、あとはあのウェブサイトがほかの連中に一線を越えさせる。猿真似の連鎖反応。最初は、そもそも自殺の決行寸前だった連中だろう。しかし、そういった連中が範を示せば、もっと大勢の連中があとにつづく。バッファローの群れが暴走して崖から飛び降りていくように、連中は列をつくって人生の崖から飛び降りていくはずだ。

それでもなお……。

ホッジズがいる。

ブレイディは、子供のころ自室に貼っていたポスターを思い出す――《もし人生がすっぱいレモンをわたしてきたら、レモネードをつくりなさい！》とあるポスターだ。座右の銘にふさわしい名文句だ――とりわけ、レモネードをつくるのなら、まずレモンをぎゅうぎゅう搾《しぼ》りあげる必要があることを念頭に置いていれば。

ブレイディはZボーイの古い――しかし問題なく動く――フリップ式携帯電話をとりあげると、記憶にあるフレディの番号に電話をかける。

14

アパートメントのどこかから、いきなりにぎやかな〈ブギウギ・ビューグル・ボーイ〉が流れはじめ、フレディが小さく悲鳴をあげる。ホリーは気持ちを落ち着かせるようにフレディの肩に手をおいてから、ホッジズに目顔で問いかける。ホッジズはうなずき、背後にジェロームをしたがえて音のする方向へむかう。携帯はドレッサーの上に

——ハンドクリームやジグザグ製のタバコ巻紙、短くなったマリファナタバコを吸うためのクリップ、かなり大きなマリファナの袋（ひとつではなく、ふたつある）などが雑然とあるなかに——置いてある。

画面に出ている発信者表示は《Zボーイ》だが、Zボーイことアル・ブルックス、通称〈図書室《ライブラリー》アル〉はもっか警察に身柄を拘束され、おそらくだれにも電話をかけられない立場だろう。

「もしもし」ホッジズは電話をとっていう。「ドクター・バビノー、あなたですか？」

なにもきこえない……いや、ほとんど無音というべきか。ホッジズには相手の呼吸音がきこえる。

「それともドクターZと呼んだほうがいいかな？」

答えはない。

「だったらブレイディと呼ぶのはどうだ？」フレディからすっかり話をきいたいまでも、ホッジズはまだ話をすっかり信じきれない。しかしバビノーが精神に変調をきたして、自分のことを本気でブレイディだと思いこんだ可能性があるという話なら信じられる。

「本当におまえなのか、人でなし？」

息づかいの音はそれから二、三秒のあいだつづいてから、ふっと消える。電話はいつしか切られている。

15

「ありえない話じゃないのは知ってるでしょう?」ホリーがいう。いまホリーは、フレディの散らかった寝室にいるホッジズとジェロームのもとへやってきている。「あれが本当にブレイディであってもおかしくないってことよ。人格投影現象については、たくさんの記録が残されてる。それどころか、いわゆる〝悪魔憑き〟の原因としては第二位になるほど多い。ちなみに第一位は統合失調症。これをテーマにしたドキュメンタリー番組を見たことがあって――」

「まさか」ホッジズはいう。「そんなことがあるわけはない。ぜったいに」

「自分から可能性に目をつぶってはだめ。麗しのグレイアイズ嬢の轍《てつ》は踏まないこと」

「それはどういう意味だ?」おっと、まいった……痛みの触手がいよいよタマにも届くほど下まで延びてきている。

「たとえ、証拠がさし示しているのが見たくない方向でも、やっぱり証拠から目をそむけてはいけないっていう話。意識をとりもどしたあとのブレイディが以前とは変わっていたことには、あなたも気づいていたはず。眠りの国からこっちに帰ってきたあいつは、たいていの人にはない能力を身につけていた。念動力《テレキネシス》は、そのひとつにすぎなかったのかもしれない」

「そうはいっても、あいつが手をつかわずに品物を動かす現場など、わたしは一回も見ていないね」

「でも、そういった場面を目撃した看護師たちの話は信じた。ちがう？」

ホッジズは無言のまま顔を伏せて、考えをめぐらせる。

「ホリーの質問に答えなよ」ジェロームがいう。口調は穏やかだが、その下に苛立ちの底流があることがホッジズにはききとれる。

「ああ、多少は信じた部分もないではないよ。たとえばベッキー・ヘルミントンのように分別のある看護師たちの話はね。あれだけ話の中身が符合しあっていれば、どう考えてもでっちあげには思えないし」

「ビル、わたしを見て」

ホリー・ギブニーの口からこんな頼みが——いや、この場合は命令が——出ること自体きわめて異例で、ホッジズは思わず顔をあげる。

「〈ザピット〉を改造したのも、あのウェブサイトを構築したのも、みんなバビノーがやったことだと本気で信じてる？」

「別にそう信じる必要はないだろうよ。バビノーがフレディに命じてやらせたんだ」

「ウェブサイトはちがうな」疲れた声がいう。

三人はあたりを見まわす。部屋の戸口にフレディが立っている。

「わたしがサイトを設置したのなら、閉鎖だってできるはず。でも、わたしはサイトの素材一式がおさめてあるUSBメモリをドクターZから受けとっただけ。それをPCに挿《さ》して、中身をアップロードしただけ。でも、ドクターZがいなくなってすぐ、自分でもちょっと調べてはみた」

「とりあえずDNSルックアップあたりから手をつけたんじゃない？」ホリーはいう。

フレディはうなずく。「こちらの女子は、なかなか話がわかるね」

ホリーはホッジズに説明する。「DNSはドメイン・ネーム・サーバーの略。特定のサーバーに行きつくためには、〝このサイトを知っていますか？〟とたずねながら、飛び石をつたって川をわたるようにサーバーからサーバーへと移動していく必要がある」

それからフレディにむきなおり、「ところがIPアドレスが判明しても、サイトの内側にはいれなかったのね？」

「そう、お手あげ」

ホリーはいう。「たしかにバビノーは人間の脳については豊富な知識があるけれど、こんなふうに難攻不落のウェブサイトをつくれるほどのコンピューター・スキルがあるかといわれたら、さすがに怪しいと思う」

「だいたい、わたしはただの雇われ助っ人よ」フレディがいう。「〈ザピット〉改造用のプログラムを運んできたのはZボーイだった——コーヒーケーキあたりのレシピみたいな書きぶりだったっけ。でも、いまここで千ドル賭けたっていい。Zボーイがコンピューターのことを知っていたとしても、せいぜい電源の入れ方と——それだって背面のスイッチを見つけられればの話——お気に入りのポルノサイトへの行き方だけに決まってる」

これについてホッジズは、フレディを全面的に信じる。ただし、いずれ警察がこうした事態を把握したときにもフレディの話を信じるかどうかは、なんともいえない。それでもホッジズは信じている。それに……《麗しのグレイアイズ嬢の轍《てつ》は踏まないこと》か。

あれには痛いところを突かれた。めちゃくちゃ痛いところを。

「それから——」フレディがいう。「プログラムの指示部分だけど、ステップがひとつおわるところにかならずダブルドットが書いてあった。ブレイディもよくそうしてたよ。ハイスクールでコンピューターの授業をとってて、そのとき教わって身についたんだと思う」

ホリーがホッジズの手首をつかむ。ホリーの手には、先ほどフレディの傷の手当をしたときの血がそのままになっている。ホリーにはいろいろな特質があるが、特筆すべきは清潔マニアだということだ——それなのに、手についた血をそのままにしているという事実こそ、いまホリーがこの問題にどれだけ本気で取り組んでいるかをなによりも雄弁に物語っている。

「バビノーはブレイディに実験段階の新薬を投与してた――これはこれで医師倫理に反するおこないよ。でも、バビノーがしていたのはそれだけ。だってあの医者の関心は、ブレイディの意識を恢復させることにしかなかったんだから」

「それについては、確かなことはいえないな」ホッジズは答える。

ホリーはまだホッジズをとらえている――それも手よりは視線の力で。ふだんのホリーはアイコンタクトをきらっているので、眼力《めぢから》を最大限に強めたばかりか調節用のつまみを外したとき、その両目がどれほど爛々と燃えあがるかをうっかり忘れがちだ。

「本当の疑問はたったひとつしかないの」ホリーはいう。「この物語では、だれが自殺のプリンスなのか？　フェリックス・バビノーか、はたまたブレイディ・ハーツフィールドか？」

フレディが夢でも見ているかのような一本調子の声で話しはじめる。「たしかにドクターZがただのドクターZだったり、ZボーイがただのZボーイだというときもなくはなかった。でも、そういうときはどっちもドラッグでもやってるみたいな感じになる。信じふたりがしっかり目を覚ましているときは、どっちも本当のふたりじゃなかった。信じたいことだけ信じればいいけど、あれはどっちもブレイディだった。プログラムにダブルドットがつかってあるとか、アルファベットが反対に傾いているとか、そういう話だけじゃない――なにもかもひっくるめての意見がこれ。わたしはあの薄気味わるい男といっしょに働いてた。だからこそわかるの」

そういってフレディは一歩部屋にはいってくる。
「さて、素人探偵のみなさんから反対の声があがらなければ、またマリファナタバコを一本巻かせてもらうけど」

16

ブレイディは怒りに燃えながらバビノーの足を動かし、〈ヘッズ&スキンズ〉の広々とした居間をうろうろ歩きまわって考えをめぐらせている。本音では〈ザピット〉の世界に引き返したくてたまらない。またあの世界へ行って新しい標的を選び、だれかに一線を越えさせる甘美な体験をくりかえしたくてたまらない。しかし、そのためには冷静沈着になることが不可欠なのに、あいにくいまのブレイディは冷静でも沈着でもない。

ホッジズ。

ホッジズがフレディの部屋にいる。

フレディは一切合財を吐くだろうか？　友人や隣人のみなさん、これこそ〝太陽は東からのぼりますか？〟なみの愚問です。

ブレイディが見たところ疑問はふたつ。まず、ホッジズにあのウェブサイトを閉鎖できるかどうか。ふたつめは、ブレイディがこの片田舎に潜伏していることをホッジズが突きとめるかどうか、だ。

どちらの疑問の答えもイエスだ。しかし、それまでのあいだにブレイディがさらなる自殺者をつくりだせれば、ホッジズはますます苦しむだろう。そんなふうに考えると、ホッジズがここまでみずから足を運んできたとしても、わるいことではないと思えてくる。そうなればレモンからレモネードをつくれるかもしれない。いずれにしても、こちらには時間がある。ここは市街地から北に数十キロも離れているし、いまはなんといっても雪嵐〈ユージェニー〉が味方だ。

ブレイディはノートパソコンのところへ引き返し、Ｚ《ジー》ジエンド・ドットコムのサイトが順調に動いていることを確認する。アクセスカウンターも確かめる。サイト訪問者数はすでに九千人を超えている。大多数が（全員ということはありえない）自殺に関心をいだいているティーンエイジャーだろう。自殺への関心は一月と二月にいちばん上昇する――夜の闇が早々と訪れる季節、春が永遠に来ないように思える時期に。くわえて手もとには〈ザピット・ゼロ〉がある。あれがあれば、たくさんの若者たちひとりひとりに働きかけることができる。〈ザピット・ゼロ〉があれば、連中を仕留めるのは樽のなかの魚を撃つように簡単だ。

それもピンクの魚だ――ブレイディはそう考えて笑い声を洩らす。

気分が落ち着き、ジョン・ウェインの西部劇映画のラスト近くになって登場する騎兵隊よろしく老いぼれ退職刑事が姿をあらわした場合の対処法も見えてくると、ブレイディは〈ザピット〉を手にとって電源をいれる。画面の魚をながめていると、昔ハイスクールで教わった詩の一部がふっと頭をかすめ、それを声に出してみる。

「そう、それはなにかとたずねたりせず、まずはいっしょに足を運んで訪ねてみよう」

ブレイディは目を閉じる。せわしなく動くピンクの魚が、せわしなく動くいくつもの赤い輝点に変わる。輝点ひとつひとつが、かつてのコンサートの観客だ――彼らはいまプレゼント品の〈ザピット〉を見つめながら賞品の獲得を狙っている。

ブレイディはひとつを選んで動きをとめさせ、その輝点が花ひらくさまを見つめる。

まるで薔薇のように。

17

「ああ、たしかに警察署にはコンピューター犯罪捜査課がある」ホッジズはホリーの質問に答えていう。「ほかの部署とのかけもちITスタッフが三人しかいないのを〝課〟と呼んでいいのならね。そもそも連中はわたしのいうことなどききかないよ。いまのわたしは、ただの民間人なんだ」

しかも、それさえ最悪の部分ではない。いまのホッジズは元刑事の民間人だ――そして現役警官の仕事に首を突っこむ退職者は、仲間うちで〝おじさん《アンクル》〟と呼ばれる。決して尊称ではない。

「だったらピートに電話して、ピートからそっちにかけあってもらえば？」ホリーはいう。「とにかく、このカスな自殺サイトをなんとか閉鎖しないと」

いまふたりは、フレディ・リンクラッター版の作戦司令室に引き返している。ジェローム は居間でフレディといっしょだ。ホッジズはフレディが逃亡するとは考えていない――このマンションの外に配置されているという、おそらく虚構の存在でしかない男たちに怯えているからだ。しかし、ドラッグの影響下にある者の行動は予想しがたい。もちろん、そういった人間はもっと酔いしれたくなるのが通例なので、それ以外の部分で予測できないという意味だ。

「電話でピートにかけあって、コンピューターおたくの警官からわたしに電話をかけるように伝えて。脳味噌が半分でもあるIT屋なら、サイトをドスってダウンさせることくらいできるはずよ」

「ドスる？」

「大文字のD、小文字のo、そして大文字のS。サービス運用妨害《デナイアル・オブ・サービス》の頭文字をとった略語。担当者はボットネットにアクセスすることが必要だけど……」と話しながらホリーは、ホッジズが狐につままれたような顔つきであることに気づく。「いいの、気にしないで。要点だけをいうなら、大量のサービスリクエストの洪水で自殺サイトを水没させちゃうっていうこと──何万、何百万単位のリクエストで。カスなあのサイトの首を締めあげて、サーバーをダウンさせちゃうわけ」

「きみではできない？」

「わたしには無理だし、フレディにも無理。でも警察署にいるコンピューター・マニアだったら、充分なコンピューター・パワーをかきあつめられるはず。警察のコンピューターでは無理だとしても、連邦の国土安全保障省におなじことをやらせられるはずよ。だって、これこそ安全保障の問題だもの。人命が危険に晒《さら》されてるんだし」

それはそのとおり。そこでホッジズは電話をかける。しかし、ピートの携帯は留守番電話サービスにつながっただけだ。次に昔の仲間のキャシー・シーンに電話をかけるが、電話に出た内勤警官によると、母親が糖尿病の関係で容態が悪化したので、キャシーが医者へ連れていっている、という。

かくしてほかの策も尽き、ホッジズはイザベル・ジェインズに電話をかける。

「イジーかい？　ビル・ホッジズだ。ピートをつかまえようと思ったんだが──」

「ピートはもういないわ。おしまい。バイバイ」

一瞬ホッジズは、イザベルがピートは死んだといっていると思って、恐怖に震える。

「わたしのデスクにメモが残ってたの。これから家に帰って携帯の電源を切り、固定電話のケーブルをひっこ抜いて、二十四時間ぶっつづけで寝てやる、って。ついでに、警察づとめもきょうで最後にしてやる、とも書いてくれてた。ええ、やろうと思えばできるのよ。山ほどたまっている有給休暇にはいっさい手をつけなくても。これでピートには自分だけの時間がたっぷりできて、あとは退職の日までのんびり過ごせる。そうそう、カレンダーにピートの退職パーティーの予定を書きこんでるのなら、二本線でも引いて消しておいたほうがいい。パーティーのはずだった夜には、あなたとあなたの変人パートナーのふたりで映画でも見にいけばいいわ」

「ひょっとして、わたしを責めているのかな？」

「あなたと、あなたのブレイディ・ハーツフィールドへの妄執をね。あなたは妄執でピートを汚染したのよ」

「ちがうな。ピートが自分から捜査をつづけたがったんだ。そしてきみのほうは一刻も早く捜査から手を引いて、最寄りの狐の穴にもぐりこんで保身に走ろうとした。この件に関しては、わたしはピートの肩をもつといわざるをえないな」

「ほら？　ほらね？　わたしが話しているのはそういうあなたの態度のこと。いいかげんに目を覚ましてよ、ホッジズ。ここは現実世界なの。いいこと、これを最後にもう二度といわないわ。関係のないことに、あなたのとびっきり長いくちばしを突っこむのはもうやめて──」

「だったら、こっちもきみにいわせてもらおう。もしきみがちんけな昇進のチャンスをほんの少しでも手に入れたいのなら、そろそろ自分のケツの穴から頭を出して、こっちの話をちゃんときくのが身のためだ」

考えなおして口をつぐむひまもなく、この言葉が口をついて出てしまう。ホッジズは、イザベルが電話を切るのではないかと不安に駆られる。もしこの電話を切られたら、次にどこを頼ればいい？　しかし、電話の向こうからはショックに満ちた沈黙が伝わってくるだけだ。

「自殺事件。シュガーハイツから署にもどってきたあとで、自殺事件の報告がいくつあった？」

「そんなことは知らな――」

「だったら調べろ！　いますぐ！」

イザベルがコンピューターのキーを打つ音が五秒ばかりきこえる。そののち――「いまちょうど報告が一件はいってる。レイクウッドでひとりの少年が銃で自殺。それも父親の目の前で。その父親が通報してきてる。きっとヒステリックになってたでしょうね。で、いったいこれにどんな関係が――」

「現場にいる警官たちに、ゲームマシンの〈ザピット〉をさがすよう伝えるんだ。エラートンの自殺現場の家で、ホリーが見つけたのとおなじマシンだよ」

「ねえ、またその話？　あなたって、まるで壊れたレコード――」

「見つかるはずなんだ。いっておけば、きょうという日がおわる前に、ほかにも〈ザピット〉がらみの自殺事件が起こるはずだ。ひょっとしたら、大量にね」

《ウェブサイト！》ホリーが声を出さず口だけそう動かす。《イジーにウェブサイトのことを話すの！》

「それに、Z《ジー》ジエンド・ドットコムという自殺サイトがネットにある。きょうオープンしたばかりのサイトだ。このサイトを閉鎖させる必要がある」

イザベルはため息をつき、子供相手に諭《さと》す口調に切り替わる。「あのね、ネットにはありとあらゆる種類の自殺サイトがあるの。去年、青少年司法局から注意をうながす覚書が署にまわってきたばかりよ。その手のサイトは、雨後の筍みたいにぽんぽんネットに出現する。作成しているのは、決まって黒いTシャツを愛用してて、自由な時間はたいてい自分の部屋に引きこもって過ごしてる若い連中よ。不出来なポエムだの、苦しまずに自殺できる方法だの、そんなものがどっさり書いてある。もちろん、両親がどれだけ自分に理解がないか、不満をぶちまける文章もね」

「ところが、このサイトはちがう。このサイトには、雪崩《なだれ》を引き起こす力がある。サブリミナルメッセージがどっさりと盛りこまれていてね。コンピューター犯罪捜査課のスタッフにいって、一刻も早くホリー・ギブニーあてに電話で連絡してほしい」

「職務規定からははずれるわ」イザベルはけんもほろろだ。「とりあえずわたしが見て、しかるべき筋に話すことにする」

「いいか、五分以内にそっちのハイテクおたく捜査官からホリーに電話をかけさせろ――電話が来なかった場合、あとあと自殺の洪水が発生したら――ああ、まちがいなく発生するよ――話をきいてくれる人の全員にこう触れまわってやる。イザベル・ジェインズに話をしたが、お役所仕事のルールを楯に門前払いされた、とね。わたしの話をきいてくれるのは、たとえば日刊新聞やニュース番組〈8アライブ〉だ。どちらも、いまの警察とはあまり良好な関係じゃない。とりわけ去年の夏、マーティン・ルーサー・キング・アヴェニューで、ふたりの制服警官が無防備な黒人の若者を射殺するという事件があって以来ね」

沈黙。それから先ほどよりも穏やかな――ひょっとしたら傷ついてもいる――声でイザベルはいう。「あなたはわたしたちの味方のはず。それなのに、なんでいつもこうなの？」

それはね、きみについてのホリーの意見が正しいからだよ――ホッジズは思う。しかし、答えとして声に出したのはこんな言葉だ。「時間があまり残されていないからさ」

18

居間でフレディは、また新しくマリファナタバコを巻いている。巻紙の端を舐めて留めながら、そのタバコごしにジェロームに目をむけていう。「あんたもずいぶんな大男だね」

ジェロームはなんとも答えない。

「体重、どのくらい？　九十五キロ？　それとも百キロ？」

ジェロームはこの質問にも、やはりなんとも答えない。

フレディはこれにもめげず、タバコに火をつけて煙を吸いこんでから、タバコをジェロームにさしだす。ジェロームは頭を左右にふって断わる。

「もったいない。めっちゃいいブツなのに。ああ、犬の小便みたいなにおいだけど、それでも極上のブツさ」

ジェロームは無言のまま。

「どっかの猫にべろをとられて、それでしゃべれなくなったとか？」

この決まり文句に、ジェロームはこう答える。「いいや。ハイスクールの最上級生のときに受けた社会学の授業のことを考えていたんだ。その授業のうち四コマが自殺をテーマにしていて、そのとき教わったある統計結果が忘れられない。十代の自殺がソーシャルメディアで報じられると、その一件が刺戟になって七件の自殺未遂が発生し、うち五件は狂言だけど、二件は本気の自殺だっていう統計。だからあなたも、タフガールの演技をやりすぎている暇があるなら、こういった統計のことも考えたほうがいいんじゃないかな」

フレディの下唇がわなわなと震える。「だって知らなかったんだもん。ほんとに知らなかったんだもん」

「いや、知っていたはずだね」

フレディはマリファナタバコに目を落とす。今回はフレディがなにも答えない番だ。

「妹は声がきこえたっていってる」

このジェロームの言葉に、フレディはさっと顔をあげる。「どんな声が?」

「〈ザピット〉から声がきこえてきたって。妹にありとあらゆる意地悪なことをいったらしい。妹が白人の真似をして生きようとしてるとか。妹が自分の人種を否定しようと躍起《やっき》になってるとか。それから妹がどれほどの悪人で、どれほど役立たずか、とかいう話をね」

「で、それがあなたにだれかを思い出させた……?」

「うん」ジェロームが思い出しているのは、オリヴィア・トレローニーという哀れな女性の死後しばらくして、当人のコンピューターから流れてきた罪を責めたてる金切り声、あの日ホリーとふたりで耳にした声だ。あの金切り声をプログラムしたのはブレイディ・ハーツフィールドだった。オリヴィア・トレローニーをひたすら鞭打って自殺というゴールまで駆り立てることが目的だった。「意外かもしれないけど、思い出したやつがいるね」

「ブレイディは自殺というテーマに夢中だったっけ」フレディがいう。「いつだってネットでその手の話を読みふけってた。あのコンサートのときだって、自分もいっしょに死ぬつもりだった……知ってると思うけど」

そう、ジェロームは知っている。現場にいたのだから。「そのブレイディがテレパシーだかなにかをつかって、ぼくの妹に接触していたなんて話、本気で信じてる？〈ザピット〉を利用して……？　いってみれば……あのマシンを……トンネル代わりにして？」

「もしブレイディがバビノーやもうひとりの男の頭を乗っとれるのなら——あんたたちが信じてるかどうかはともかく、あの男がふたりを乗っとったのは事実だよ——それなら、うん、そのくらいできたはずだね」

「だったら、アップデートされた〈ザピット〉をもっているほかの若者も？　二百四十人以上もの若者たちもそうなる可能性があるっていうこと？」

フレディは無言のまま、煙のヴェールの裏からジェロームを見つめているだけだ。

「たとえ首尾よくウェブサイトを閉鎖できたとして……その若者たちはどうなる？　若者たちにむかって、例の声がささやきはじめたら……きみたちはしょせん靴の裏についた犬の糞《ふん》でしかない……解決法はひとつだけ、短い桟橋から長い散歩に出ればいいんだよ……というふうに」

フレディが答えるより先に、ホッジズが代わって答える。「だったら、その声をとめなくては。つまり、あいつをとめるんだよ。さあ、行くぞ、ジェローム。まずはオフィスへもどるぞ」

「わたしはどうすればいい？」フレディは寂しげな声でいう。

「いっしょに来るんだ。それから、ひとつ教えてくれ」

「なに？」

「マリファナには痛みをやわらげる効き目があったかな？」

「あなたもわかると思うけど、それについては意見がさまざま――ほら、このいかれた国のお役所だのなんだのは、あんなありさまだし――だから、あくまでもわたしにとってはという話だけど、毎月やってくるつらい痛みの時期も、マリファナのおかげでずっと楽に過ごせてる」

「マリファナもってきてくれ」ホッジズはいう。「タバコの巻紙も頼む」

19

四人はジェロームのジープで、ファインダーズ・キーパーズ社に引き返す。後部座席にはジェロームのがらくたがどっさり積まれているので、フレディはだれかの膝にすわるほかない。といっても、ホッジズの膝にはすわれない――いまのホッジズの体調では無理だ。そこで運転はホッジズが引き受け、フレディはジェロームの膝に腰かける。「これってちょっと、ジョン・シャフトとデートしてるみたいな感じ」フレディはにやりと笑いながら、映画で有名なアフリカ系のキャラクターを引きあいに出す。「大男の私立探偵で、あらゆる若い娘の相手をこなすセックスマシンなの」

「これを当たり前だとは思わないでくれよ」ジェロームはいう。

ホリーの携帯が鳴る。かけてきたのは警察のコンピューター犯罪捜査課のトレヴァー・ジェップスン。たちまちホリーは、ホッジズには理解できない専門用語で話をはじめる――ボットやダークネットという単語がきこえる。電話をかけてきた警官からなにをきかされたのかはわからないが、その中身はホリーを喜ばせるものだったらしい。電話を切ったホリーの顔に笑みが浮かんでいる。

「どこかのサイトにDoS攻撃を仕掛けた経験がないんですって。だからクリスマスの朝の子供みたいに喜んでたわ」

「ダウンさせるまでに、どのくらいかかる?」

「パスワードとIPアドレスが手もとにある状態で? たいして時間はかからないわ」

ホッジズは、ターナー・ビルディング前にある三十分限定の駐車スペースにジープを入れる。事務所に長居をする予定はない――もし幸運に恵まれたらの話だ。しかし、このところ悪運つづきだったことを考えるなら、大宇宙がそろそろ幸運を恵んできてもおかしくないころあいだ。

ホッジズは自分のオフィスへはいってドアを閉め、薄汚れた住所録をめくってベッキー・ヘルミントンの電話番号をさがす。前にホリーが住所録の中身を携帯の連絡先アドレス帳に移行すると申し出てくれたが、ホッジズはずっと先延ばしにしている。昔ながらの住所録が好きだからだ。たぶん、いまになって新しいやり方に変えたくないだけだろうな——ホッジズは思う。トレント最後の事件、つまりはそういうこと。

ベッキーは、自分がもう〈刑務所《バケツ》〉で働いていないことを改めてホッジズに思い起こさせる。「もしかして忘れちゃった？」

「いや、忘れてない。ところでバビノーのことは知ってるか？」

ベッキーは声を落とす。「ええ、知ってる。アル・ブルックス——〈図書室《ライブラリー》アル〉——がバビノー先生の奥さんを殺して、おそらく先生のことも殺したってきいた。ちょっと信じられない話ね」

わたしなら、信じられない話をもっとたくさんきかせてあげられるよ——ホッジズは思う。

「バビノー本人は、まだ殺されたかどうかわからない。あの医者は逃げているんじゃないかとにらんでる。バビノーはブレイディ・ハーツフィールドに実験段階の新薬を投与していて、それがハーツフィールドの死因になった可能性もなくはないんでね」

「なんということ……本当に？」

「ああ、本当だ。でも、それほど遠くまで逃げられたはずはない——嵐が近づいているからね。それで、こういうときバビノーが行きそうな場所の心当たりはあるかい？　避暑用のコテージをもっているとか、そういったことは？」

この質問なら、ベッキーは考えをめぐらせるまでもない。「コテージじゃない。狩猟用の別荘よ。でも、バビノーだけのもちものじゃないの。四人だか五人の医者との共同所有になってるの」ベッキーはここでまた、秘密を打ち明けるかのように声を低く落とす。「ま、別荘でやっていたのは狩りだけじゃないっていう話よ。どういう意味かはわかるでしょう？」

「その別荘はどこに？」

「チャールズ湖。別荘にはかわいいような不気味なような名前がついていたと思う。すぐには思い出せないけど、ヴァイオレット・トランならわかるんじゃないかな。あの人、前に週末をその別荘で過ごしたことがあるの。生涯最高に酔っ払って過ごした四十八時間だったと話してたし、お土産にクラミジアまでもらってきてたっけ」

「じゃ、ヴァイオレットに電話をかけてもらえるかな？」

「ええ。でもバビノーが逃げてるのなら飛行機に乗ったかもしれないわよ。カリフォルニアに逃げたかもしれないし、それこそ外国へ高飛びしたのかも。きょうの午前中の時点では、出発便も到着便も予定どおりだったわ」

「とはいえ、警察が行方に目を光らせているいま、バビノーがわざわざ空港へ行くとは思えないな。ありがとう、ベッキー。また電話をかけてくれ」

それからホッジズは金庫に近づいて、コンビネーション番号を打ちこむ。ボールベアリングを詰めた靴下――愛用の〈ハッピースラッパー〉――は自宅だが、拳銃は二挺ともここにある。片方は現役時代に携行していた四〇口径のグロック。もう一挺は三八口径のヴィクトリーモデル。父親の拳銃だ。ホッジズは金庫のいちばん上の棚からキャンバス地の袋を手にとって二挺の拳銃と弾薬四箱を入れ、引き紐を強く引いて口を閉じる。

今回は心臓発作で足止めを食らうことはないからな、ブレイディ――ホッジズは思う。今回はせいぜい癌だけだ。しかも癌とは共存できている。

そんな思いつきにホッジズはわれながら驚いて笑いはじめる。笑うと痛みがある。

オフィスのもうひとつの部屋から、三人の拍手喝采がきこえる。ホッジズはその拍手喝采がなにを意味するのかもわかっているつもりだし、その見立てはまちがいではない。ホリーのコンピューターの画面に表示されているのは、《Z《ジー》ジエンド・ドットコムに技術上の問題が発生しています》というメッセージだ。さらにその下に《お電話はこちらへ――一‐八〇〇‐二七三‐TALK》と電話番号が表示されている。

「それはジェップスンの思いつき」ホリーは手もとの作業から顔をあげないままいう。「全国自殺予防ホットラインの番号よ」

「うまい手だな」ホッジズはいう。「それに、そっちも上手だ。きみには隠れた才能があったね」

ホリーの前には巻かれたマリファナタバコがならんでいる。いま巻いたばかりのタバコをあわせて、ちょうど十二本だ。

「この人ったら仕事が速い」フレディは賞賛の声でいう。「それにほら、とってもきれいに巻いてある。まるで機械でつくったみたい」

ホリーはホッジズにいかめしい顔をむける。「かかりつけのセラピストは、たまに吸うマリファナはまったく問題ないといってる。もちろん、度を越して吸いすぎないかぎりは。世の中には吸いすぎる人も多いけど」ホリーの視線がいったん滑ってフレディをとらえ、またホッジズに帰ってくる。「それに、これはわたしが吸うためじゃない。あなたのためよ、ビル。必要になったときのためにね」

ホッジズはホリーに礼をいってから、ふと自分たちふたりはずいぶん遠くまで来たものだと来し方《こしかた》に思いをはせ、その旅がおおむね楽しかったと回想にふける。しかし、旅は短すぎる。あまりにも短すぎる。ついで携帯電話が鳴る。かけてきたのはベッキーだ。

「別荘の名前は〈ヘッズ＆スキンズ〉だった。いったでしょう――かわいいような不気味なような名前だと。ヴァイオレットにきいたけど、行き方は覚えてなかったわ――まだ車に乗っているうちから、自分のエンジンをぶんぶんまわす燃料を二、三杯ひっかけたんでしょうね。でも、車が高速道路をひとしきり北へむかって走っていたことや、高速道路を降りてから市街地の北で〈サーストン・ガレージ〉というサービスステーションに立ち寄って給油したことは覚えてた。これで役に立ちそう？」

「ああ、すばらしく役に立つよ。ありがとう、ベッキー」ホッジズは通話を切る。「ホリー、市街地の北にあるという〈サーストン・ガレージ〉をさがしておいてくれ。それがすんだら空港の〈ハーツ〉に電話をかけ、残っているなかでいちばん大きな四輪駆動車を借りてくれ。急な話だが、これから雪のなかをドライブだ」

「ぼくのジープが――」ジェロームがいいかける。

「あれは小さいし、軽いし、古いからね」ホッジズはいう……しかし、雪のなかを走るためにほかの車が欲しい理由はほかにもある。「ただ、きみのジープでわたしたちみんなを空港まで運んでくれるとありがたい」

「わたしはどうする?」フレディはたずねる。

「証人保護プログラム」ホッジズは答える。「約束どおりにね。きっと夢がかなったみたいなことになるぞ」

20

出生時のジェイン・エルズベリーは、どこからどう見ても平均的な赤ん坊だった――体重は二千九百八十グラムで、平均より若干少ないくらい。しかし七歳のときには四十キロになり、きょうにいたるまで、ときには夢のなかにまでつきまとって離れないからかいの歌が、すでに耳にこびりついて離れなくなっていた――《でぶ、でぶ、丸太ん棒のおでぶちゃん……トイレのドアも通れない……だからなんでも床に垂れ流し》。二〇一〇年六月、母親がジェインをラウンドヒアのコンサートに連れていったときには、すでに体重は九十五キロになっていた。当時もトイレのドアを通り抜けるのに支障はなかったが、自分の靴紐を結ぶのに手こずるようになっていた。そしていまジェインは二十歳で体重は百四十五キロ。郵便で送られてきたプレゼント品の〈ザピット〉から声が語りかけてくると、その言葉のすべてがいちいち筋の通ったものに思える。低く落ち着いた声、分別のある声。声はジェインにむかって、きみはだれにも好かれていない、きみはみんなの笑いものだと話しかけてくる。声は、きみは食べるのをやめられない、と指摘する――事実、顔を涙がはらはらと伝い落ちているいまでさえ食べるのをやめられず、チョコレート味のピンホイールクッキー、それもねっとりしたマシュマロをたっぷりはさんだクッキーを袋からがつがつ貪り食べている。『クリスマス・キャロル』でエベニーザー・スクルージにある種の不愉快な真実をずばずば指摘した〝まだ来ぬクリスマスの幽霊〟を、もっと親切にしたバージョンというべきか、声は未来のジェインの姿をスケッチしていくが、その中身は〝でぶ、もっとでぶ、いちばんでぶ〟という具合に形容詞とその比較級と最上級に要約できる。〝ヒルビリー天国《ヘヴン》〟にあるカービン・ストリート、ジェインが両親と住むエレベーターのないアパートメントがあるこの通りに響く笑い声。嫌悪もあらわな顔つき。ひやかしの文句――たとえば、《ほら来たよ、タイヤみたいな太っちょが》とか《気をつけろ、うっかりあの子につぶされるなよ！》。声は筋道立った理性的な話しぶりでジェインに説明していく——きみにはデート相手は一生見つからない、ポリティカルコレクトネスのおかげでサーカスの肥満女ショーが駆逐されたいま、きみはどこにも雇ってもらえない、四十歳になるころはすわって眠るしかない体になる、乳房があんまり大きくなりすぎて仰向けになると肺を圧迫するからだ、きみは五十歳で心臓発作で死ぬが、その前には、ぶよぶよたるんだ贅肉《ぜいにく》のいちばん深い皺にはまったパン屑をとるために、ダストバスターの手もち掃除機をつかうようになるよ、と。自分だって少しは痩せられる、その手の専門クリニックのようなところへ行けば痩せられる、と声に訴えようとする。声は笑ったりしない。同情の響きをたたえた静かな声で、こうたずねてくるだけだ。そのためのお金なんかどこにあるのか？　両親の収入をあわせたところで、およそ飽きることのない猛烈な食欲をかろうじて満たすのが精いっぱい。だから、ご両親はきみがいないほうが楽なんだよ——声がそう示唆したとき、ジェインは同意するしかない。

ジェイン——カービン・ストリートの住民のあいだでは〝おでぶのジェイン〟と呼ばれている——はふらふらとバスルームへはいっていき、腰を傷めた父親が処方された鎮痛剤のオキシコンチンの瓶を手にとる。錠剤を数える。全部で三十錠——充分すぎるほどだ。ジェインは一度に五錠ずつ、牛乳で飲んでいく。一回飲むたびにマシュマロをはさんだチョコレートクッキーを食べる。ふわふわと意識がただよいはじめる。わたし、食餌療法をはじめたんだ——ジェインは思う。これからずっとずっと長く食餌療法をつづけるんだ。

それでいいんだよ——〈ザピット〉からきこえる声がジェインに話しかける。それで、今度ばかりはずるなんかしないね、ジェイン？

ジェインは最後に残った五錠のオキシコンチンを飲む。それから〈ザピット〉を手にとろうとするが、指はもうマシンの薄い本体をつかめない。しかし、それが大事なことか？　こんな状態では、どうせすばしっこいピンクの魚はつかまえられっこない。それより窓から外を見ていたほうがいい……雪が純白のリネンですべてを埋めつくしている外の景色を。

これでもう、でぶ、でぶ、丸太ん棒のおでぶちゃんとはいわれない——ジェインは思う。ついで無意識に沈みこんでいくときには、救われた気持ちで沈んでいく。

21

空港の〈ハーツ〉へ行く前に、ホッジズはジェロームのジープをエアポート・ヒルトン・ホテル前のロータリーへと入れる。

「これが証人保護プログラムっていうこと？」フレディがたずねる。「これが？」

ホッジズは答える。「あいにく、わたしが自由につかえる潜伏用の隠れ家はないので、これで代用させてもらうよ。きみのチェックイン手続は、わたしの名義ですませよう。きみは部屋にはいったらドアに鍵をかけ、テレビを見て、この一件がおわるのを待っているといい」

「傷を覆ったガーゼを交換するのを忘れないでね」ホリーがいう。

フレディはホリーを無視する。しっかりとホッジズに視線をむけたまま。「わたし、どのくらい面倒な立場に追いこまれちゃうかな？　この騒ぎがおわったときに」

「それはわからない。それに、いまここできみとその件を話しあっている時間もないんだ」

「せめてルームサービスで料理をとってもいい？」フレディの血走った目に、かすかながら輝きが宿っている。「いまはもうそんなに痛くなくなって、すごく変な話だけど、お腹がぺっこぺこなの」

「好きなだけ食べろ」ホッジズはいう。

ジェロームがいい添える。「でもウェイターを客室に入れる前に、忘れずにドアスコープから外をのぞくこと。ブレイディ・ハーツフィールドがあやつっている〝黒衣の男《メン・イン・ブラック》〟のひとりじゃないことを確かめなくちゃね」

「冗談でしょう？」フレディはいう。「そうよね？」

ホテルのロビーは、雪の日の午後ということもあって閑散としている。ホッジズは、ピートの電話で叩き起こされてからざっと三年はたったように感じながら、フロントに歩みよって手続をすませ、ほかの面々がすわっている場所へ引き返す。ホリーは自分のｉＰａｄを猛然とタップしつづけていて顔もあげない。フレディは手をさしだしてルームキーを受けとろうとするが、ホッジズはキーをジェロームにわたす。

「五二二号室だ。フレディを部屋まで送っていってくれるか？　わたしはホリーと話があってね」

ジェロームはいぶかしげに眉を吊りあげるが、ホッジズがそれ以上の説明をしないと見てとると肩をすくめ、フレディの腕をとる。「それでは探偵シャフトがお客さまを特別スイートルームへとご案内いたします」

フレディはジェロームの手を押しのける。「部屋にミニバーでもあれば幸運じゃない？」そんな減らず口を叩きながらも、ジェロームとならんでエレベーターへと歩いていく。

「〈サーストン・ガレージ〉を見つけたわ」ホリーがいう。「まず、州間高速道路四七号線を北へ九十キロばかり進むの――あいにく雪嵐はそっち方面、北から接近中だけど。で、その先は州道七九号線。天候はお世辞にもいいとはいえないみたいで――」

「わたしたちなら心配ない」ホッジズはいう。「〈ハーツ〉がフォード・エクスペディションを押さえてくれた。よく走る重量級の車だよ。道案内は、またその都度たのむ。いまはそれとは別のことを、きみと話しあっておきたい」
ホッジズはやさしい手つきでホリーの手からｉＰａｄをとりあげて電源を切る。
ホリーは両手を膝の上でしっかり組みあわせ、ホッジズを見つめて待っている。

22

ブレイディは生まれ変わったような気分でうきうきしながら、〝ヒルビリー天国《ヘヴン》〟のカービン・ストリートから帰還する――エルズベリーとかいうでぶ娘相手の仕事はたやすく、しかも楽しかった。アパートメント三階の部屋からあの娘の死体を運びだすのに、男手が何人必要になることか。最低でも四人は必要だろう。それに棺桶《かんおけ》はどうなる？ジャンボサイズの棺桶だ！

ついでウェブサイトをチェックしたところ、サイトがダウンしているとわかり、上機嫌がまたしてもへなへなと萎《しぼ》んでいく。たしかにホッジズならサイトを潰す手だてをいつかは見つけると予想はしていたが、これほど迅速に動くとは予想外だ。おまけに画面に表示された電話番号には、猛烈に腹が立ってならない。ふたりが最初に対決したときにホッジズが〈デビーの青い傘〉に残した〝くたばれ〟のメッセージを見たときにも負けない腹立たしさだ。自殺予防ホットラインの番号とは。調べるまでもない。そのことは知っている。

そう、まちがいない。ホッジズはここへやってくる。カイナー記念病院には、この別荘のことを知っている人間が大勢いる——ここはある種の伝説だからだ。しかし、あの男はまっすぐここへ踏みこんでくるだろうか？　そんなことになるとはブレイディは一秒も信じない。ひとつにはあの退職刑事なら、ハンターの大多数が銃砲類を狩猟用の別荘に残していることを知っているはずだからだ（とはいえ、〈ヘッズ＆スキンズ〉ほど銃砲類の備えが充実している場所はめったにない）。そしてまた——こちらの理由のほうが重要だが——あの退職刑事が狡猾《こうかつ》なハイエナだからだ。ブレイディが最初に会ったときから六年分の年をとったことでもあり、まちがいなく息切れしやすくなっているだろうし、手足の動きも頼りなくなっていることだろう。しかし、狡猾は狡猾だ。たとえるなら、こっそり動きまわる野生動物といったところ——まっすぐ近づいてこないかわりに、こっちがあさっての方向を見ているときを狙って、いきなり太腿の裏側にがぶりと噛みついてくる。

よし、おれはいまホッジズだ。おれはなにをする？

この問題に必要なだけの考慮をめぐらせたのち、ブレイディはクロゼットに行く。いまブレイディの精神が住んでいるこの肉体が所有していた服を選ぶには、バビノーの記憶（のうち、いまも残っている部分）をさっとさらうだけですむ。どの衣類も体にぴったりだ。さらに関節炎の指をかばうために手袋をはめて、外へ出る。小雪がちらついている程度で、木々の小枝は揺れてもいない。後刻になればこれもすべて一変するはずだが、さしあたりいまは、別荘の周辺を散策できる程度には快適だ。

まず薪の山まで歩く。山には防水シートがかけられ、その上にさらさらの新雪が十センチばかり積もっている。薪の山の先には松の古木がつくる林がおおよそ一万平方メートルばかり広がっていて、〈ヘッズ&スキンズ〉を〈ビッグ・ボブの熊キャンプ〉とへだてている。完璧だ。

銃砲類のクロゼットに足を運ぶ必要がある。SCAR《スカー》は高性能の銃器だが、あのクロゼットにはほかにもつかえる品がある。

そうとも、ホッジズ刑事――ブレイディは来たほうへ早足で引き返しながら考える。特別びっくりプレゼントを用意したぞ。ああ、おまえ用の特別びっくりプレゼントだ。

23

ジェロームはホッジズの話を真剣にきいてから、頭を左右にふる。「そうはいかないよ、ビル。ぼくもいっしょに行かなくちゃ」

「いまのきみに必要なのは、これから家に帰って家族といっしょにいることにつきる」ホッジズはいう。「とくに妹さんに寄り添ってやるべきだ。妹さんはきのう、あやうく命を落としかけたんだぞ」

いまふたりはヒルトン・ホテルのフロントエリアの隅にすわって、すでにフロント係さえどこか下の部屋に引っこんだというのに、どちらも声を殺して話している。ジェロームは腿に手をかけて上体を乗りだし、顔には依怙地《いこじ》な渋面《じゅうめん》を貼りつけている。

「もしホリーも行くんだったら——」

「わたしたちときみとは事情がちがうの」ホリーはいう。「そこのところを忘れないで。わたしは母とうまくいってない——うまくいっていたためしもない。会うのはせいぜい一年に一回か二回。別れて帰るときにはすごくほっとするし、母もわたしが帰ってせいせいしてるはず。ビルについていうなら……ええ、知ってのとおり、ビルはいま病気と戦ってる。でも、わたしもきみもビルが治る見込みがどのくらいかも知ってる。つまり、わたしたちふたりの立場はきみとちがうの」

「敵は危険なやつだ」ホッジズはいう。「おまけに、不意討ちで敵をびっくりさせる策には頼れそうもない。わたしがあいつのもとに迫ることを予想していないとしたら、あいつも相当な馬鹿者ということになる。ただし、あいつが馬鹿だったことは一度もない」

「ミンゴ・ホールのときだって、ぼくたち三人だったじゃないか」ジェロームはいう。

「あなたの心臓がペイパーロックを起こしてからは、ぼくとホリーのふたりだけになった。でもちゃんとやり抜いたんだ」

「前回とは事情がちがう」ホリーはいう。「前回のブレイディは、マインドコントロールの術をつかえなかったでしょう？」

「それでもぼくは行きたいね」

ホッジズはうなずく。「きみの気持ちはよくわかる。しかしわが犬橇《いぬぞり》チームのリーダー犬はまだわたしだし、そのリーダー犬がノーといってるんだ」

「でも――」

「理由はまだある」ホリーがいう。「それももっと大きな理由が。リピーターはオフラインになり、ウェブサイトは閉鎖された。でも、まだ世間にはアップデートずみの〈ザピット〉が二百五十台ばかりも野放しになってる。すでに少なくとも一件の自殺が発生してる。それでも、いまなにが進行中かを警察に話すわけにはいかない。イザベル・ジェインズはビルのことを余計なお節介屋《せっかいや》としか思ってないし、あとはだれに話しても、こっちが正気を疑われるのがおちよ。わたしたちの身になにかあったら、残るのはきみだけ。そのことはわかってる？」

「わかってるのは、ふたりがぼくを除《の》け者《もの》にしようとしてるってことだけだよ」ジェロームがいう――ホッジズがもう何年も昔に初めて芝刈りのアルバイトのために雇った、あのひょろりとした少年にいきなり逆もどりしたかのような口調で。

「それだけじゃない」ホッジズはいう。「わたしがあの男を殺すしかなくなることも考えられる。それどころか、かなりの確率でそうなるにちがいない、と思っているよ」

「なにをいうかと思えば。そんなことはわかってるさ」

「しかし警官やわたしたち以外の全世界から見れば、わたしが殺した被害者はフェリックス・バビノーという世間から尊敬されている脳神経科医だよ。ファインダーズ・キーパーズ社をつくってからというもの、法律上のとんでもない窮地に追いこまれ、なんとか身をよじって逃げたことはある——でも、今度はそうはいくまい。きみは加重故殺の共犯者として起訴されるリスクを引き受けるつもりなのか？　ああ、この州では加重故殺を、〝重過失行為によって無思慮に他人を殺害した行為〟と定義している。いや、第一級謀殺の共犯者の線もあるかも……？」

ジェロームは身をすくめる。「ホリーなら、そんなふうに起訴される危険に晒してもいいわけ？」

ホリーはいう。「だって、きみはまだまだ将来がある身でしょう？」

ホッジズはすわったまま——痛む動作だが、それでも——前に身を乗りだして、ジェロームのうなじを手でつかむ。「これがきみにとって愉快でないのはわかる。愉快に思わないだろうということも予想していた。しかし、こうするのが正しいんだよ——そして正しい理由はどっさりあるんだ」

ジェロームは考えをめぐらせて……ため息をついた。「うん、そっちのいいたいことはわかった」

ホッジズとホリーは待つ。ふたりとも、この返事ではまだ充分でないこともわかっている。

「それでいいよ」ついにジェロームの口からその言葉が出る。「気にくわないことに変わりはないけど……それでいい」

ホッジズは立ちあがり、脇腹に手をあてがって痛みを押さえこむ。「よし、そうと決まればレンタカーのSUVを受けとりにいこう。嵐がこっちへむかってきてる——いざ正面から鉢あわせする前に、州間高速道路の四七号線を少しでも北へ進んでおきたいのでね」

24

ふたりが全輪駆動のエクスペディションのキーを手にしてレンタカー会社のオフィスから出ると、ジェロームは自分のラングラーのボンネットに軽く寄りかかって立っている。ジェロームはホリーをハグし、耳もとでこっそりささやく。

「最後にだめもとで頼む。ぼくも連れていって」

ホリーはジェロームの胸に寄せた頭を左右に動かす。

ジェロームはホリーから腕をほどいて、ホッジズにむきなおる。ホッジズは昔のフェドーラ帽をかぶっている――帽子のつばが早くも雪で白くなっている。ホッジズは片手をさしだす。「時と場合がちがえばきみとハグをかわすところだが、いまはハグをすると痛むのでね」

ジェロームは力強い握手で妥協する。その目に涙がこみあげている。「ほんとに気をつけて。ちょくちょく連絡を入れてほしいな。それから、ちゃんとホリーベリーを連れて帰ってくること」

「ああ、そのつもりだとも」ホッジズはいう。

ジェロームが見つめるなかで、ふたりはエクスペディションに乗りこむ――運転席にあがっていくホッジズは見るからにつらそうだ。ふたりの意見が正しいことくらい、ジェロームにもわかっている――三人のうちいちばん将来があり、それゆえいちばんうしなうわけにいかないのがジェロームの命だからだ。しかし、正しいとわかったから気分がよくなるわけでもなければ、ママのもとへ送りかえされる幼児になった気分が薄らぐこともない。このままふたりの車を追いかけたい――ジェロームは思う――ただし、ホリーからあんなことをいわれなければの話だ。《わたしたちの身になにかあったら、残るのはきみだけ》と。

ジェロームは自分のジープに乗りこんで家へむかう。合流車線でクロスタウン・エクスプレスウェイに乗り入れているとき、強烈な予感が襲ってくる――ふたりの友人のどちらとも、もう二度と会えないのではないか。くだらない迷信にすぎないと自分にいいきかせようとするが、説得はいまひとつ成功しない。

25

ホッジズとホリーを乗せた車がクロスタウン・エクスプレスウェイを離れて州間高速道路四七号線にはいるころ、雪はもはや遊びでふざけて飛びまわっているレベルではなくなる。降りしきる雪のなかに突っこんでいくように車を走らせるうち、ホッジズは以前ホリーといっしょに見たSF映画を思い出す――それも宇宙船エンタープライズ号がハイパードライブだかなんだかに切り替えるシーンだ。制限速度の標識は、《雪　注意》という文字と《速度規制　時速六十五キロ》という文字を点滅させているが、ホッジズはスピードを時速九十五キロに固定しているし、この先も少しでも長くこの速度を維持するつもりだ。といっても、せいぜいあと五十キロかもしれない。三十キロがやっとかもしれない。走行車線を走っている車の数台が、減速しろという意味のクラクションをホッジズに鳴らしてくるし、もっさりした動きでのろのろ走っているうえに、雄鶏の尾の形をした霧状の雪を後方へたなびかせている十八輪大型トラックを追い越すのは、恐怖心を抑えこむテクニックの実地練習そのものだ。

出発してから三十分ばかりたったころ、ホリーがようやく車内の静寂を破る。「拳銃をもってきてるんでしょう？　あの布の袋の中身は銃ね？」

「ああ」

ホリーはシートベルトをはずして（この行為がホッジズに不安をもたらす）体をひねり、後部座席からバッグを手にとる。「弾丸《たま》はこめてあるの？」

「グロックは装塡ずみだ。三八口径のほうは、きみが自分で実弾をこめる必要がある。そう、そっちがきみの銃だ」

「やり方も知らないのに」

以前にホッジズは一度だけ、いっしょに射撃練習場へ行こうとホリーを誘ったことがある。いずれホリーに銃器の隠匿所持許可をとらせるための準備の一環だったが、ホリーはがむしゃらに誘いを拒んだ。それっきり、二度と誘わなかった。ホリーが銃をもち歩く必要に迫られることはないと信じて。自分がホリーをそんな立場に追いこむことはないと信じて。

「教わらなくても見当はつくさ。決してむずかしくはない」

ホリーは引金から両手を充分に遠ざけ、銃口を顔と反対側にむけたまま、ヴィクトリーモデルを検分している。ややあってホリーは、シリンダーをふりだすことに首尾よく成功する。

「よし。つぎは実弾だ」

袋にはウィンチェスター製の三八口径弾の箱がふたつはいっている――百三十グレインのフルメタルジャケット。そのひとつをあけたホリーは、ミニチュアサイズのミサイルの弾頭そっくりに突き立っている実弾を目にして顔をしかめる。「うわっ……」

「できそうか？」そうたずねながら、ホッジズはまたもやトラックを追い越そうとしているところ。エクスペディションが雪煙にすっぽりつつまれる。走行車線はいまもまだ舗装路面が見えているが、追越車線にはもう雪が積もっていて、おまけに右車線のトラックときたら車体が永遠につづいているかのように長い。「無理なら無理でかまわんよ」

「まさか、わたしには無理だっていいたいわけ？」ホリーは憤然とした口調でいいかえす。「やり方はわかるし、こんなの、子供にだってできるわ」

本当に実弾をこめてしまう子供もいるんだ――ホッジズは思う。

「あなたがききたいのは、わたしにもあいつを撃てるかどうかでしょう？」

「そんな局面まではいかないと思う。それでもそう迫られたら、そのときは撃てそうか？」

「ええ」ホリーは答え、ヴィクトリーモデルの六つある薬室に実弾をこめていく。それから、拳銃がいまにも手のなかで爆発すると思いこんでいるかのように、唇の両端を引きさげて目を極端に細め、こわごわとシリンダーを元の位置にもどす。「で、安全装置はどこにあるの？」

「安全装置はない。リボルバーにはないんだ。撃鉄が落ちていれば暴発を防げるから、それで充分だ。銃はハンドバッグに入れておけ。予備弾薬の箱もいっしょに」

ホリーはホッジズの指示どおりにして、バッグを足のあいだに置く。

「それから唇を噛むのをやめるんだ。そんなふうに噛んでいると血が出るぞ」

「我慢しようとしてるんだけど、とにかくこの情況はストレスがすごくて……」

「わかるよ」ふたりを乗せた車は走行車線にもどる。路肩に立っている距離標識が背後へ去っていくが、その動きはじれったいほど遅い。体内の痛みはいまでは灼熱のくらげになって、激痛という長い触手を体内のいたるところに——それこそのどにまで——伸ばしているように思える。もう二十年以上も昔、空地に追いつめた窃盗犯から足を撃たれたことがある。あのときもこんな感じの激痛に襲われたが、痛みはやがて消えていった。しかし、こちらの痛みは消えることがなさそうだ。薬でしばらくは眠らせておけるだろうが、長いあいだ眠らせておくのは無理だろう。

「その別荘にたどりつけたはいいけれど、ブレイディがいなかったらどうするの？　その場合のことは考えた？　どうなの、考えたの？」

考えはしたものの、そうなった場合にどうすればいいかはまったくわからないままだ。

「その心配は、いずれそうなったときにしようじゃないか」

ホッジズの携帯が鳴る。携帯はコートのポケットだ。ホッジズは目を前方の道路にむけたまま、携帯をホリーに手わたす。

「もしもし、こちらホリー」そういってから相手に耳をかたむけ、声を出さずに口の動きだけで《麗しのグレイアイズ嬢》とホッジズに伝える。「ああ、そう……ええ……オーケイ、わかった……あ、それは無理。いまあの人は両手がふさがってて。でも、わたしからちゃんと伝える」ここでもまた、電話をかけてきたイザベル・ジェインズの話をしばしきいてから——「わたしから話したっていいけど、どうせあなたには信じてもらえないでしょうね」

ホリーはぱさっと通話をおわらせると、携帯をホッジズのコートのポケットにもどす。

「自殺事件か？」ホッジズはたずねる。

「これまで三件——父親の目の前で銃で自殺した少年を入れて」

「〈ザピット〉は？」

「三件のうち二件の現場で発見。三件めの通報に応じて急行した担当者は、まだ時間がなくてさがしてない。これまで懸命に男の子を助けようとしてたけれど、手遅れだったそうよ。首を吊ったの。イザベルは半分正気をなくしたみたいな口調だったわ。で、すべてを知りたがってた」

「わたしたちの身になにかあっても、ジェロームがピートに話してくれるし、ピートがイザベルに話すさ。さしものイザベルも、そろそろこっちの話をきく心がまえになっているだろうし」

「とにかく、これ以上犠牲者が増える前に、あいつをとめなくちゃ」

いまこの瞬間もだれかを殺しているだろうな――ホッジズはそう思う。「ああ、とめてやるよ」

車はさらに先へ進む。ホッジズはやむなくスピードを時速八十キロにまで落とす。スーパーマーケット〈ウォルマート〉のダブルボックスの大型トラックが巻き起こす空気の乱流に煽られたのか、エクスペディションの車体が小刻みに揺れだしたので、さらに時速七十二キロにまで減速する。時刻が午後三時をまわり、雪のせいで早くもあたりが薄暗くなるころ、ホリーがふたたび口をひらく。

「ありがとう」

ホッジズはちらりとホリーに顔をむけ、目で真意を問いかける。

「わたしも連れていってほしいとお願いする手間を、あなたが最初から省いてくれたこと」

「わたしはただ、きみのセラピストが望むようなことをしているだけだよ」ホッジズはいう。「そう、いろいろなことに決まりをつけさせているんだ」

「それってジョーク？　前からあなたがジョークをいってるのかどうかがわからなくて。だって、あなたはとびきりドライなユーモアのセンスのもちぬしだから」

「ジョークじゃない。これはわたしたちのビジネスの問題だよ、ホリー。ほかのだれでもなく」

白っぽい薄闇のなかに緑色の標識が浮かびあがってくる。

「州道七九号線」ホリーがいう。「わたしたちが高速を降りる出口よ」

「ああ、ありがたい」ホッジズはいう。「たとえ太陽が出ているときだって、高速道路を走るのはきらいなんだよ」

26

ホリーのiPadによれば、〈サーストン・ガレージ〉は州道を東へ二十五キロ弱進んだところにあるというが、たどりつくまでには高速を降りてからさらに三十分かかる。雪で覆われた道路でもエクスペディションなら楽に進めるが、いまは風が着々と強まりつつあり――ラジオによれば午後八時には強風レベルになるという――疾風が吹きつけて路上に白い幕のような雪煙が立つと、ふたたび先が見通せるまで、ホッジズはスピードを時速二十五キロにまで落とすほかない。

そしてホッジズがサービスステーションの大きな〈シェル〉の看板のところで折れて車を駐車場に入れているそのとき、ホリーの携帯が鳴る。

「きみは電話に出ろ」ホッジズはいう。「こっちはできるだけ早く用事をすませるから」

ホッジズは外に降り立ち、風にもっていかれないようにフェドーラ帽を深く引きおろす。風に吹かれたコートの襟がマシンガンのようにうなじを打ちつけるなか、ホッジズは足を引きずって雪の中を歩き、サービスステーションの事務所へむかう。腹部全体が痛みに疼きっぱなしだ――熱く燃える石炭をうっかり飲みこんだかのように。ガソリンの給油機コーナーと隣接する駐車場エリアには、アイドリングしているエクスペディションン以外には一台の車も見あたらない。除雪作業員たちは、今年最初の雪嵐が派手に暴れまわる長い一夜で金を稼ごうと、すでに現場に出動したあとだろう。

不気味きわまる一瞬のあいだ、ホッジズはカウンターのうしろに〈図書室《ライブラリー》アル〉がいるものと思いこむ――その人物はアルとおなじ緑の〈ディッキーズ〉を身につけ、農機具のジョンディア社のロゴいり帽子のまわりに、ポップコーンのように白い髪が乱れて突きだしているからだ。

「いやはや、こんな荒れ模様の夕方に、いったいまたなんの用でこんなところまで？」カウンターの男はそうたずねてから、ホッジズの背後に目をむける。「それとも、もう夜になったかな？」

「夕方と夜が半々といった感じだね」ホッジズは答える。世間話をしている時間の余裕はないが――いまごろ街では若者たちがアパートメントビルの窓から飛び降りたり、薬を飲んだりしているかもしれない――仕事にはそれなりの進め方がある。「あんたがミスター・サーストンか？」

「いかにも。いやね、あんたがガソリン給油機の前に車をとめなかったもので、ひょっとしたら強盗目的で来たのかと思いかけていてね。しかし、強盗をやるにしては、いささか金まわりがよさそうだ。街の人かい？」

「そのとおり」ホッジズはいう。「おまけにちょっと急いでいてね」

「街の人はいつだって急いでる」サーストンは、それまで読んでいたアウトドア雑誌のフィールド＆ストリーム誌を下へ置く。「で、用件は？　道案内かな？　だとしたら、あんたの目的地がこの近所だといい——なにせ、これからどんどん天気がわるくなりそうだからね」

「近所だと思うよ。〈ヘッズ＆スキンズ〉という狩猟用の別荘だ。きき覚えがあるかな？」

「ああ、あるとも」サーストンはいう。「お医者連中の別荘で、〈ビッグ・ボブの熊キャンプ〉の近くだ。あの連中は愛車のジャガーだのポルシェだのに、いつもここで給油していくんだよ——これから行くってときも、これから帰るってときもね」

サーストンは〝ポルシェ〟を、夕方になると老人たちが腰をおろして沈みゆく太陽をながめる場所のように発音した——すなわち〝ポーチ〟と。

「でも、いまの時期はあっちにはだれもいないはずだぞ。狩りのシーズンは十二月九日におわったんだ——弓矢での狩りの話だよ。銃器での狩りは十一月いっぱいでおわってる——で、あそこに行く医者連中はみんなライフルをつかうんだ。それもでっかいライフルを。どうせ、アフリカにいるような気分を味わうのが好きなんだろうな」

「きょう、もっと早い時間にだれかがここへ寄らなかったかな？　ひょっとしたらそいつは、塗装があちこち剝げて下塗りがのぞいているような古い車に乗っていたかもしれないんだが」

「いいや」

自動車整備工場から、ひとりの若い男が雑巾《ぞうきん》で手を拭きながら近づいてくる。「その車ならおれが見たよ、祖父《じい》ちゃん。シボレーだったな。おれが外に出ててスパイダー・ウィリスと立ち話をしてたときに、その車が通ったんだ」そういって若者はホッジズにむきなおり、「だってあの車は、ほとんどなにもない方向を目指してたし、あんたがここまで走らせてきた車とちがって、雪道用の装備をひとつもくっつけてなかったから目についてね」

「その狩猟用別荘への道を教えてもらえるかな？」

「ああ、世界でもいちばん簡単な道案内だ」サーストンがいう。「いや、簡単なのは天気がいい日限定だな。とにかく、ここからヴェイル・ロードを道なりにどんどん進んで……だいたい……」ここまで口にしてから若い男に目をむける。「おまえはどう思う、デュエイン？　五キロぐらい？」

「いや、六キロちょっとはあるかな」デュエインは答える。

「それじゃ、あいだをとって五キロ半ってことにしよう」サーストンはいう。「そこらへんで州道の左側に道の入口を示す二本の赤い柱が立ってる。そこそこ高い柱だよ。一メートル八十はあるかな。でもきょうはもう二回も州道を除雪車が通ってる。どけた雪が道端に積みあげてあって、目印もほとんど見えないだろうから、あんたもよくよく目を凝らしてないとな。おまけに脇道に進むには、道端に積まれた雪の土手を突っ切らなくちゃいけない。シャベルがあって、雪をかけるのならともかく」

「いま走らせてるあの車なら、そのあたりは大丈夫だろうね」ホッジズはいう。

「ああ、十中八九は大丈夫だ。それに、まだ雪もがちがちに押し固められちゃいないから、あんたのSUVに傷がつく心配もない。とにかくその脇道を二キロ弱……いや、三キロ近く進むと、道が二本に分かれてる。かたっぽは〈ビッグ・ボブ〉へ、もうかたっぽが〈ヘッズ&スキンズ〉への道だ。右と左のどっちがどっちだったかは、あいにく覚えとらんが、前は矢印があったぞ」

「いまもあるよ」デュエインがいう。「右の道を進めば〈ビッグ・ボブ〉だ。〈ヘッズ&スキンズ〉に行くんなら左。そりゃ、おれが知ってて当然だよ——去年の十月に、所有者のビッグ・ボブ・ローワンにいわれて屋根板を張りなおしたんだから。それにしても、さぞや大事な用があるんだね、お客さん。こんな天気の日にあそこまで、わざわざ行こうっていうんだから」

「わたしのSUVでその脇道を走っていけそうかな？」

「行けるよ」デュエインがいう。「木の枝が道にかぶさってるから、雪が積もるのをあらかた防いでいるし、道は先にある湖にむかって下り勾配だ。湖まで行くとなったら、運転にはちょっとばかり慎重になったほうがいい」

ホッジズはスラックスの尻ポケットから財布を抜きだし——まいったな、これだけの動作でも痛むとは——《退職》のスタンプが捺《お》された警察の身分証を相手に見せ、つづいてファインダーズ・キーパーズ社の名刺もとりだし、ふたつをならべてカウンターに置く。「さて、おふたりとも秘密を守ってもらえるかな?」

ふたりはどちらも好奇心に顔を輝かせてうなずく。

「これから召喚状を送達しなくてはならなくてね。中身は民事裁判の訴状で、数百万ドル単位の金がかかった裁判になる。きみが通りかかるところを見かけたという男……下塗りがのぞいていたシボレーを走らせていた男は、バビノーという医者だよ」

「毎年十一月に見かける医者だな」年長のほうのサーストンがいう。「お高くとまっているやつだよ、まったく。なんていうか、いつも人を見くだして小馬鹿にしてるみたいでね。でも、やつはいつもBMWに乗ってるぞ」

「きょうは、とりあえず手近にあった車に乗ってきたのだろうね」ホッジズは答える。「とにかく手もとの書類を夜中の十二時までにわたしが送達しないことには、裁判は水の泡と消えてしまい、もとから貧しい老婦人のもとに、本来もたらされるはずのお金がはいらなくなってしまうんだ」

「医療過誤ってやつ?」デュエインがいう。

「あまり明かしたくはないが、まあ、そういうことだといっておこう」

これなら、ふたりとも覚えていることだろう、とホッジズは思う。この話とバビノーの名前を。

年長のほうのサーストンがいう。「ここの裏にスノーモービルが二台ある。お望みなら一台を貸そう。アークティックキャット製で、大きなフロントガラスがついてる。そりゃまあ走ってれば寒いのに変わりはないが、まちがいなく引き返してこれるぞ」

ホッジズは、会ったばかりの赤の他人である自分にこれほど親切な申し出をしてくれたことに感激するが、頭を左右にふって遠慮する。スノーモービルは、とにかくやかましい音をたてる。いまではホッジズも、〈ヘッズ&スキンズ〉に陣取っている男――それがブレイディであれバビノーであれ、はたまた不気味な両者の混合物であれ――は、いずれホッジズがやってくることを知っているという前提で動いている。ホッジズに有利な要素があるとすれば、自分がいつ別荘に到着するのかを敵に知られていないことだ。

「とりあえずパートナーとふたりで現地に乗りこむとするよ」ホッジズはいう。「帰ってくるときの心配は、また帰ってくるときだ」

「とにかく静かに、話は内密にってことで?」デュエインはそういうと、指を一本立てて唇にあてがう――その唇は笑みのカーブをつくっている。

「そのとおり。ただし……もしわたしの車が立ち往生したら、電話で迎えを頼めるような人はいるかな?」

「だったらうちに電話すればいい」サーストンはレジ横のプラスティックトレイから店のカードを一枚とってホッジズにわたす。「デュエインかスパイダー・ウィリスを迎えにやるよ。今夜あんまり遅くなると無理かもしれないし、出動した場合には四十ドルのお代を頂戴することになるが、数百万ドルの裁判をしようというんだから、そのくらいの出費はどうってことないだろうよ」

「こっちでも携帯電話はつかえる？」

「悪天候でもアンテナがばっちり五本立つよ」デュエインはいう。「湖の南に電波の中継塔が立ってるんだ」

「心強い話だね。ありがとう。ありがとう、おふたりさん」

ホッジズが体の向きを変えて出ていこうとすると、老人が声をかけてくる。「ああ、こんな天気には、あんたのいまの帽子はふさわしくない。これをかぶっていけ」いいながら老サーストンは、大きなオレンジ色のポンポンがてっぺんについているニット帽をさしだす。「まあ、その靴については打つ手なしだがな」

ホッジズは礼をいってニット帽を手にとる。それからフェドーラ帽を脱いで、カウンターに置く。この帽子は縁起のわるい品に感じられる――だから、こうして置いていくのがふさわしいように思える。

「保証金代わりに」ホッジズはいう。

ふたりがにやりと笑う。口からのぞく歯は、若いデュエインのほうがぐんと多い。

「これで充分だよ」老サーストンはいう。「でも、あんたは本気であの湖まで車を走らせても大丈夫なんだな、ミスター……」ここでファインダーズ・キーパーズ社の名刺に目を落とし、「……ミスター・ホッジズ？　いや、なんだかちょっと具合がわるそうに見えるんでね」

「胸にくる風邪にやられててね」ホッジズはいう。「冬になるたびに罹《かか》るんだ。いろいろありがとう、おふたりさん。万が一ドクター・バビノーからここに電話があったら……」

「あっさり無視してやるよ」サーストンはいう。「いけすかない横柄なやつでね」

ホッジズはドアにむかって歩きだす。その瞬間、これまで体験したことのない激痛がいきなり出現し、槍になって腹部からあごの下までを一気に刺し貫く。火矢が命中したかのようで、ホッジズは思わず足をよろめかせる。

「おいおい、ほんとに大丈夫かい？」老サーストンがたずねながら、カウンターをまわって出てこようとする。

「ああ、大丈夫だ」現実には大丈夫どころではなく、その正反対だ。「足が攣《つ》ったんだ。ずっと運転していたせいでね。じゃ、帽子をとりにまた寄らせてもらうよ」

運がよければね——ホッジズは思う。

27

「けっこう長居だったのね」ホリーはいう。「あそこの人たちに、もっともらしい話をきかせてきたのならいいけど」

「召喚状だ」それ以上の言葉をつくす必要はない。ふたりは召喚状ネタのつくり話を一度ならずつかっている。自分が召喚状を送達される立場でないかぎりは、だれもが進んで手助けしようとしてくれるからだ。「さっきの電話はだれから？」そうたずねながらも、ふたりのようすを確かめようとしたジェロームからの電話だったのだろう、と考える。

「イザベル・ジェインズ。さらに二件の自殺がらみの通報があったって——片方は未遂、もう一方は不幸な結末。未遂におわったのは二階の窓から飛びおりた少女よ。雪かきのあと道端に積まれていた雪の上に落ちて、数カ所の骨折だけで助かった。もうひとりは、自室クロゼットで首を吊った少年。枕に遺書が置いてあった。といってもたった一語だけ、《ベス》と書いてあったほかには、割れたハートのイラストが描いてあったそうよ」

ホッジズがふたたび州道へ乗りだすべくギアを入れて発進させると、エクスペディシヨンのタイヤが少しだけ空転する。ヘッドライトはロービームのまま走るしかなさそうだ。ハイビームにすると、降ってくる雪がきらきら輝く純白の壁になってしまう。

「わたしたちだけでやってのけるしかないわ」ホリーはいう。「ブレイディの仕業だとしたら、だれにも信じてもらえないに決まってる。ブレイディは自分はバビノーだと偽り、怖くなって逃げだしたとかなんとか、その手の話をでっちあげるに決まってる」

「〈図書室《ライブラリー》アル〉に妻を射殺されながら、警察に通報もせずに逃げだしたという話を？」

ホッジズはいう。「そんな作り話では通用しないだろうな」

「ええ、通用しないかもしれない——でも、ブレイディがほかの人にぴょんと飛び移ったら？　だってバビノーに飛び移れたのだとしたら、ほかにもそんなふうに移動できる相手がいるはずよ。だから、この件はわたしたちふたりで解決するしかないの——たとえわたしたちが殺人罪で逮捕されるとしても。ねえ、そんなことになると思う？　ねえねえ？」

「その心配はあとまわしにしよう」

「わたし、人が撃てるかどうか自信がない。たとえ相手がブレイディ・ハーツフィールドでも……顔かたちがほかの人だったら」

ホッジズはおなじ言葉をくりかえす。「その心配はあとまわしだ」

「わかった。その帽子はどこで手に入れたの？」

「フェドーラ帽と交換してきた」

「てっぺんのポンポンが馬鹿みたい。でも温かそうね」

「きみがかぶるかい？」

「遠慮する。でもね、ビル？」

「おいおい、なんの話だ？」

「ぞっとするほど顔色がわるいわ」

「お世辞をいっても、なにも出ないぞ」

「皮肉っぽい態度をとるなら、ええ、けっこう。で、目的地まではあとどのくらい？」

「さっきの事務所にいた連中の共通見解では、まずこの道を五キロ半進む。そのあとは別荘地に通じている脇道だ」

そのあとふたりとも黙りこくったままの五分のあいだ、車は荒れ狂う雪のなかをじりじりと進む。雪嵐の本体はこれから襲ってくるというのに——ホッジズは自分にいいきかせる。

「ビル？」

「こんどはなんだ？」

「あなたはブーツを履いてきてないし、わたしは〈ニコレット〉を切らしちゃった」

「だったら、マリファナの一本に火をつければいい。ただ、マリファナを吸いながらでいいから、左側にあるはずの赤い二本の柱をしっかり探してくれ。もうじき見えてくるはずなんだ」

ホリーはマリファナタバコに火をつけず、無言で身を乗りだして道の左側に目を凝らす。エクスペディションがまた軽くスリップし、車体後部が最初は左に、つづいて右に揺れるが、ホリーは気づいていないようだ。一分後、ホリーが外を指さす。

「あれじゃない？」

そのとおり。州道を通った除雪車が押しのけた雪のせいで、柱は最上部の四、五十センチほどが見えているだけだが、まばゆいほどの赤い色は、見逃すはずも見まちがえるはずもない。ホッジズはそっとブレーキペダルを踏んでエクスペディションを停止させ、ついで雪の土手のほうに車をむける。それからホリーに注意の言葉を――昔、まだ子供だった娘をレイクウッド遊園地に連れていって〈ワイルドカップ〉にいっしょに乗る前に、かならず口にしていたのとおなじ言葉を――かける。「しっかり入れ歯を押さえていろよ」

いつも言葉を字句どおりにとらえるホリーは、「わたし、入れ歯はいれてないけど」と答え、それでもダッシュボードに手を押しつけて身がまえる。

ホッジズがじょじょにアクセルペダルを踏みこんでいくと、車は雪の土手に近づいていく。ホッジズはどすんという衝撃を予想しているが、そんな衝撃は襲ってこない。雪がまだがちがちに押し固められてはいないというサーストンの言葉どおりだ。雪はあっさり左右に跳ね飛ばされたほか、フロントガラスにも降りかかってきて、ホッジズの視界をひととき封じる。ホッジズはワイパーを最強モードで動かす。フロントガラスの雪がきれいにとりのぞかれると、エクスペディションは別荘地へ通じる一車線の脇道を走っている――路面は見る間にもどんどん雪に埋もれてゆく。道路の上にまで張りだした木の枝から、おりおりに雪の塊がどさどさ落ちてもくる。以前ここを通った車が残したタイヤ痕は見あたらないが、このことにはなんの意味もない。痕があっても、いまではすっかり雪にかき消されているはずだ。

ホッジズはヘッドライトを消し、じりじりと這うようなスピードで進む。木立のなかを通っている白い帯は、かろうじて誘導ラインの役目を果たす程度にしか見えていない。道路は永遠につづいているように思える――坂道になり、折り返しては、また下りの坂道になる。しかし、やがて車は道が左右に分かれているところに行きあたる。いちいちホッジズが車をおりて矢印を確かめるまでもない。左側の道のずっと前方、木立と降る雪のあいだから、ほんのかすかな揺らめく光が見えているからだ。〈ヘッズ&スキンズ〉という別荘の光だろう。別荘に人がいるのだ。ホッジズはハンドルを切り、ゆっくりと右側の道に車を進ませはじめる。

ふたりのどちらも、上を見あげてビデオカメラを目にとめることはない――しかし、カメラはふたりを見ている。

28

ホッジズとホリーの車が、除雪車の残した雪の土手を突き破っているそのころ、ブレイディはバビノーの冬のコートとブーツという完全装備の服装でテレビの前にすわっている。ただし手袋はまだはめていない。SCAR《スカー》をつかう必要に迫られた場合、この強力な銃器を素手で操作したいからだ。しかし、片方の腿の上には黒い目出し帽が置かれている。いざその瞬間が来たら、目出し帽をかぶってバビノーの顔と銀髪を隠すつもりだ。ブレイディは一瞬たりともテレビから視線をそらさずに、手にした髑髏のかたちの陶器のペン立てを揺すって、突きでたペンや鉛筆を神経質にくるくる回転させている。いっときも気を抜かずに目を光らせていることが必要不可欠だ。ここへ来るときには、ホッジズなら車のヘッドライトを消すはずだからだ。

ホッジズはあの黒人の芝刈り小僧も連れてくるだろうか？　そうなれば旨味も増すというものだ！　ひとり分の手間でふたりまでも——

おっと、いよいよあいつの登場だ。

退職刑事の車がここに近づいても、強まりつつある雪にまぎれて見えないのではないかという不安もあったが、結局はとりこし苦労だった。雪は白く、SUVはその白のなかを移動している黒い四角形だ。ブレイディは身を乗りだし、目を細くして食い入るように画面を見つめるが、車内にいるのがひとりなのかふたりなのか、それとも五、六人も乗っているのかがわからない。手もとにはSCAR《スカー》がある。必要とあれば、これで分隊ひとつに相当する人数をまとめて片づけることもできる。しかし、それではお楽しみが削がれてしまう。できればホッジズは生かしておきたい。

少なくとも、最初のうちだけは。

答えが必要な疑問があとひとつだけ残っている——ホッジズは左の道を選んで、まっすぐここへむかうのか？　それとも右の道に進むか？　ブレイディは、K・ウィリアム・ホッジズなら〈ビッグ・ボブ〉へむかう右の道を選ぶだろうと予測する。はたして予測は的中だ。SUVが雪のなかに消えてゆくと（ホッジズが最初のカーブを通過するときにブレーキを踏み、それで一瞬だけテールライトがぎらりと光ったのが見納めだ）ブレイディは髑髏のペン立てをテレビのリモコンの横へ置き、これまでエンドテーブルで出番を待っていた品を手にとる。通常のつかい方をしているかぎりは完全に合法的な品だ……ただしバビノーやその仲間たちの場合には、それがあてはまらない。なるほど、彼らは腕のいい医者かもしれないが、この深い森の奥では往々にして性質《たち》のわるい男たちになる。ブレイディはこの貴重な品をもちあげて頭から通し、ゴムのストラップでコートの前に垂らす。つぎに目出し帽をかぶってSCAR《スカー》を手にとり、外へむかう。心臓がせわしなく激しい鼓動を搏っている。そして――さしあたっていまばかりは――バビノーの指の関節炎がもたらす痛みが完全に消えている。

復讐は性悪女のようなもの……そして性悪女がもどってくる。

29

ホッジズが分岐点で右の道を選んでも、ホリーは理由をたずねたりしない。神経質ではあっても、決して愚かではないからだ。ホッジズは車を徒歩のスピードでじわじわ進めながら、左にのぞく別荘の明かりとの距離を目で測っている。明かりの真横までくると、ホッジズは車をとめてエンジンを切る。これであたりは完璧な闇だ。ホッジズが顔をめぐらせてきたその一瞬、ホリーはホッジズの顔が髑髏にとってかわられたような錯覚にとらわれる。

「ここで待ってろ」ホッジズは低い声でいう。「ジェロームに、こっちは無事だとメッセージで伝えてほしい。わたしはこれから林を突っ切っていき、やつを仕留める」

「生け捕りにするんじゃなくて？」

「あいつの手もとに〈ザピット〉の一台でもあったら、ああ、生け捕りにはしないね」

かりに〈ザピット〉がなくても、あいつを仕留めるだろう――ホッジズは思う。「危険はおかせないよ」

「じゃ、あの医者があいつだと信じてるのね。ブレイディだと」

「たとえバビノーだとしても、あの医者もこの企みの一部だ。首までどっぷり浸かってる」とは答えるが……そう、たしかにいつしかホッジズも、目下バビノーの肉体を駆動させているのはブレイディ・ハーツフィールドの精神だと信じるようになっている。否定するにはあまりにも強力すぎるこの直観は、くわえて事実の重みもそなえつつある。あいつを殺したあとで、それがまちがいだとわかったら……神に助けてもらうしかない。しかし、どうすれば真実を知ることができる？　どうすれば確実なところがわかる？

てっきりホリーが異議をとなえて同行させせろと主張すると思ったのに、じっさいにはこう口にしただけだ。「万が一あなたの身になにかあっても、わたしではこの車を運転してここから逃げるのは無理ね」

ホッジズはサーストンの店のカードを手わたす。「十分たっても――いや、十五分たってもわたしが帰ってこなかったら、その男に電話をかけるんだ」

「もし銃声がきこえたら？」

「発砲したのがわたしで、かつわたしが無事だったら、〈図書室アル《ライブラリー》〉の車のクラクションを鳴らす。短く二回つづけて鳴らそう。合図がなかったら、きみはこのままま っすぐ車を走らせて、〈ビッグ・ボブ〉のなんとかいう別荘へ行け。着いたら屋内に押し入って身を隠す場所を見つけ、サーストンに電話をかけろ」

それからホッジズはセンターコンソールの上に身を乗りだし、ふたりが知りあってから初めてホリーの唇にキスをする。ホリーは驚きのあまりキスを返すどころではないが、身を引くことはない。ホッジズが離れると、ホリーは困惑に顔を伏せ、とにかく真っ先に頭に浮かんできたことを口にする。

「ビル！　あなたは普通の靴しか履いてない！　それじゃ凍えちゃう！」

「どうせ林のなかは雪もそんなに積もってないさ。せいぜい五センチくらいでね」おまけに足が冷えるかもしれない件は、いまのホッジズにとっては少しも心配ではない。

ホッジズはトグルスイッチに手を伸ばして車内灯をすべて消す。痛みをこらえるうめき声を洩らしつつホッジズがエクスペディションから降りていくあいだ、ホリーは強まりつつある風が樅の林を吹き抜けるときのささやきを耳にする。もしこれが人の声なら、嘆き悲しむ人の声だ。ついでドアが閉まる。

ホリーは助手席にすわったまま、ホッジズの黒い人影が樹木の黒々とした影に溶けこんでいくさまをじっと見まもる。やがて両者の黒い影が区別できなくなると、ホリーは車外へ降り立ってホッジズの足跡をたどりはじめる。ヴィクトリーモデルの三八口径の拳銃――かつてシュガーハイツがまだ森林だった一九五〇年代に、制服警官だったホッジズの父親が街のパトロール時に携行していた拳銃――は、いまホリーのコートのポケットにある。

30

ホッジズは一歩また一歩と、重い足を引きずりながら〈ヘッズ&スキンズ〉の明かりを目指してのろのろ進んでいく。雪が顔に当たり、瞼を覆う。火矢が復活して、体の内側に火をつけている。体を内側から焼いている。顔は汗でしとどに濡れている。だけど、足だけは熱くないぞ――ホッジズがそう思ったとたん、積もった雪に隠れていた丸木に足をとられてばったりと倒れこむ。それも体の左側を下にしてまともに倒れ、あわてて顔をコートの腕に埋《うず》めて悲鳴を抑える。またぐらに熱い液体が流れだしてくる。お洩らししちまった――ホッジズは思う。赤んぼみたいにお洩らししちまった。

痛みがわずかにやわらぐと、ホッジズは足を体に引き寄せて立ちあがろうとする。しかし立てない。濡れた股間がたちまち冷えてくる。それればかりか、冷たさから逃げようとしてペニスが縮んでいくのがわかるほどだ。ホッジズは低く垂れている木の枝をつかみ、またしても立とうとする。小枝がぽきんと折れる。ホッジズは折れた枝をぽかんとながめながら、自分がアニメのキャラクターに――それもワイリー・コヨーテあたりに

――なった気分を味わい、枝を投げ捨てる。その拍子に、だれかが背後から腋の下に手を差し入れてくる。

驚きのあまり、ホッジズは悲鳴をあげかける。次の瞬間、ホリーが耳もとでささやきかけてくる――転んだ子供に大人がかける定番の文句だ。「ほらほら、どっこいしょ。〝せーの〟で立っちよ」

ホリーの助けでホッジズはようやく二本の足で立てる。別荘の明かりはもうずいぶん近い――目隠しになっている木々のあいだからのぞくと、あと四十メートル弱というところだ。見れば雪はホリーの髪を白く飾り、頰を明るく見せている。いきなりホッジズは、アンドルー・ハリデイという古書店主のオフィスでのひと幕を思い出す――自分とホリーとジェロームの三人で、店主のハリデイが床に倒れて死んでいる現場を見つけたときのことを。あのときホッジズはふたりに、これ以上動くなと命じたが――

「ホリー、いったはずだぞ、車から動くなと。従う気がないのか？」

「ないわ」ホリーはささやく。ふたりとも声を殺している。「あなたはあいつを撃つしかないかもしれないけど、他人の助けなしには別荘へたどりつけないでしょう？」

「きみはわたしの後方支援役のはずだ。いってみれば、わたしの保険だよ」いまでは全身から脂汗がぬるぬると流れだしている。裾の長いコートを着ていてよかった。失禁したことをホリーに知られたくはない。

「あなたの保険になる人物がいるとすればジェ、、、ロームよ」ホリーはいう。「わたしはあなたのパートナー。あなたが意識していたかどうかはともかく、パートナーだからわたしを同行させたんじゃないの？　それにこれはわたしの望み。わたしの望みはこれだけ。さあ、出発。わたしの肩に寄りかかって。とっとと仕事をおわらせるの」

ふたりは残りの木立をゆっくりと進んでいく。ホリーがどれだけの体重を受けとめてくれているのか、ホッジズには信じがたいほどだ。やがてふたりは別荘の建物をとりまく空地のへりで足をとめる。明かりが洩れている部屋はふたつ。ふたりに近いほうの窓から洩れてくるのが控えめな光であることから、こちらはキッチンだろう、とホッジズは思う。その奥で点灯している明かりはひとつだけ……レンジ台の上の照明か。そしてもうひとつの窓から洩れだしている光は、不規則にちらちらと揺れているところから、おそらく煖炉の火明かりだろうと見当をつけられる。

「目指すのはあの窓だ」ホッジズはいう。「そしてここから先、わたしときみは夜間斥《せっ》候《こう》に出ている兵士になる。つまり匍《ほ》匐《ふく》前進するということだ」

「大丈夫？」

「ああ」それどころか、二本の足で歩くよりも楽なくらいだ。「シャンデリアが見えるか？」

「ええ。なんだか全部が骨でできてるみたい。おええっ」

「あそこが居間——おそらくブレイディがいるのもあの部屋だろうな。もしいなかったら、姿をあらわすのを待ちかまえよう。もしあいつの手に〈ザピット〉があったら、わたしはその場でやつを撃つもりだ。手をあげろともいわず、床に伏せろともいわず、両手を背中にまわせともいわずにね。どうだ、異存はあるか?」

「あるもんですか」

ふたりは両手と両膝をつく姿勢をとる。グロックはホッジズのコートのポケットにしまいこんだままだ——雪のなかに落として紛失したくはない。

「ビル」ささやきかけてきたホリーの声は、強まりつつある風の音のせいでかろうじてきこえるだけだ。

ホッジズはふりかえってホリーに目をむける。ホリーは自分の手袋の片方をさしだしている。

「小さすぎるよ」ホッジズはいい、O・J・シンプスンの裁判で、《手袋があわなければ、みなさんは無罪の評決をだすしかないのです》と法廷で発言しているジョニー・コクラン弁護士のことを思う。こんな場面で、なんと調子っぱずれなことが頭をよぎるものか。といっても……これまで生きてきて〝こんな場面〟に立ち会った経験はあっただろうか?

「無理にでもはめて」ホリーはささやく。「銃をあつかうほうの手を凍えさせちゃまずいから」

ホリーのいうとおりだ。そこで無理やり手袋に手を押しこめるが、短すぎて手首まですっぽりと覆えない。それでも指だけはいちおう布のなかにおさまる——大事なのはその点だけだ。

ふたりは這って進む――ホッジズのほうが若干先に出ている。痛みはあいかわらず激しいが、二本足で立っていないいま、燃えていた火矢はくすぶるだけになっている。しかし、体力は温存しておかなくては――ホッジズは思う。必要なだけの体力は。

木立のへりからシャンデリアがのぞく窓までは十二メートルから十五メートルというところ。その距離のなかばまで進むころには、手袋をはめていないほうの手はすっかり感覚をうしなっている。このタイミングでこの場所にいちばんの親友を同行させているばかりか、いかなる助けからも遠く離れているのに、戦争ごっこに興じている子供たちよろしく、ふたりで雪の上を這って進んでいるとは、我ながら現実とは信じられない。ホッジズにはホッジズなりの理屈があり、エアポート・ヒルトンのロビーではこれが筋の通った行為に思えた。ところがいまは、あまりそうは思えない。

左に目をむけ、〈図書室《ライブラリー》アル〉の愛車、マリブのひっそりとした車体を見つめる。つづいて右に目をむけると、雪をかぶった薪の山がある。それからまたまっすぐ前方へ頭をもどしかけたところで、ホッジズはまた薪の山のあるほうへ一気に顔をめぐらせる。頭のなかで警報ベルが鳴りわたっている……しかし、わずかに手おくれだ。

雪上に足跡がある。角度の関係で、先ほどふたりが木立のへりにいたときには見えなかった。しかしいまははっきりと見える。足跡は家の裏手から、煖炉の燃料の山へとつながっている。そうか、あいつはキッチンに通じている裏口から外へ出てきたのか――

ホッジズは思う。だからキッチンの明かりがついていたわけだ。なぜそんなことに気づかなかったのか。気がついていたはずだ——ここまで体調が悪化していなければ。

ホッジズは手さぐりでグロックをとりだそうとする。しかし小さすぎる手袋のせいでつかむのに手間どり、ようやくつかんで引き抜こうとしても、銃がポケットのどこかにひっかかってしまう。そのあいだに薪の山の裏側で黒々とした人影が立ちあがる。人影はすばやく大股で四歩進みでて、自分とホッジズたちふたりのあいだの四メートル半ほどの距離を詰める。顔はホラー映画に出てくるエイリアンのようだ——のっぺりとなにもない顔のなかで、丸いふたつの目だけが飛びでている。

「ホリー、気をつけろ」

ホリーが頭をあげると同時に、ＳＣＡＲ《スカー》の床尾がその頭部にふりおろされる。忌まわしい衝撃音が響いて、ホリーは両腕を左右に広げたまま雪の上にばったりとうつぶせに倒れこむ——糸を断ち切られた操り人形みたいだ、とホッジズは思う。そしてホッジズがようやくグロックをコートのポケットから抜きだしたそのとき、今度はこちらへ床尾がふりおろされる。ホッジズは手首の骨が折れるのを感じるだけでなく、骨が折れる音もききとる——グロックが雪の上に落ちて埋もれ、ほとんど見えなくなる。

ホッジズがあいかわらず地面に膝をついたまま顔をあげると、背の高い男——ブレイディ・ハーツフィールドよりもずっと背の高い男——が、ぴくりとも動かないホリーの前に立っているのが見える。男は目出し帽をかぶって暗視ゴーグルをかけている。

わたしたちは木立から出てくるなり、こいつに姿を見られていたわけか——ホッジズはぼんやりと思う。いや、木立のなかにいるときから……ホリーの手袋を強く引いて手にはめているときから……こいつに見られていたとしてもおかしくない。

「やあ、ホッジズ刑事」

ホッジズは答えない。ホリーはまだ生きているのだろうか。もし生きているのなら、いま受けた打撃の影響から恢復するのだろうか？　しかし……そんなのは愚問に決まっている。そもそもブレイディがホリーに恢復のチャンスを与えるはずがない。

「おれといっしょに家のなかへ来い」ブレイディはいう。「問題は女のほうも家のなかに連れていくか、あるいはこのまま外に放置して、アイスキャンディの〈ポプシクル〉なみに凍るにまかせるか、ということだな」それから、まるでホッジズの心を読みとったかのように（いや、本当に心を読めても不思議はない）——「ああ、この女ならまだ生きているよ。背中が呼吸にあわせて上下に動いているからね。ただ、あれだけの衝撃を頭に受けて、しかも顔がこんなふうに雪に埋もれていたら、あとどのくらい命がもつことやら」

「わたしがこの女性を運ぶよ」ホッジズはそう答える。本気だ。それでどれほど体が痛むことになろうとも。

「オーケイ」考えをめぐらせることもない即答だ。それでホッジズにも、ブレイディがこの答えを予測していたこと、こう答えてほしがっていたことがわかる。こいつは一歩いか？
先を行っている。ずっと前から一歩先を行かれていた。では、そうなったのはだれのせ

わたしだ。わたしひとりの責任だ。またぞろ〈ローンレンジャー〉を気どって単身動いたことの報い――しかし、ほかにどんな行動がとれたというのか？　こんな話をいったいだれが信じたというのか？

「さあ、女をかかえあげろ」ブレイディはいう。「その体をもちあげられるかを確かめようじゃないか。おれの目にはおまえがずいぶん弱々しく見えるからね」

ホッジズはホリーの体の下に両腕をさしいれる。先ほどの木立のなかでは、一度倒れたら自力では立ちあがれなかったが、いまは残っている力のありったけを必死にかきあつめ、ホリーの力ない体をウェイトリフティングの要領でもちあげることができる。いったんよろけて、あやうく倒れそうになったものの、そこでバランスをとりもどす。火矢はもう消えた――火矢自身が体内に起こした広範囲な山火事で焼かれて、もう灰になっている。それでもホッジズは、ホリーを胸にしっかり抱きとめる。

「やるじゃないか」ブレイディは心から賞賛しているような口調でいう。「よし、次はそのまま家のなかまでたどりつけるかを確かめるとしよう」

そしてホッジズはなんとか家のなかにたどりつく。

31

煖炉では薪が威勢よく燃えさかり、眠気をいざなう熱気を投げかけている。ホッジズはぜいぜいと荒い息をつぎ、借り物の帽子に積もった雪が溶けてどろどろの液体になって顔を流れおちていくなか、なんとか居間の中央までたどりついたところで、がくりと膝をついてしまい、あわててホリーの首を肘で支えるほかはない――手首の骨が折れていて手では頭を支えられず、手首がソーセージのように腫れているからだ。努力の甲斐あって、ホリーの頭を硬木づくりの床にぶつけずにすむ。よかった。ホリーの頭部は、今夜はもうたっぷりひどい目にあっている。

ブレイディはすでにコートを脱ぎ、暗視ゴーグルと目出し帽もはずしている。そこにあらわれたのはバビノーの顔とバビノーの銀髪（この男にしては珍しく乱れたままだ）だが、しかしまぎれもなくブレイディ・ハーツフィールドだ。最後までしつこく残っていたホッジズの疑念が消えていく。

「この女は銃をもっているのか？」

「いいや」

フェリックス・バビノーに瓜ふたつの男が微笑む。「じゃ、おれがどうするつもりかを教えてやるよ、ビル。これから女のポケットを検査する——それで銃が出てきたら、この女の貧相なケツを銃で隣の州まで吹き飛ばしてやる。どうかな、その条件では？」

「三八口径だ」ホッジズはいう。「その女性は右ききだから、もし銃を携行していたらコートの右ポケットにはいっているだろうな」

ブレイディはSCAR《スカー》の銃口をホッジズにむけて引金に指をかけ、床尾を胸の右側につよく押しつけて固定したまま、体をかがめる。そしてリボルバーを見つけると、ざっと調べて、ベルトの背中側に突っこむ。それを見てホッジズは——痛みと絶望にさいなまれながらも——内心で微苦笑を誘われる。おそらくブレイディは何百というテレビドラマや映画で、悪党連中がそんなことをするシーンを見てきたのだろう。しかしそれが通用するのは、平べったく薄いつくりのオートマティックの銃だけだ。

ホリーは毛糸を編みこんだラグマットに横たわり、のどの奥深いところからいびきをかいている。片足が痙攣のようにびくんと一度だけ動いて、静かになる。

「おまえ自身はどうなんだ？」ブレイディはたずねる。「ほかに武器をもっているのか？　昔から人気があるつかい捨ての安物拳銃あたりを、足首にストラップでとめているんじゃないのか？」

ホッジズはかぶりをふって否定する。

「いちおう念のためってことで、ズボンの裾をめくって足首を見せてもらおうか」

ホッジズはいわれたとおりに裾をめくり、靴と靴下だけで、ほかはなにもないことをブレイディに見せる。

「すばらしい。次はそのコートを脱いでソファに投げろ」

ホッジズはジッパーをはずし、肩を揺らしてコートを脱ぐまではなんとか声を辛抱していられる。しかしコートを投げると同時に雄牛の角で股間から心臓まで一気に切り裂かれるような激痛に襲われて、思わずうめき声をあげる。

バビノーの目が見ひらかれる。「本当に痛むのか、それとも演技か？　リアルか、それともヴァーチャルか？　その驚くほどの痩せぶりから察するに、痛みも本物のようだな。なにがあったんだ、ホッジズ刑事？　おまえの体でなにが起こってる？」

「癌だよ。膵臓癌だ」

「おやおや、それはお気の毒さま。スーパーマンも勝てない強敵だ。しかし、元気を出せよ——その苦しみを、おれが短くしてやれるかもしれないぞ」

「わたしには、なんでも好きなことをすればいい」ホッジズはいう。「ただ、その女性には手を出さないでくれ」

ブレイディは床に横たわっている女に興味津々の目をむけ、「ひょっとしてこの女は、昔のおれの頭をぶん殴って凹ませた当人ってことはないだろうな？」という。それから自分のつかった〝昔のおれの頭〟というフレーズが愉快に思えたらしく、声をあげて笑う。

「ちがうよ」世界はいまカメラレンズだ――ペースメーカーの助けを借りて息もたえだえに動く心臓の鼓動にあわせて、ズームインとズームアウトをくりかえしている。「おまえの頭を凹ませたのはホリー・ギブニーという女だ。あのあと故郷のオハイオへ帰って、いまは母親と暮らしてる。そこにいるのは、わたしの秘書のカーラ・ウィンストンだ」その名前がどこからともなく頭に降ってきて、ホッジズはためらいひとつのぞかせずに口にする。

「ただの秘書が、こんな命がけの任務に自分から同行すると決めたというのか？　それはまた、ちょっと信じられないね」

「ボーナスをはずむ約束をしたんだ。カーラは金を必要としていてね」

「だったら、あの黒人の芝刈り小僧はいまどこにいる？」

ホッジズはちらりと、ブレイディに真実を打ち明けようかと考える――ジェロームは街にいる、ブレイディがこの狩猟用別荘にいるかもしれないことも知っているし、まだ通報していないかもしれないが、まもなくその情報を警察に伝えることになっている、と。しかし、そういった話を伝えれば、ブレイディの行動を阻止できるのか？　まさか。

「ジェロームならアリゾナで民家を建てる仕事をしているよ。ＮＧＯの〈ハビタット・フォー・ヒューマニティ〉の活動でね」

「それはまた、意識がお高いことで。やつもいっしょに来ればよかったのに。で、あの小僧の妹はどのくらいの怪我をした？」

「足を骨折した。とはいえ、もうすぐ起きあがって歩けるようになる」

「それは残念」

「ジェロームの妹は、おまえにとっては予行演習のようなものだったのか？」

「ああ、あの娘っ子はオリジナルの〈ザピット〉の一台を受けとった。オリジナルは全部で十二台。十二人の使徒みたいなものだといえるかも——世界へ教えを広めにいく使徒たちだ。さて、テレビの前の椅子にすわってもらおうか、ホッジズ刑事」

「気が進まないな。贔屓《ひいき》のテレビ番組は、みんな月曜の放送でね」

ブレイディはお義理で微笑む。「すわれ」

ホッジズは怪我をしてないほうの手を椅子の横のテーブルについて体を支え、椅子にすわる。体をおろしていくのは苦痛以外のなにものでもないが、なんとか首尾よく椅子に腰かけると、この姿勢のほうが多少楽になる。テレビの電源は切ってあるが、それでもホッジズは画面に目をすえる。

「防犯カメラはどこにある？」ホッジズはたずねる。

「道の分岐点に立っている案内標識だよ。矢印のさらに上にとりつけてある。見逃したからといって悔やむことはないぞ。雪に覆われていたし、外に突きだしていたのはレンズだけだ。おまけに、あのときおまえはもう車のヘッドライトを切ってたことだし」

「おまえのなかには、いまでも多少はバビノーが残っているのか？」

ブレイディは肩をすくめる。「ほんの小さな粒やかけらがね。ときどき、自分はまだ生きていると錯覚している部分から小さな悲鳴があがる。あがっても、たちまち消えるんだが」

「ひどい話だ」ホッジズはつぶやく。

ブレイディは床に片膝をつく――SCAR《スカー》の銃身を片足の腿に置いてホッジズから狙いをはずさないまま。それからブレイディはホリーのコートの襟もとを引きおろして、タグに目を走らせる。「ここにはH・ギブニーとあるぞ。消えないインクでしっかり書いてある。几帳面だな。クリーニングに出しても消えない。身のまわりの品に気配りのできる人間は好きだよ」

ホッジズは目を閉じる。痛みがかなり激しくなっている――この痛みから逃れられるのなら、そして間もなく起こるはずの出来事から逃れられるのなら、もっているものすべてを差しだして一片の悔いもない。いや、ひたすら眠って眠って、さらに眠れるのなら、なにもかも差しだそう。しかしホッジズはふたたび目をあけ、おのれに鞭うってブレイディをにらむ――なぜならゲームは結末までプレイするものだからだ。そう、それが習いだ――ゲームは結末までプレイせよ。

「このあと四十八時間から七十二時間で、すごくたくさんのことをしなくちゃならなくてね、ホッジズ刑事。でも、とりあえずおまえの相手をするあいだだけは全部棚あげだ。どうかな、自分が特別だって気分になるかい？　なってもらいたいね。だって、おれにはまだまだおまえに借りがあるからだ――おれをあんなひどい目にあわせたことでね」

「最初におまえがわたしに手を出したことを忘れてもらっちゃ困る」ホッジズはいう。「ボールを転がしはじめたのはおまえだ——あの大法螺《おおぼら》だらけの馬鹿馬鹿しい手紙でね。わたしじゃない。おまえだ」

バビノーの顔——年配の性格俳優のようないかつい顔——がどす黒くなる。「ああ、それにも一理あるかもしれないが、いまはどっちが上にいるかを考えてみな。どっちが勝ったかをちゃんと見てみろよ、ホッジズ刑事」

「おいおい、あんまり頭がよくないばかりか、そんなおつむが混乱している少年少女たちを自殺に追いこむのが勝ちなら、ああ、おまえは勝者だろうよ。いわせてもらえば、そんなのはピッチャーから三振をとるのと大差ない、ちょろい仕事だと思うぞ」

「支配だよ！　おれは確実に相手を支配する！　おまえはおれをとめようとして、とめられなかった！　おまえには、そんなことができてんで無理だった！　ついでこの女にだってできなかったんだ！」ブレイディはホリーの体を横から蹴る。その体が力なく半回転して、いったん煖炉のほうをむき、また元のうつぶせにもどる。顔は血色をなくして灰色になり、目は眼窩の奥深くに落ちくぼんでいる。「それどころかこの女は、おれを前よりすぐれた人間にしてくれたぞ！　昔のおれなんか及びもつかない人間にね！」

「そのとおりなら……頼む、もうその人を蹴るのはやめてくれ！」ホッジズは叫ぶ。

ブレイディの怒りと昂奮が、バビノーの顔を紅潮させている。アサルトライフルを握った手に力がこもっている。ついでブレイディは気持ちを落ち着かせようというのか、深く息を吸いこむ。つづけてもう一度。それから微笑む。

「ミズ・ギブニーがおまえの弱みなんだな？」ブレイディはまたホリーを——今度は腰のあたりを——蹴る。「この女をファックしてたのか？ そういうことか？ ルックスはお粗末なもんだが、おまえくらい年寄りになると、あれこれ贅沢はいえず、あてがわれたもので満足するしかないんだろうよ。おれたちが昔よくいってた馬鹿な話を知ってるか？ 不細工女の顔は旗で隠して、星条旗に尽くすと思ってファックしろ、ってね」

ブレイディはまたホリーを蹴りつけ、ホッジズにむかって歯を剝きだしてみせる——その表情は笑みのつもりなのかもしれない。

「おまえはいつだっておれに、母さんとファックしていたのかを質問していたな——忘れたのか？ 何度も何度もおれの病室にやってきては、毎度毎度飽きもせず母さんとファックしていたのかとききやがった——母さんはおれのことを気にかけてくれた世界でたったひとりの人なのに。母さんがどれほどエロい格好をしてたかとか、ベリーダンサーみたいだったとか、いいたい放題だった。仮病をつかっているのかとおれにきいてきた。おれが苦しんでいることを、おまえがどれだけ強く望んでいるかもきかされた。そのあいだこっちはあそこにじっとすわって、全部きいてなくちゃならなかった」

ブレイディはまた、かわいそうなホリーを蹴るかまえをとっている。その気をそらそうとホッジズは話しかける。「そういえば看護師もいたな。セイディー・マクドナルド。あの看護師も、おまえが背中をつついて自殺に追いこんだのか？ そうなんだろう？

あれが最初だったんだな？」

　ブレイディはこれに気をよくしたらしく、バビノーがたっぷり金を注《つ》ぎこんだ見事な歯ならびをまた見せつける。「簡単だったよ。いつだって簡単なんだ——いったん相手の頭にはいりこんで、レバーを動かしはじめればね」

「どういうふうにするんだ、ブレイディ？　どうやって相手の頭のなかにはいる？　そもそも、どうやってサンライズ・ソリューションズ社から在庫の〈ザピット〉を買いとり、どうやって細工した？　そうだ、それからあのウェブサイト。あれもどうやったんだ？」

　ブレイディは笑う。「おまえは頭のいい私立探偵が頭のおかしい犯人にしゃべるだけしゃべらせて、助けが来るまでの時間稼ぎをするシーンがあるミステリーの読みすぎだな。いや、しゃべっているうちに殺人犯の注意が途切れて、その隙に探偵が犯人に組みついて拳銃を奪いとるような小説か。いわせてもらえば助けなんかやってこないし、いまのおまえでは銃を奪いとるどころか、金魚だってつかめそうもないじゃないか。そもそも、いまの質問の答えもあらかたわかってるはずだぞ。でなければ、ここへ来るはずはないもんな。フレディがすっかり吐いたんだろう。だったら——アニメの悪役のスナイドリー・ウィップラッシュみたいな台詞だが——あの女はその代償を払うことになる。いずれはね」

「ただしフレディは、あのウェブサイトのセットアップをしたのは自分ではないと話してるぞ」

「セットアップには、あの女は必要じゃなかった。全部おれが自分でやった――バビノーの書斎で、バビノーのノートパソコンをつかってね。二一七号室を離れて休暇としゃれこんだときに」

「だったらききたいんだが――」

「うるさい。さて、横のテーブルを見てくれるかな、ホッジズ刑事？」

ビュッフェテーブルのような桜材のテーブルは、いかにも高価な品に見えるが、天板には色褪せた輪染みがいたるところについている――コースターもつかわず無造作に置かれた無数のグラスがつくった染みだ。ここを所有している医者たちは手術室では几帳面かもしれないが、山奥に来るとだらしなくなる。いまテーブルには、テレビのリモコンと髑髏をかたどったペン立てがあるだけだ。

「抽斗をあけろ」

ホッジズはいわれたとおりにする。イギリス人俳優のヒュー・ローリーが表紙につかわれている大昔のテレビガイド誌の上に、ピンクの〈ザピット・コマンダー〉が置いてある。

「〈ザピット〉をとりだして電源を入れろ」

「断わる」

「それならそれでかまわないさ。おれがミズ・ギブニーを始末するだけだからね」ブレイディはSCAR《スカー》の銃身を下へむけ、ホリーのうなじに狙いをつける。「フルオート・モードでぶっぱなせば、この女の頭はたちまちちぎれるだろうよ。衝撃でぽんと飛んで、生首が煖炉にダイブするかな？　実地に試すか？」

「わかった」ホッジズはいう。「わかった、わかった、わかったから。やめてくれ」

それから〈ザピット〉をとりだし、本体上部にあるスイッチを押す。ウェルカム画面が表示される――画面に対角線を描くひと筆書きで赤いZの文字が浮かびあがり、たちまち画面を埋めつくす。画面をスワイプすればゲームにアクセスできる旨を知らされる。ホッジズはブレイディからうながされないうちに、画面をスワイプする。顔を汗がたらたらと流れ落ちていく。これほど体が熱くなったことはない。骨の折れた手首が脈にあわせてずきずきと疼く。

「〈フィッシン・ホール〉のアイコンは見つかったか？」

「見つかった」

いまここで〈フィッシン・ホール〉を起動させること以上に気の進まないことはない。しかし起動させなければ、すわったまま大口径の銃弾の奔流がホリーの頭をその痩せた体から断ち落としていくのをただ見ているだけとなったら？　起動させるしかない。それに以前どこかで、人が自分の意思にさからって催眠術にかかることはないという文章を読んだことがある。たしかにダイナ・スコットの〈ザピット〉を見ていて意識が遠のいたことは事実だが、あのときはなにが起こるかをまったく知らなかった。いまは知っている。だから、もしブレイディがこっちはもう催眠状態にはいったと思いこみ、しかし実際には目を覚ましていたら……それなら……もしかしたら……。

「いまでは、手順もすっかりわかっているだろうな」ブレイディはいう。その目は生き生きと輝いている――たとえるなら、これから蜘蛛の巣に火をつけて蜘蛛がどうするかを確かめようとしている少年の目だ。蜘蛛は逃げ道をさがして、燃えている巣をあちこちせわしなく走りまわる？　それとも、ただあっさり焼かれるだけか？「さあ、アイコンをタップしろ。魚が泳ぎだして音楽が鳴りはじめる。ピンクの魚をタップして、数字を足していけ。ゲームに勝つには百二十秒以内に百二十点を獲得する必要がある。もしおまえがゲームに勝ったら、ミズ・ギブニーの命を助けよう。しくじれば、このオートマティック銃の威力をふたりで実地に確かめられる。前にバビノーは、積みあげたコンクリートブロックが、この銃の射撃で砕け散っていく現場を目撃していたよ――それだけの銃が肉体になにをするのかを想像してみるといい」

「どうせわたしが五千点とっても、ホリーを生かしておくつもりなんかないんだろう？」ホッジズはいう。「おまえのそんな話は一瞬だって信じるものか」

バビノーの青い瞳が、さも怒ったかのように大きく見ひらかれる。「でも、信じなくちゃね！　だっていまのおれがこんなふうになれたのも、ひとえにいま前で床に倒れているこのクソ女のおかげなんだ！　なにもできなくても、せめて命を救うことはおれにもできる。といっても、脳味噌のなかで出血を起こして、いまごろもう死んでなければの話だな。さて、時間稼ぎはやめよう。そのくらいならゲームをプレイしよう。おまえの指がアイコンをタップした瞬間から、もち時間の百二十秒がはじまるぞ」

ほかにどうすることもできないまま、ホッジズはタップする。スクリーンが暗くなる。ついで、思わず目を細めてしまうほどまばゆく青い閃光がはなたれた次の瞬間、魚があらわれる。魚たちは右に左に、上に下にひらひら泳ぎ、縦にも横にもひらひら泳ぎ、そのたびに銀色のあぶくの筋が水面へあがっていく。そして素朴な音楽が流れはじめる
──《海のそば、海のそば、とってもきれいな海のそば……》。

しかし音楽はただの音楽ではない。別の言葉が混ぜこんである。さらに、青い閃光のなかにも言葉が隠してある。

「十秒経過」ブレイディがいう。「チクタク、チクタク！」

ホッジズは一尾のピンクの魚をタップするが仕留めそこなう。利き手は右──タップするたびに手首の痛みの疼きがますます悪化する。しかしその痛みも、いま体内で下腹部からのどまでを炎に炙《あぶ》られているような痛みの前には存在しないも同然だ。三回めのタップでようやくピンキーを──そう、ホッジズはピンクの魚をピンキーと呼ぶようになっている──つかまえる。魚は数字の5に変わる。ホッジズはそれを読みあげる。

「二十秒でたった五点か？」ブレイディがいう。「気合いをいれたほうがいいぞ、刑事さん」

ホッジズは目を左に右に動かし、上に下に動かしながら、これまでよりも早い手つき

でタップしていく。青い閃光が放たれても、もう目を細くすることもない——閃光に目が慣れたからだ。しかもどんどんゲームは簡単になってくる。魚は前よりも大きくなって、動きもゆったりしてきたようだ。音楽からは素朴さが薄れている。なぜだか堂々とした響きになったようだ。《きみとぼく、きみとぼく、どれだけ幸せになれるかな》。いっしょに歌っているのはブレイディの声か？　それとも、こっちが勝手にそう思っているだけか？　リアルか、それともヴァーチャルか？　そんなことを考える時間の余裕はない。本当に時の進みは矢のごとしだ。

つかまえた魚が7になり、つぎの魚は4になり、その次つかまえたのは——大当たり！——12になる。ホッジズは、「これで合計二十七だ」というが、計算はあっているだろうか？　だんだん数字が曖昧になってくる。

ブレイディは教えてくれず、「あと八十秒」というだけ。おまけにブレイディの声に、わずかな残響がともないはじめている——長い長い廊下の先からホッジズのもとに届いているかのように。その一方ですばらしいことが現実になりつつある——腹部の激痛が薄れはじめているのだ。

すごいぞ、とホッジズは思う。ぜひともアメリカ医師会に報告しなくては。

またピンキーを一尾つかまえる。この魚は2になる。たいしたことはない。しかし、まだ魚はいっぱいいる。まだまだお魚いっぱい泳いでる。

そのときだ——なにやら指のようなものが頭のなかで小刻みに震えているのが感じら

れてくる。思いすごしではない。いまホッジズは侵入されている。《簡単だったよ》先ほどブレイディは、看護師のセイディー・マクドナルドについてそう話していた。《いつだって簡単なんだ――いったん相手の頭にはいりこんで、レバーを動かしはじめればね》

いざブレイディの指がわたしのレバーにたどりついたらどうなる？

ブレイディが一気にわたしのなかへと飛び移ってくるんだ、バビノーの内部に飛び移ったみたいにして。ホッジズはそう思うが……いまやこの認識自体が、長い長い廊下のずっと先からきこえてくる声と音楽のようだ。長い廊下の端にあるのは二一七号室のドアで、そのドアはあいたままになっている。

だいたい、なぜブレイディがこんなことをしたがる？　なぜわざわざ、癌工場になった判明した肉体に住み着こうとする？　なぜなら、ブレイディはホリーを殺したがっているからだ。しかし拳銃で殺すのではない――あいつはそこまでわたしを信用していない。わたしの手を操って――手首が折れていようと関係なく――ホリーをくびり殺す気だ。そのあと残されたわたしは、自分の所業と正面から向きあうほかはなく……。

「上手になってきたじゃないか、ホッジズ刑事。まだ時間はたっぷり一分あるぞ。リラックスしてタップしつづけろ。リラックスしたほうが簡単にできるぞ」

声はもう長い廊下の先から響いてはいない――ブレイディはホッジズのすぐ目の前に立っているのに、声は遥か彼方の銀河系からきこえてくる。ブレイディが体をかがめ、真剣な面《おも》もちでホッジズの顔を見つめている。ただし、ふたりのあいだを何尾も魚が泳いでいる。ピンキー、青いの《ブルーイー》、赤いの《レッディー》。いまではホッジズが〈フィッシン・ホール〉のなかにいるからだ。ただし本当は〝釣り場《フィッシン・ホール》〟ではなく水槽で、ホッジズは魚だ。もうすぐ食べられてしまう。生きながら食われてしまうのだ。

「がんばれよ、ビリー・ボーイ、あのピンクの魚をタップしろ!」

あいつを頭のなかに入れちゃまずい――ホッジズは思う――だけど、あいつが押し入ってくるのを防げない。

いわれたとおりピンクの魚をタップ。魚は9に変わり、いまはもう頭のなかに感じているのは指ではない。精神に流入してくる他人の意識がまざまざと感じられる。水中に広がっていくインクのようだ。ホッジズは抵抗しようとするが、その一方では負けるのもわかっている。侵入しつつある相手の人格は、信じられないほど強い力をそなえている。

このまま沈んでいくんだ。〈フィッシン・ホール〉に沈んでいく。ブレイディ・ハーツフィールドのなかに沈んでしまう……。

《海のそば、海のそば、とってもきれいな海のそば……》

いきなりすぐ近くで板ガラスが砕け散る。その音につづいて、少年たちの陽気な歓声がわっとあがる。「これはみごとなホームラン!」

これがもたらした予期せぬ純粋な驚きが、ホッジズとブレイディをつないでいた精神の絆を叩き切る。ホッジズが椅子のなかでぎくりと体をのけぞらせて見あげると、ちょうどブレイディは驚きに目と口を大きくひらいたままソファへむけて身をひるがえしているところ。その拍子にベルトの背中側に短めの銃身部分だけが押しこまれていた三八口径のヴィクトリーモデル（丸く膨らんだシリンダーのせいで、中途半端にしかベルトに押しこめられなかったのだ）が抜け落ち、床に敷かれた熊の毛皮にぶつかって鈍い音をたてる。

ホッジズは一瞬もためらわない。すかさず〈ザピット〉を煖炉にほうりこむ。

「よせ、や、やめろ！」ブレイディは怒鳴りながらホッジズにむきなおり、SCARをかまえる。SCAR《スカー》をかまえる。「こ、このク、ク、クソったれ野郎め――」

ホッジズはいちばん手近な品をつかみあげる。三八口径ではなく陶器のペン立てだ。左手首にはなんの問題もないうえ、目標まではごく短距離。ホッジズはブレイディが他人から盗んだ顔にむけてペン立てを投げつける――それも力いっぱい。ペン立ては狙いどおりの場所に命中し、陶器の髑髏が粉々に砕ける。ブレイディがぎゃあっと悲鳴をあげる――苦痛の悲鳴でもあるが、おおむねはショックの悲鳴を――あげ、鼻からどっと血が流れだす。ブレイディがSCAR《スカー》をかまえようとしているのを見てとったホッジズは、両足を思いきりふりあげて一気に伸ばし――例の雄牛の角がまたしても臓物に深々と突き立てられるのを我慢しながら――ブレイディの胸部に両足を強く叩きつける。ブレイディは後方へよろけ、いったんはバランスをとりもどしたように見えるが、足載せ台につまずき、手足を広げて熊の毛皮に倒れこむ。

ホッジズはすかさず椅子から躍りでようとするが、エンドテーブルをひっくりかえしただけにおわる。ホッジズが床に膝をつく体勢をとると同時に、ブレイディは上体を起こしてSCAR《スカー》を手もとに引き寄せる。しかしブレイディがSCAR《スカー》を水平にかまえてホッジズに狙いをつけるよりも先に一発の銃声が轟き、ブレイディがまた悲鳴をあげる。今回の悲鳴は完全に痛みだけの悲鳴だ。そしてブレイディは信じられない顔で自分の肩を見つめる——シャツに穴があいて、どくどくと血があふれだしている。

ホリーが体を起こしている。左目の上に醜悪な痣《あざ》ができている——フレディ・リンクラッターの痣とほとんどおなじ場所だ。左目は血をたたえて真っ赤になっているが、右目はすっきり澄んで、意識がしっかりしていることをうかがわせる。いまホリーは三八口径のヴィクトリーモデルを両手でかまえている。

「もう一発！」ホッジズは怒号する。「つづけて撃つんだ、ホリー！」

ブレイディが——片手で肩の銃創を押さえ、反対の手でSCAR《スカー》をつかみ、信じがたい気持ちに腑抜《ふぬ》けたような顔になりながら——一気に体を起こすと同時に、ホリーがふたたび引金を引く。今回の弾丸は狙いよりも高くそれ、煖炉で燃えさかる炎の上にある自然石づくりの煙突にあたって跳ね返る。

「撃つな！」ブレイディは頭を低くしながら叫ぶ。叫びながら、同時にSCAR《スカー》をもちあげてかまえようとしている。「撃つんじゃないぞ、このクソアマ——」

ホリーが三発めを発射する。ブレイディが着ているシャツの袖が痙攣するようにはためき、ブレイディが疳高《かんだか》い悲鳴を洩らす。ホリーがまたブレイディの腕か肩に命中させたのかどうかは、ホッジズにはわからない。しかし、少なくともブレイディを足どめしていることは確かだ。

ホッジズは立ちあがると、またしてもオートマティック・ライフルをもちあげようとしているブレイディに走って体当たりしようとする。しかし、いまのホッジズにはのろのろと足を引きずる小走りが精いっぱいだ。

「邪魔！」ホリーが大声でいう。「ビル、そ、そこにい、い、いたら邪魔、邪魔よ！」

ホッジズはあわてて床に膝をついて頭をかかえこむ。ブレイディは身を翻《ひるがえ》して走りだす。三八口径の銃声が響く。ブレイディの右三十センチのところにあるドアフレームから木屑が飛び散る。次の瞬間にはブレイディの姿はない。正面玄関の扉があく。たちまち冷たい空気が吹きこんで、煖炉の炎が昂奮にちらちらと揺れる。

「しくじった！」ホリーが悲しげに声をあげる。「わたしったら馬鹿で役立たず！わたしったら馬鹿で役立たず！」いいながらヴィクトリーモデルを床に落とし、自分で自分の頰を平手打ちする。

ホッジズはホリーが重ねて自分を平手打ちする前に手を押さえ、その横に膝をつく。

「そんなことはないぞ。一発はあいつに命中したし、もしかしたらもう一発も当たっていたかもしれない。きみがいたからこそ、ふたりとも死なずにすんだんだ」

しかし、あとどのくらい生きていられるだろう？　ブレイディの手にはいまもまだあのオートマティック銃があり、予備の弾倉を一、二本は用意しているだろう。先ほどブレイディはSCAR《スカー》17Sにはコンクリートブロックを破壊するだけの威力があると話していたが、あれは決して誇張ではない。以前に似たようなタイプのアサルトライフルであるHK四一六がまさしくその言葉どおりの威力を発揮するのを、ヴィクトリー郡の原野地帯にある私営の射撃演習場で目にした経験がある。演習場へはパートナーのピートといっしょに行き、帰り道ではHKをぜひとも警察の制式銃器にするべきだなどと冗談に興じた。

「これからどうするの？」ホリーがたずねる。「わたしたち、これからどうするの？」

ホッジズは三八口径を拾いあげ、シリンダーを振りだして確かめる。残りは二発――しかし、この三八口径が有効なのは近距離の場合だけだ。ホリーは少なくとも脳震盪《のうしんとう》を起こしているし、ホッジズ自身は行動能力をすっかり奪われたも同然だ。苦い真実を述べるならこうだ――ふたりにはチャンスがあったが、ブレイディは逃げた。

ホッジズはホリーをハグして答える。「それがわからないんだ」

「どこかに隠れたほうがよくない？」

「隠れても無駄に思えてね」ホッジズはそう答えるが理由は明かさないし、ホリーから理由を問われずにすんでほっとする。なぜ無駄に思えるかといえば、いまも頭のなかにわずかながらもブレイディが残っているからだ。長く残ることはなさそうだが、少なくとも当面はこれが自動追尾装置《ホーミング・ビーコン》となって、こちらの現在地をブレイディに教えるのではないか、と思えてならない。

32

ブレイディは現実を信じられない気持ちに目を見ひらき、バビノーの六十三歳の心臓が胸の奥で激しい鼓動を刻むなか、脛《すね》までの深さの雪のなかをよろめき歩いている。舌に金属の味がして、肩は燃えているように感じられ、一定の間隔をおいて頭のなかでひたすらループしている思考はといえば、《あのクソアマ、あのクソアマ、こすっからくて卑怯なクソアマ、こんなことなら最初のチャンスでぶち殺しておけばよかった》というもの。

〈ザピット〉も消えた。昔からの頼れる〈ザピット・ゼロ〉——しかも、ここへもってきたのはあの一台だけだ。〈ザピット〉がなくては、いま〈ザピット〉を起動させているたくさんの連中の精神にも接触できない。いまブレイディは刻々と風が強まって雪が叩きつけるように降るなかで、〈ヘッズ&スキンズ〉の正面玄関前にコートも着ずにたたずんでいる。Zボーイの車のキーは、SCAR《スカー》の予備の弾倉ともどもポケットにあるが、車のキーがなんの役に立つ？　あのぽんこつでは、最初の丘までの半分も行かないうちに立ち往生が関の山だ。

　ふたりを殺すしかない——ブレイディは思う——ふたりに借りがあるからだけではない。ホッジズがここへ来るのにつかったＳＵＶだけが、ここから外界へもどるための手だてだからだ。車のキーはホッジズかクソアマがもっているはず。車内に置いてある可能性もなくはないが、あいにくいまは可能性に賭ける余裕はない。

　それに、あのふたりを生きたまま置いていくことになる。

　なにをなすべきかはわかっている。ブレイディは銃のセレクターを《フルオート》にあわせ、怪我をしていないほうの肩にＳＣＡＲ《スカー》の床尾を載せて射撃を開始する。銃身を左右に動かしながら撃つが、ふたりを残してきたあの広い居間に集中して弾丸を浴びせることは忘れない。

　夜の闇を銃口炎が照らし、速いペースで降る雪片を断続的なストロボ撮影の写真に変えていく。立てつづけに重なりあって響く銃声は耳がつぶれそうなほどだ。窓ガラスがつぎつぎに内側へと爆発するように砕ける。ファサードから剝がれて跳ねあげられる羽目板は蝙蝠《こうもり》そっくりだ。先ほど戸外へ脱出したときに半分あけたままにした正面玄関のドアは、いったん限界まで内側に叩きつけられたあとで跳ね返り、ふたたび奥へ押しこめられる。バビノーの顔はねじくれ、ブレイディ・ハーツフィールドという男の本質すべてといえる歓喜にあふれた憎悪の表情になっている。そしてブレイディは、背後からエンジンともスチール製のキャタピラともつかないものの音がぐんぐん迫っていることには気づいていない。

33

「伏せろ！」ホッジズは叫ぶ。「ホリー、伏せるんだ！」

ホッジズはホリーが指示に従うかどうかを確かめもせず、ただホリーを上から押しつぶすように体を伏せ、ホリーを体でカバーしようとする。ふたりの頭上では、材木の細片やガラスの破片や煙突の自然石の小さなかけらが乱れ飛び、居間に嵐が来たようなありさまだ。壁に飾ってあった箆鹿《へらじか》の頭部が落ちて、煖炉の炉床に転がりこむ。ガラスの目玉の片方がウィンチェスター製の弾丸で砕かれたせいで、鹿がふたりにウィンクをしているようにも見える。ホリーが悲鳴をあげる。ビュッフェテーブル上の酒瓶が半ダースほど割れて、あたりにバーボンとジンの強烈なにおいが立ちこめる。さらに一発の弾丸が煖炉で燃えていた薪に命中してまっぷたつに叩き割り、嵐のような火の粉を舞いあげる。

あいつの手もちの弾倉が一本だけでありますように——ホッジズは祈る。あいつが狙いを低くつけるのなら、弾丸はホリーではなくわたしに命中しますように。とはいえ三〇八ウィンチェスター弾が自分に命中すれば、ふたりの肉体をやすやすと貫通するだろう し、ホッジズもそのことは知っている。

銃撃がやむ。再装塡中か？　それともブレイディが気絶したのか？　リアルか、ヴァーチャルか？

「ビル、降りてくれない？　息ができなくって」

「このままがいい」ホッジズはいう。「わたしは――」

「あれはなに？　あれはなんの音？」ホリーはそういってから、質問に自分で答える。「だれかが来るみたい！」

耳がいくぶん効くようになってきて、ホッジズにもその音がきこえてくる。最初はサーストンが話していたスノーモービルを、〈サーストン・ガレージ〉の孫息子が走らせてきたのかと思う――だとすれば孫息子は聖書の〝善きサマリア人《びと》〟を演じようとしながら、たちまち無残に殺されてしまいそうだ。いや、ちがうかもしれない。近づいてくるエンジン音は、スノーモービルにしてはずいぶん重々しい。

ガラスの割れた窓から、黄色がかった白い光が洪水のように流れこんでくる――警察ヘリコプターの投光器の光のようだ。しかし、やってきたのはヘリコプターではない。

34

予備の弾倉を所定の位置に押しこめているそのさなか、ブレイディはようやく背後から近づいてくる車輛のうなり音と金属音に気がつく。あわてて身を翻す——撃たれた肩が虫歯のように激しく痛む——のと同時に、別荘に通じている道路の先に巨大なシルエットが出現する。ヘッドライトに目がくらむ。いまだ正体不明の車輛が金属音をたてるキャタピラで背後に雪を跳ねあげながら、銃撃を食らった別荘へ着実にずんずんと近づいてくると、ブレイディの影がまばゆく輝く雪上で躍るように長く延びていく。いや、別荘にだけ接近しているわけではない。ブレイディにも接近しつつある。

ブレイディが引金を一気に引き、ふたたび雷鳴のような銃声が轟きわたる。いまではブレイディにも、これが回転するキャタピラの上に鮮やかなオレンジ色のキャビンが載っている雪上車の一種だとわかる。フロントガラスが銃撃で砕け散るなり、雪上車を運転していた人物が身の安全を求めて、車体側面のひらいたままになっていた運転席のドアから一気に外へ身を躍らせる。

巨大な怪物めいた雪上車はなおも進みつづけている。ブレイディは走ろうとする——

しかし、高価なローファーが雪に滑る。ブレイディは両手をめったやたらにふりまわしつつ、近づくヘッドライトを見つめたまま仰向けに倒れる。オレンジ色の侵入者は、いまやブレイディにのしかからんばかり。みるみるうちに、回転をつづけるスチール製のキャタピラがぐんぐん迫る。ブレイディはキャタピラを押し退《の》けようとする——自分の病室でブラインドや寝具やバスルームのドアなどを押すような手つきで。しかし、しょせんは突進してくるライオンを歯ブラシ一本で払いのけようとするようなもの。ブレイディは片手をあげつつ、空気を吸いこんで悲鳴をあげようとする。しかしまだ悲鳴があがらないうちに、タッカー・スノーキャットの左キャタピラがブレイディの胴の中央に乗りあげ、腹部をぱちんと弾けさせる。

35

間一髪で救出に姿をあらわした人物の正体について、ホリーは一片の疑いもいだいていない。ホリーは一瞬もためらわずに、弾痕だらけになっている玄関ホールを通り抜け、正面玄関を走り抜け、そのあいだ相手の名前を何度も何度も叫ぶ。そして立ちあがったジェロームは、だれかに粉砂糖をふりかけられたようなありさまだ。ホリーは嗚咽《おえつ》を洩らしながら同時に笑い声をあげ、ジェロームの腕のなかに身を投げる。

「どうしてわかったの？　なんでここへ来なくちゃいけないってわかったの？」

「いや、わかんなかったよ」ジェロームはいう。「理由はバーバラさ。これから家に帰るって電話で連絡したら、バーバラがいうんだ。ビルとホリーのあとを追わなくてはだめだ、さもないと、ふたりともブレイディに殺されるって……ただしバーバラはあいつを〝声の男〟って呼んでたけどね。とにかく半狂乱になってたよ」

ホッジズは頼りない足どりでのろのろとふたりに近づいているところだが、ふたりの会話はもうきこえていて、そこからバーバラがホリーに、例の自殺声がまだ頭に残っていると話していたことを思い出している。汚い粘液の痕――バーバラはそういったという。いまとなればホッジズにも、バーバラの話していたことが理解できる。自分の頭のなかにも、ブレイディが残した忌まわしい〝思考の鼻汁〟が少し残っているからだ――少なくともいましばらくは。もしかしたらバーバラには、ブレイディが待ち伏せしていると悟れる程度の精神の絆がまだ残っていたのかもしれない。

いや、ただの〝女の直観〟というやつかもしれない。意外かもしれないが、ホッジズは〝女の直観〟を信頼してさえいる。昔かたぎの男だからだ。

「ジェローム」呼びかけた名前は、いがらっぽいしゃがれ声。「やるじゃないか」そこで膝が根負けする。ホッジズはくずおれる。

ジェロームはホリーの鉄のハグから身を引き剝がし、ホッジズが倒れる前に片腕で体をささえる。「大丈夫？……って、大丈夫じゃないのはわかるけど……でも、撃たれてない？」

「ああ、撃たれてはいないよ」ホッジズは自分の片腕をホリーの体にかける。「きみがいいつけに逆らってここへ来ることくらい、予想していて当然だったのにな。なにせ、きみたちふたりとも、わたしのいうことなど気にもとめないんだから」

「だって、最後のコンサートの前にバンドを解散させちゃうわけにいかないし」ジェロームはいう。「さて、あなたをあの雪上車に――」

三人の左からけだものの声がする――のどをごろごろと鳴らすようなうめき声、言葉になろうと四苦八苦しながらも言葉にならない声。

ホッジズはこれまでの人生で感じたことのないほど疲労困憊《こんぱい》しているが、それでもうめき声の方角へ足を進める。なぜなら……。

そう、なぜなら。

ここへ来る途中でホリーと話したときにつかった表現はなんだったたか？　たしか……〝決まりをつける〟ではなかったか？

ブレイディが乗っ取った肉体は、背骨があらわになるほどぱっくりとひらいている。臓物が体のまわりにすっかりあふれだして、赤き竜《レッド・ドラゴン》の翼のようだ。湯気をあげる血だまり……その血がどんどん雪に吸いこまれている。しかし目はまだあいていて、しっかりした意識が見てとれる……そしてホッジズはいきなり、あの指の存在をまた感じとる。

今回指はただのんびりさぐっているだけではない。今回指は、なんでもかんでもかきあつめようと必死になっている。ホッジズはブレイディの指をなんなく排出する――かつて病室の床にモップをかけていた清掃スタッフが、ブレイディという存在をあっさり押しだしたように。

ホッジズはブレイディを西瓜《すいか》の種のように吐きだす。

「助けてくれ」ブレイディはささやく。「助けてくれるよな」

「おまえはもう助けられる状態じゃない」ホッジズはいう。「おまえは轢かれたんだよ、ブレイディ。とんでもなく重い車にね。これでおまえにも、重い車に轢かれる人間の気分がわかったわけだ。そうだろう？」

「痛いよ」ブレイディはささやく。

「そうだろうな」ホッジズはいう。「さぞや痛いだろうよ」

「助けてくれないなら、いっそ撃ってくれ」

ホッジズが片手を差し伸べると、ホリーが手術室で執刀医にメスをわたす看護師そっくりの手つきで三八口径のヴィクトリーモデルを手わたす。ホッジズはシリンダーを振りだして、残っている二発の弾薬のひとつを抜きとり、ふたたびシリンダーをおさめる。いまでは全身が地獄のように激しく痛んでいるが、ホッジズは雪上に膝をつき、父のものだった拳銃をブレイディの手に押しつける。

「自分でやれ」ホッジズはいう。「それが昔からの望みだったんだろう？」

ジェロームはすぐ脇に控えている──最後に一発だけ残る実弾をブレイディがホッジズにつかおうとした場合にそなえているのだ。しかしブレイディはそんなことをしない。銃を自分の頭に突きつけようとしている。しかし、できない。腕はひくひく痙攣するだけで、まったく動かないからだ。その口からまたうめき声が洩れる。下唇を乗り越えて鮮血があふれ、クラウンをかぶせたフェリックス・バビノーの歯のあいだからも滲みだす。このありさまだけを見れば、こいつを憐れに思ってもおかしくない──ホッジズは思う──この男が市民センターでなにをやったのかを知らず、ミンゴ・ホールでなにを企んでいたのかを知らず、きょうこの男が稼働させた自殺マシンでなにを目論んでいたかを知らなければ、だ。筆頭の専門操作員がこんなありさまになったいま、その自殺マシンの動きも遅くなり、やがて完全に停止するだろう。しかし完全停止までに、まだあと数人の寂しき若者を飲みこむことになりそうだ。その点には確信がある。自殺は決して苦痛のないものではないかもしれないが、伝染性をそなえていることはまちがいない。

ああ、こいつが怪物でさえなければ、憐れに思っただろうよ──ホッジズは思う。

ホリーがひざまずいてブレイディの片手をもちあげ、銃口をこめかみにあてがってやる。「さあ、ミスター・ハーツフィールド。あとは自分でやってもらうしかないわ。あなたの魂に神さまのお恵みがありますように」

「おれはそんなことを祈りたくないね」ジェロームはいう。ぎらぎらとまぶしいスノーキャットのヘッドライトの光を浴びて、ジェロームの顔はまるで石だ。

それから長いあいだ、音といえば雪上車の巨大なエンジンのうなりと、雪嵐〈ユージェニー〉の強まりつつある風の音だけだ。

ホリーがいう。「無理ね。あいつの指は引金にかかってもいないし。わたしにはできないから、どっちか手伝って――」

そこに響きわたる銃声。

「これがブレイディ最後のマジックか」ジェロームはいう。「びっくりだ」

36

いまのホッジズでは、どう考えてもエクスペディションまで引き返すのは無理だ。しかしジェロームは、スノーキャットの運転台の助手席に自力でホッジズを運びあげることができる。ホリーはホッジズの隣、あけたままのドアの外側に陣どり、ジェロームは運転席にすわってギアを入れる。ジェロームはいったん雪上車をバックさせ、さらにバビノーの遺体を避けるために大きな輪を描いて走らせながら、とにかく最初の丘を越えるまでは地面を見ちゃいけない、とホリーに釘を刺す。

「キャタピラが血の痕を残してるからね」

「おええぇっ」

「同感」ジェロームはいう。「同感だよ、まじで〝おええぇっ〟だ」

「サーストンはスノーモービルを貸そうといってくれたんだ」ホッジズは口をひらく。

「でもこんなシャーマン戦車みたいなしろものがあるとは、ひとこともいってなかった」

「これはタッカー社がつくったスノーキャットという雪上車。あなたは保証金代わりにマスターカードを店に置いてきたりしてないよね？　いうまでもなく、ぼくはすばらしき愛車のジープ・ラングラーも置いてきた――ちなみにあの車でも、ありがたいことにぼくを街からこんな草深い田舎まで運んでくれたよ」

「あいつは本当に死んだの？」ホリーが疑問を口にする。疲れきった顔がホッジズの顔を見あげ、ひたいにできている大きなこぶは脈にあわせてぴくぴく動いているようにさえ見える。「本当に、確実に死んだ？」

「やつが自分で自分の脳味噌に弾丸を撃ちこむところを見たじゃないか」

「ええ。でも、あれで本当に死んだ？　本当に、確実に死んだの？」

ここで口に出したくないのは、〝いや、いまはまだ断言できない〟という答えだ。あの男が何人の頭に粘液の痕を残したかはわからないが、人間の頭脳が驚異的な治癒力を発揮して粘液の痕をすっかり消すまでは断言できない。しかし、あと一週間……長くても一カ月で、ブレイディはきれいに消滅するだろう。

「ああ、そのとおり」ホッジズは答える。「それから、ホリー。テキストメッセージの着信音をあれに設定してくれたことに礼をいうよ。ほら、ホームランに大喜びする男の子たちの声に」

ホリーは微笑む。「で、なんだったの？　どんなメッセージ？」

ホッジズは苦労してコートのポケットから携帯をとりだし、メッセージをチェックしてから、「うっかりしてたぞ」といって笑いだす。「完璧に忘れてた」

「なんなの？　ねえ、見せて見せて見せて！」

ホッジズは携帯を傾けて、娘のアリスンがカリフォルニア――いまの時間なら太陽がさんさんと輝いているはずの地――から送ってきたメッセージをホリーにも読めるようにしてやる。

ハッピーバースデイ、お父さん！　七十歳にしてますます元気いっぱい！　急いでマーケットに行かなくちゃならない。あとで電話するね。XXX《キスキスキス》。アリー

ジェロームがアリゾナからこっちへ帰ってきてから初めて、タイロン・フィールグッド・デライトが出現する。「ミスタア・ホッジズ、あんたこぉんな年寄りだったか？　嘘だべ。どう見たって、あんた、六十五より一日《いちんち》だって年とってねえ！」

「やめなさい、ジェローム」ホリーがいう。「あなたが楽しんでるのはわかるけど、その手の話し方って無学で愚かしくきこえるだけよ」

ホッジズは笑う。笑うと体が痛むが、それでも笑いをこらえられない。そのあと〈サーストン・ガレージ〉まで、ホッジズはしっかり意識にしがみついている。それどころか、ホリーが火をつけてまわしてくれたマリファナタバコを浅く数口だけ吸いもする。闇が忍び寄ってくるのはそのあとだ。

いよいよその瞬間にちがいない——ホッジズは思う。

自分にハッピーバースデイ——ホッジズは思う。

ついで意識が消える。

後日

四日後

かつてのパートナーとくらべると、ピート・ハントリーはカイナー記念病院にほとんどなじみがない——元パートナーのホッジズは、この病院に長期入院していたあとで最近世を去った某患者のもとに足しげく通っていた。そのホッジズが入院している病室にたどりつくまでに、ピートは二段階の道案内を必要とする——最初は病院の正面玄関の案内デスク、もう一回は腫瘍科のデスクだ。いざたどりついた病室は無人。ただし、風船の紐がベッドの片方のサイドレールに縛りつけてあって、《ハッピーバースデイ、父さん》という文字入りの風船がいくつも天井近くにふわふわ浮かんでいる。

ひとりの看護師が病室をのぞきこみ、だれもいないベッドをぽかんと見ているピートの姿を目にとめて微笑む。

「廊下のつきあたりのサンルームです。みなさん、あっちでちょっとしたパーティーをしてます。まだ間にあうはずですよ」

ピートは廊下を歩いていく。サンルームには天窓があり、鉢植えの植物がふんだんに配されている。患者の気持ちを明るくするためか、酸素を多めに供給するのが目的か、おそらくは両方だろう。壁のひとつのすぐそばで、四人のグループがカード遊びをしている。ふたりは頭髪が一本もなく、ひとりは腕に点滴の針を刺したままだ。ホッジズは天窓の真下にいる——いまは友人たちにケーキを切り分けているところ。ホリーとジェローム、それにバーバラ。カーミットことホッジズはひげを伸ばすことにしたらしい。そのひげはいま雪のように白くなり、それを見てピートはふと、自分の子供たちを連れてショッピングモールに行ったおりに会ったサンタクロースのことを思い出す。

「ピート！」ホッジズが笑みに顔をほころばせて声をかけてくる。立ちあがりかけたホッジズにピートは手をふって、すわったままでいろと伝える。「さあ、こっちにすわってケーキを食べるといい。アリーが〈バトゥールズ・ベーカリー〉で買ってきたんだ。あの店は子供時代からのあの子のお気に入りでね」

「その娘さんはいまどこに？」ピートはたずねながら椅子を引きずって、ホリーの隣に腰をすえる。ホリーはひたいの左側に繃帯を巻いている。バーバラの足にはギプス。まったくの無傷で元気なのはジェロームだけだが、この若者が狩猟用の別荘でハンバーグ用の挽肉にされかけて、からくも助かったことはピートも知っている。

「あの子はけさ西海岸へ帰っていった。二日の休みをとるだけでも精いっぱいだったんだ。ただ三月には三週間の休暇をとっていて、またこっちへ来ると話してる。わたしがあの子を必要とすればの話だが」

「で、体の具合はどうなんだ？」

「わるくない」ホッジズはいう。ホッジズの目が上をむき、つづけて左を見るが、それもほんの一瞬だ。「癌の専門医が三人も担当してくれてる。最初の検査結果が出てきたが、数字は良好だよ」

「それはよかった」ピートはホッジズがさしだしているケーキを手にとる。「おいおい、これは大きすぎるぞ」

「男なら雄々しくたいらげろ」ホッジズはいう。「それで、おまえとイザベルのあいだのことだが――」

「なんとか関係修復だ」ピートはいい、ケーキをひと口食べる。「こりゃいける。血糖値に気合いを入れるなら、クリームチーズをまぶしたキャロットケーキにまさるものなしだ」

「では、退職祝いのパーティーは……？」

「延期だよ。公式には中止になってはいないんだ。おれはいまでも、おまえさんが乾杯の音頭をとってくれるのをあてにしてるぞ。それから、忘れてないと思うが――」

「ああ、わかってる。別れた奥さんといまのご亭主も呼ぶという話だろう？　そんなに無茶な話でもない。わかった、わかったから」

「ま、とりあえず話をはっきりさせておきたかっただけだ」大きすぎたケーキのスライスは小さくなりつつある。ケーキがたちまち食べられていくようすを、バーバラがうっとり見ている。

「わたしたち、面倒なことになってる？」ホリーがたずねる。「どうなの？　なってる？」

「それはない」ピートは答える。「その心配はゼロだ。というか、きょうはその話をきかせたくてここへ来たんだ」

ホリーは安堵のため息をつきながら――そのため息でひたいにかかっている白髪まじりの前髪が払われる――椅子にすわりなおす。

「おおかたバビノーに全責任をおっかぶせたんじゃないのか」ジェロームがいう。

ピートはプラスティックのフォークをジェロームにむける。「いかにも真実じゃ、おぬしの言葉はの、若きジェダイの騎士よ」

「興味があるかもしれないからいっておくけど、ヨーダの声は有名なパペット操作師のフランク・オズが担当してるの」ホリーはそういうと一同を見まわす。「まあ、わたしには興味がある話だけど」

「おれはこのケーキのほうに興味があるな」ピートがいう。「もうちょっともらえるか？　ほんの薄いひと切れでいいんだが」

バーバラが切り分け役を引き受ける。切ったケーキは薄いひと切れどころではないが、ピートは文句をいわずにひと口食べてから、バーバラに調子はどうだとたずねる。

「元気だよ」バーバラ本人が口をひらくよりも先に、兄のジェロームが代わって答える。

「こいつ、彼氏ができたんだ。デリース・ネヴィルっていう名前の男の子。バスケットボールのスター選手だよ」

「よしてよ、ジェローム。あいつは彼氏じゃないし」

「でも、いかにも彼氏っていう感じで、うちに来るじゃないか」ジェロームがいう。

「おまえが足を折ってから、ぼくは毎日あいつと話してるぞ」

「わたしたちには話したいことがたくさんあるの」バーバラがすました口調でいう。

ピートが口をはさむ。「話をバビノーにもどそう──病院の管理部が保管していた防犯カメラの映像を調べたところ、妻が殺害された夜、バビノーが裏口から病院にやってくる姿をとらえた映像があった。そのあとバビノーは施設課職員に変装した。たぶん職員のロッカーを勝手にあけたんだろう。で、そこを離れて十五分か二十分ばかりしてから、おなじ場所にもどってきた──それから来たときの服に着替えて、病院から出ていき、それっきり二度と病院には来ていない」

「ほかの映像はなかったのか？」ホッジズはたずねる。「たとえば〈刑務所《バケツ》〉の映像は？」

「あるにはあったが、あいつの顔がはっきり映ってなくてね。グラウンドホッグズの野球帽をかぶってるんだ。ハーツフィールドの病室にはいっていくシーンの映像はない。いかにも法廷で被告弁護人が有利につかいそうな映像だよ。ま、そうはいってもバビノーが公判で法廷に立たされることはないわけで──」

「だれもそんなことは気にかけちゃいない、というわけだ」ホッジズが引き継ぐ。「そのとおり。市警察も州警察も、みんな喜んでやつに全部の罪を負わせようとしてる。イジーはそれで満足だし、おれだって満足だ。そりゃ、おれとおまえさんの仲間内だけの場だったら、森のなかで死んだのは本当にバビノーだったのかと、おまえさんに質問することもできなくはないさ。でも本音をいえば、答えは知りたくないね」

「だったら、〈図書室《ライブラリー》アル〉はその構図のどこにどうあてはまる？」ホッジズはたずねる。

「あてはまらない」ピートは紙皿をわきへ動かす。「アルヴィン・ブルックスはゆうべ自殺した」

「なんだって……」ホッジズはいう。「郡の拘置所にいるあいだにか？」

「ああ」

「自殺防止の監視態勢をとってなかったのか？　これだけの事件のあとなのに？」

「監視態勢はとっていたよ。収監者は切ったり刺したりする道具をいっさいもちこんでいないことになってるが、アルヴィン・ブルックスはどうにかしてボールペンを所内にもちこんでいた。看守がわたした線もないではないが、おおかたほかの収監者だろうな。やつは監房の壁という壁や簡易寝台や、はては自分の体にもひたすらZの文字を書いて書いて書きまくったのち、ボールペンの金属製インクカートリッジだけを抜きだして、それを──」

「もうやめて」バーバラがいう。上の天窓から射しこむ冬の日ざしを受けて、その顔はかなり青白い。「きかなくても見当はつくから」

ホッジズはいう。「では、どう考えられているんだ？　アルはバビノーの共犯者だったと？」

「バビノーの影響を強くうけたというところか」ピートはいう。「まあ、ひょっとしたら、ふたりともまた別の人物の影響下にあったのかもしれないが、そっち方面に進むのは控えよう。いいな？　いまここで集中するべきなのは、おまえさんたち三人にはまったくなんのおとがめもなし、ってことだ。まあ、今回は感謝状もないし、市バスの無料パスみたいな特典も――」

「それはいいんだ」ジェロームがいう。「どっちみちぼくとホリーがもらった市バスの無料パスは、有効期間がまだ四年は残ってるし」

「でも兄さんはいまじゃこの街にほとんどいないんだから、パスもつかわないよね」バーバラがいう。「だったら、わたしがもらおうかな」

「ところが、他人への譲渡は無効なんだな」ジェロームは得意げにいう。「だからぼくがもっていたほうがいい。妹のおまえを法律の面倒に巻きこんだら困るからね。それに、もうじきおまえはデリースといろんなところへ出かけるようになる。ま、浮かれてあんまり遠くまで行きすぎないように気をつけろ……って、そういえば意味はわかるな？」

「なにガキみたいなこといってるんだか」バーバラはピートにむきなおる。「で、結局、自殺事件は何件あったの？」

ピートはため息をつく。「過去五日間で十四件以上。そのうち九人の手もとに〈ザピット〉があった――いまその〈ザピット〉はもちぬし同様に死んでる。いちばん年長は二十四歳、最年少は十三歳。またひとりの少年は――ご近所の人の話によれば――宗教がらみで、かなり異常な家庭の子供でね。なんでも、そのうちの宗教の前ではキリスト教原理主義すらリベラルに見えるらしい。この少年は両親と弟を道づれにした。ショットガンで」

五人はひととき無言になる。左側のテーブルでは、なにかがおかしかったのか、カード遊びに興じている四人が爆笑する。

沈黙を破るのはピートだ。「それ以外に、未遂案件が四十件以上あった」

ジェロームが驚きに口笛を吹く。

「ああ、気持ちはわかる。この件は新聞には出ていないし、テレビやラジオも知らぬ顔を決めこんでる。あの〈殺人と暴力《マーダー＆メイヘム》〉ですらだ」これは警察がWKMMという独立系ラジオ局につけたニックネームだ――この局は《血が流れたらトップニュース》をモットーにしている。「でも、この手の自殺未遂はまわりまわってソーシャルメディアのおしゃべりで明かされると決まってるし、それがまた新しい自殺の引金になる。あの手のサイトが憎いよ。でも、いずれはおさまる。自殺の多発現象は決まって収束するんだ」

「そのうちにだ」ホッジズはいう。「しかしソーシャルメディアがあろうとなかろうと、ブレイディがいようといまいと、自殺は確固とした現実だよ」

いいながらホッジズはカード遊びのテーブルのほうに目をむける――なかでも、髪の毛のないふたりに。ひとりは元気そうだ（ホッジズ自身を元気そうだといえるのなら）が、もうひとりはげっそりとやつれ、目が深く落ちくぼんでいる。ホッジズの父親なら、右足を墓穴に突っこみ、左足でバナナの皮を踏んでいると評するところだ。いっしょに頭にこみあげてきた思考はあまりにも複雑で――あまりにも多くの怒りと悲しみの混合物をはらんでいるので――言葉ではとても説明できない。ある人たちが魂を売ってでも手に入れたがってるものを――つまり、苦痛と無縁の健康な肉体を――あっさり無頓着に浪費してしまう人もいる、という思いだ。なぜそんなことをする？　なぜなら、そういった人たちは目をふさいでいるか、怯えの感情があまりにも強いか、あるいは自分のことだけで手一杯であるせいで、地球がつくる暗いカーブの先にある次の夜明けを見通せずにいるからだ。次の夜明けはかならず訪れる――人が息を吸っているかぎり。

「ケーキのお代わりは？」バーバラがたずねる。

「もうけっこう。そろそろ引きあげるよ。でも帰る前に、そのギプスにサインさせてもらえるか？」

「喜んで」バーバラはいう。「気のきいた文句もいっしょに書いてね」

「ピートがもらってる給料は、そんな高尚な仕事はカバーしてないぞ」ホッジズが口をはさむ。

「口をつつしめや、カーミット、、、」ピートはそういうと、いままさに求婚しようとする男そっくりに床にひざまずき、慎重な手つきでバーバラの足のギプスにサインを書きこむ。書きおわると立ちあがり、ホッジズに目をむける。「さてと、そろそろ体調について本当のところをきかせてもらおうか」

「すこぶる快調だよ。痛みを抑えるパッチを貼っていて、錠剤よりもずっとよく効いてる。それにあしたには退院の予定だ。自分のベッドで寝るのがいまから楽しみだ」いったん間を置いてから、こうつづける。「こいつに勝ってやるよ」

ホリーがあとから追いかけると、ピートはエレベーターを待っている。

「ビルはすごく喜んでた」ホリーはいう。「あなたがこうして来てくれたことや、いまもまだ乾杯の音頭をとらせたがっていることに」

「あんまりよくないんだろう？」ピートはいう。

「ええ」ピートがハグをしようとして腕を伸ばすと、ホリーはあとずさる。代わりに片手をピートにとらせ、一回だけぎゅっと握ってもらう。「あまりよくないの」

「くそ」

「ほんとよ。くそ。くそっていうしかない。あの人がこんな目にあうのはまちがってる。でも、こんなことになっているいま、ビルには寄り添う友人たちが必要。力になってくれる？」

ある。陳腐な決まり文句なのはわかってるよ。でも……」ピートは肩をすくめる。

「もちろん。でも、あいつがだめだなんて決めつけないでくれ。命あるかぎり希望はある。陳腐な決まり文句なのはわかってるよ。でも……」ピートは肩をすくめる。

「わたしだって希望はもってる。わたしには〝ホリーの希望〟があるの」

昔みたいに不気味だとはいえない……それでも、充分に風変わりな女だな――ピートは思う。とはいえピートは、そんなホリーが気にいってもいる。「とにかく、乾杯の挨拶であいつが下品なことをいいださないように注意しててくれ」

「わかった」

「それからもうひとつ――あいつはブレイディ・ハーツフィールドよりも長生きしてる。ほかにどんなことが起ころうとも、その事実だけは変わらないぞ」

「おれたちにはこれからもずっとパリの思い出があるんだよ」ホリーは母音を引き延ばしたボガートの物真似で、名科白を口にする。

ああ、たしかに風変わりな女だ。いや、唯一無二といってもいい。

「いいか、ギブニー。自分のことをちゃんと大事にするんだぞ。なにが起ころうともだ。きみが自分を大事にしなければ、やつが悲しむ」

「わかってる」ホリーはそう答えてサンルームへ引き返す。このあとすぐ、ジェロームとふたりで誕生日のパーティーの後片づけをすることになる。誕生日のパーティーはこれで最後と決まったわけじゃない――ホリーは自分にいいきかせ、自分にそう信じさせようとする。それに完全な成功をおさめたわけではないにしても、そのあとも〝ホリーの希望〟だけはもちつづける。

八カ月後

ジェロームが約束どおり、葬儀の二日後の午前十時ぴったりに市営フェアローン霊園に到着すると、ホリーはひと足先にやってきていて、墓石の前に膝をついている。といっても祈っているのではなく、菊を植えている。ジェロームの影が自分の体に落ちても、ホリーは顔をあげない。だれが来たかはわかっている。これはふたりのあいだの取決めだ――決めたのは、ホリーが葬儀を最後まで耐え抜く自信がまったくないとジェロームに打ち明けたあとのこと。「がんばってみる」そのときホリーはそういった。「でも、わたしはあの手のカスなことがすごく不得手《ふえて》なの。途中でいきなり逃げてしまうかも」

「これは秋に植えるんですって」いまホリーはそう話す。「草花のことはあまり知らなかったから、ハウツー本を買ったの。文章はぱっとしなかったけど、肝心の植え方や育て方はわかりやすく書いてあった」

「よかったね」ジェロームは墓の専有区画の端、芝生がはじまっているところにあぐらをかいてすわりこむ。

ホリーはあいかわらずジェロームに目をむけないまま、両手で慎重に土をすくう。

「わたし、いったでしょう、途中で逃げだしちゃうかもしれないって。あの場を出ていくときには、全員がわたしをじっと見てた。それでも、あの場にはいられなかった。あのまま残っていたら、あの人たちはわたしに柩の前に立って故人の思い出を話せ、といってきたかもしれないし、そんなことはぜったい無理だったもの。あんなにたくさんの人の前で話すなんて無理。あの人の娘さん、さぞや怒ってるでしょうね」

「そんなことはないみたいだよ」ジェロームはいう。

「わたし、お葬式が大きらい。最初にこの街へ来たのは、やっぱりお葬式に出るためだった──知ってた？」

ジェロームは知っていたが、なにもいわずにホリーに最後まで話をさせる。

「死んだのは伯母。オリヴィア・トレローニーの母親よ。そこで初めてビルと会ったの──葬儀会場で。あのときも葬儀を抜けだしたのよ。葬儀場の裏でみじめな気分をかかえながらタバコを吸ってた──そこで、あの人がわたしを見つけた。ねえ、わかる？」ここで初めて顔をあげてジェロームを見る。「あの人がわたしを見つけたの」

「わかるよ、ホリー。わかる」

「あの人はわたしのためにドアをあけてくれた。この世界に通じているドアを。そしてわたしに、やり甲斐のある仕事を与えてくれたの」

「右におなじく」ジェロームはいう。

ホリーは怒っているようなしぐさで目もとをぬぐう。「まったく、カスなくさくさ気分になっちゃう」

「わかる。でも、ビルはあなたが逆もどりするのを望んではいないよ。というか、いちばん望んでいないことだろうね」

「逆もどりなんかしない」ホリーはいう。「あの人がわたしに会社を遺したことを知ってる？　保険金だのなんだのはすべて娘さんのアリーに譲られたけど、会社はわたしのもの。でもひとりではとても運営できないから、ピートに働いてもらえないかと頼んでみたの。パートタイムでいいからって」

「そしたら、ピートはなんと……？」

「引き受けてくれた。早くも隠居暮らしにうんざりしてるからって。これでうまくいくはず。わたしは保釈中に姿をくらました連中だの、養育費の踏み倒し野郎だのの行方をコンピューターでさがす。見つかったらピートが出かけていって、連中をつかまえてくる。あるいは、必要なら裁判所の召喚状を送達する。でも、もう昔みたいにはならないでしょうね。ビルの下で仕事をする……ビルといっしょに仕事を進める……あれこそ、わたしの人生でいちばん幸せな日々だった」そういってから、ホリーは考えをめぐらせる。「人生で幸せだったのは、あの日々だけだったといえそう。あのころ自分をどう感じていたかというと……なんといえばいいんだろう……」

「自分にも価値があると感じてたとか？」ジェロームが助け船を出す。

「そう！　価値があると感じてた」

「でも、ホリーがそう感じたのは当然だよ」ジェロームはいう。「だって、ほんとにすっごく価値ある働きぶりだったもん。ていうか、いまもそれは変わらないし」

ホリーは植えたばかりの菊にあら探しをする目を最後に一度だけむけてから、両手とスラックスの膝の土をはたいて落とし、ジェロームの隣に腰をおろす。「あの人は勇敢だったでしょう？　ほら……最期のときにも」

「そうだね」

「ああ」ホリーは淡い笑みを見せる。「ビルならそういいそう――〝そうだね〟じゃなくて、〝ああ〟って」

「ああ」ジェロームは同意する。

「ね、ジェローム？　わたしの肩に腕をまわしてもらえる？」

ジェロームはその言葉に従う。

「あなたと初めて会ったとき――わたしのいいとこのオリヴィアのコンピューターを調べて、ブレイディが埋めこんだステルスプログラムをふたりで見つけたとき――わたし、あなたのことが怖かったの」

「知ってる」ジェロームはいう。

「といってもあなたが黒人だからじゃなくって――」

「黒は最高さ」ジェロームは笑顔でいう。「たしか初対面のときから、ぼくたちはその点で意見が一致したんじゃなかったっけ」

「――あなたが外の世界の人だったから。わたしは外の人が怖かったし、外の世界のものが怖かった。いまだって怖い気持ちは残ってる。でも、もうあのころほど怖くはない」

「わかるよ」

「あの人のことを愛してた」ホリーは菊を見おろしながらいう。灰色の墓石の下で赤に近い橙《だいだい》色の花が色あざやかだ。墓石に彫りこまれているのは単純なメッセージだ。《カーミット・ウィリアム・ホッジズ》という名前と生没年月日の下に、《任務終了《エンド・オブ・ウォッチ》》とある。「わたし、あの人のことをすごく愛してた」

「ああ」ジェロームはいう。「ぼくもだよ」

ホリーはおどおどしながら、望みをかけている顔つきでジェロームを見あげる。白髪混じりの前髪の下にのぞいているのは、年端もいかない少女の顔だ。「これからもずっと友だちでいてくれる？」

「ずっとだよ」ジェロームはホリーの肩を――胸がずきんと痛むほど薄い肩を――抱く腕に力をこめる。ホッジズの生涯最後の二カ月間で、もとから痩せる余裕のまったくなかったホリーはさらに五キロ近く痩せた。ジェロームは、母親とバーバラがともにまたホリーにどっさり食べさせようと待ちかまえていることを知っている。「ずっとだよ、ホリー」

「うん、知ってた」ホリーはいう。

「じゃ、なんできいたの？」

「だって、あなたの口からきくその言葉が好きだから」

任務終了《エンド・オブ・ウオッチ》か――ジェロームは思う。音の響きは気にくわないが、これでいい。そう、これでいい。葬式よりもこのほうがすてきだ。天気のいい晩夏の日の朝、こうしてここにホリーといることのほうが、もっとずっとすてきだ。

「ジェローム？　わたし、もうタバコを吸ってないの」

「それはよかった」

ふたりはなおもしばらくその場にすわり、墓石の土台で燃えるような色を見せている菊を見つめている。

「ジェローム？」

「なんだい、ホリー？」

「いっしょに映画を見にいってくれない？」

「いいよ」と、そう答えてからジェロームはいいなおす。「ああ」

「わたしたち、空席をひとつはさんで左右にすわるの。ふたりのポップコーンを置くために」

「オーケイ」

「だって、ポップコーンのバケツを床に置くのはいやだから。床にはゴキブリがいるかもしれないし、ひょっとしたら鼠だっているかもしれない」

「ぼくも床はいやだよ。どんな映画が見たい？」

「ひたすら笑って笑って笑える映画がいい」

「ぼくも賛成」

ジェロームはホリーに笑顔をむける。ホリーは微笑みかえす。ふたりはフェアローン霊園をあとにして、いっしょに世界へ引き返す。

（二〇一五年八月三十日）

著者あとがき

本書の編集を担当したナン・グレアムと、以下にお名前をあげる（が、それに限定されるものではない）スクリブナー社のわが友人のみなさんに感謝する——キャロリン・ライディ、スーザン・モルドウ、ロズ・リッペル、そしてケイティー・モナハン。長年のエージェントであり（重要）、長年の友人でもある（もっと重要）チャック・ヴェリルにも感謝を。わたしの作品の翻訳権を諸外国に売ってくれているクリス・ロッツにも感謝している。以下のわが事業の監督役をつとめているマーク・リーヴェンファスにも感謝を——マークは、幸運に恵まれずにいるフリーランスの芸術家を支援するヘイヴン基金や、学校と図書館と小さな町の消防署を支援しているキング基金に目を光らせてくれている。わが有能きわまる個人秘書のマーシャ・デフィリポと、そのマーシャの手が及ばない仕事すべてをこなすジュリー・ユーグリーの両名にも感謝する。ふたりがいなかったら、わたしは途方にくれるばかりだろう。原稿に目を通して貴重な助言を与えてくれた息子のオーウェン・キングにも感謝を。おなじく貴重な助言を与えてくれたわが妻、タビサにも感謝する……タビサはまた、本書にふさわしいと判明した題名を提案してもくれた。

特別な感謝を捧げるべき相手はラス・ドーア――なにせ医師助手という職をなげうって、わたしの調査面での専属導師《グル》となったのである。本書においてラスはいつも以上の力をそそぎ、コンピューターのプログラムはどのように書かれ、どのようにすれば書き直せて、どうすれば広く拡散できるのかを、わたしに辛抱強く説明した。ラスがいなかったら、『任務の終わり』はもっと冴えない作品になっただろう。ただし、これはいい添えておかなくてはならないが、わたしはいくつかの場面で自分のストーリーを優先させるため、コンピューターのさまざまな決まりごとに意図して手を加えた。テクノロジーに通じた人々の目はごまかせまいが、それはそれでいい。ただし、くれぐれもラスを責めないでいただきたい。

最後にひとこと。『任務の終わり』はフィクションだが、高い自殺率は――アメリカ合衆国においても、またわたしの本が読まれている諸外国においても――まぎれもない冷徹な現実である。本文中の全国自殺予防ホットラインの電話番号も本物だ。番号は一-八〇〇-二七三-TALK。もしあなたが（ホリー・ギブニーならこう表現するだろうが）くさくさ気分になったら、この番号に電話をかけるといい。なぜなら、物事には好転する可能性があり、あなたが機会さえ与えるなら、かならず好転するからだ。

スティーヴン・キング

解説　キング初のミステリ三部作の正体？

三津田信三

本書『任務の終わり』(二〇一六) はスティーヴン・キング初のミステリ三部作の三作目に当たる。この前に『ミスター・メルセデス』(一四) と『ファインダーズ・キーパーズ』(一五) の二冊があって、本書が完結編になることを、まず読者にはご理解いただきたい。

そのため前の二冊に目を通さずに、いきなり『任務の終わり』を読んでも、残念ながら真の楽しみは得られない。ぜひ刊行順通りに、まず『ミスター・メルセデス』と『ファインダーズ・キーパーズ』に親しんでから、本書へと読み進めて欲しい。

さて、ここからはキング初のミステリ三部作を「ちゃんと三冊とも読んでいるよ」という方を対象に書きたいと思う。

僕は二度も「キング初」と記したが、それは宣伝媒体のコピーを単にそのまま使用しただけで、個人的には「本当に初だろうか」とずっと疑問だった。監禁された状態で愛読者の狂気に晒される作家の話『ミザリー』（一九八七）にも、DVの夫から逃げ続ける妻の話『ローズ・マダー』（九五）にも、超自然的なホラー要素は一切ない。この二作品を「ミステリ」と呼んでも何の支障もないだろう。より相応《ふさわ》しいのは「サイコサスペンス」かもしれないが、キング作品だから「ホラー」と謳われただけではないかと推察できる。

では本書を含めた三作が、なぜ「キング初のミステリ」と言われたのか。恐らく一番の理由は、一作目で登場する主人公のホッジズが、退職した元刑事だからだろう。しかも彼は燃え尽き症候群に悩み、ソファに座って拳銃を弄《いじ》るような、そんな希死念慮を持った人物として設定されている。よって「ハードボイルドだ」という評論家もいた。

これまでにも様々な個人的問題──例えば離婚、飲酒、同性愛、麻薬など──を抱えた個性的な私立探偵たちが、数多《あまた》の作家によって創造されてきた。その系譜をホッジズが継いでいるのは、まず間違いない。特に一作目は捜査側から描かれるパートが半分を占めるため、いつものキング作品に親しむ感覚よりも、普通にミステリを読んでいる気分になる。作者名を隠して別の名前に変えた場合、「有望な新人ミステリ作家の誕生」と評されても不思議ではない。そういう作品である。

この「キング初のミステリ」のコピーだが、何も「初」はミステリだけに限った話ではなく、そこには「三部作」という構成も含まれている。

『ジェラルドのゲーム』（一九九二）と『ドロレス・クレイボーン』（九三）の二長篇は、まったく別の場所で起きた二つの事件を独立した作品として描きつつ、これらが皆既日食によって繋がる仕掛けに挑んでいる。またキングが発表した『デスペレーション』（九六）と同年に、リチャード・バックマン名義で刊行した『レギュレイターズ』でも、やはり別々の二作品が「タック」と呼ばれる共通の悪の要素によって結びつく企みを見せている。そこに『シャイニング』（七七）と続編『ドクター・スリープ』（二〇一三）を加えると更に分かるように、キングには「二部作」と言ってもよい作品が存在している。『IT』（一九八六）で交互に描かれた登場人物たちの子供時代と大人時代の構成も、実現はしなかったが『呪われた町』（七五）の続編の構想も、やや強引ながらキングの「二部作」嗜好の証左になるかもしれない。

シリーズ物の『ダークタワー』（一九八二～二〇〇四）を除くと、このホッジズ元刑事を主人公としたミステリ三部作が、如何《いか》にキング作品の中でも珍しい試みと言えるか、読者にもご理解いただけるのではないか。

斯様《かよう》に二つの「初」を冠したミステリ三部作だが、その出来栄えは果たしてどうだったか。これから見ていきたいと思う。

一作目『ミスター・メルセデス』は、職を求めて並んでいる人々の列にメルセデスで突っ込み、無差別に轢き殺す事件を皮切りに、「メルセデス・キラー」と名づけられた犯人とホッジズの対決を描く。ただし、早い段階から読者の前に犯人が素顔を見せるため、ミステリでは王道の「犯人は誰か」という謎はない。いや、そもそも本書には謎が、ほとんどないと言ってもよい。強いて挙げるとすれば「どうやって犯人は、鍵の掛かったメルセデスを盗んだのか」くらいか。全体の構成も、捜査側の活躍と犯人側の動きを交互に見せるもので、この手のサスペンス物では定番だろう。

しかしキング作品は、昔から定番のオンパレードだった。にも拘《かかわ》らず読者を夢中にさせる面白さがあるため、我々は彼に瞠目《どうもく》したのである。同じことが一作目にも言える。特に僕は一切の予備知識なしで読んだので、最初の章に於いて求職者たちの列にメルセデスが突っ込んでくるシーンは、ちょっと度肝を抜かれた。これで一気に本書にのめり込めたことを、大変よく覚えている。

また主人公のホッジズよりも、彼の年下の友人である高校生のジェローム、メルセデスを盗まれて自殺した女性の姪で精神的に不安定なホリーなど、相変わらず脇役の描き方が魅力的で上手い。そして犯人がジェロームの犬に与えるために用意した毒入りの肉を、彼の母親が誤って食べてしまう場面など、「さすがキング」と思えるエピソードが随所にある。それは犯人との最終的な対決の仕方にも、非常によく表れている。

二作目『ファインダーズ・キーパーズ』は前半、二人の視点で物語が交互に進む。一人目はモリスという犯罪者で、大人気の三部作を書いただけで田舎に引っ込んだ作家を襲い、大金と新作が書かれたノートを強奪するものの、酒でブラックアウトを起こした結果、女性に乱暴して無期懲役の刑に服す羽目になる。その前にお宝を某所に埋めて隠した彼は、それを掘り出すことだけを考えて刑期を務める。二人目はピーターという少年で、かつてのモリスの家に何も知らぬまま家族と共に住んでいる。彼の父親はメルセデス事件の被害者で、重度の障害が残っていた。一家の生活が苦しい中で、彼は偶然にもモリスが隠したお宝を見つけてしまう。

このモリスとピーターのパートが、とにかく無茶苦茶に面白い。これぞ「キングにしか書けない問答無用のサスペンス」と言わんばかりの出来栄えである。そのためホリーと二人で「ファインダーズ・キーパーズ探偵社」を立ち上げたホッジズが出てくる後半は、個人的にはテンションが下がってしまった。

犯罪者と少年の物語と同じくらい、同書で気になったパートがある。脳に障害を負って脳神経外傷専門クリニックに入院しているメルセデス・キラーを、ホッジズが何度も訪ねるところだ。ちなみに元刑事は、罪を逃れるために重症患者の振りをしているのではないか、と犯人の演技を疑っている。しかし読者は、犯人が脳の怪我により何らかの超能力を得たのかもしれない、という仄《ほの》めかしをキングにされるので、次作への期待が大いに膨らむ。この辺りの匙《さじ》加減が、やはりキングは絶妙である。

そして三作目『任務の終わり』は、再びホッジズ対メルセデス・キラーの物語になる。ただし今回の犯人は超常的な手段を使うため、前二作のミステリとは明らかに違うホラーサスペンスになっている。その萌芽は二作目の中で、クリニックのシーンによって確かに描かれているのだが、あくまでも匂わせる程度に過ぎなかった。それが三作目のメインのお話になると分かった時点で、「さすがキングだ」と歓喜するか、「やっぱりキングか」と落胆するかで、本書の評価も変わってくる気がする。

僕がこのホラー設定で強く感じたのは、キングが大好きな映画の影響である。

まず二作目で描かれたメルセデス・キラーの有様から、映画「ハロウィン」（アメリカ／一九七八）のマイケル・マイヤーズと、映画「パトリック」（オーストラリア／同）のパトリックを連想した。「ハロウィン」は子供のとき実姉を刃物で刺し殺し、以来ずっと精神病院に入っている男が、十五年後のハロウィンの夜に逃げ出して無差別連続殺人事件を起こす話である。このマイケルの目を覗き込んだ精神科医が、そこに純粋な悪を感知する。「パトリック」は母親殺しのショックで植物人間になったパトリックが、収容されている病院で寝ながらにして超常的な力を身につける話である。

そして三作目に登場するメルセデス・キラーを読んで、今度は映画「ヒドゥン」（アメリカ／一九八七）を思い浮かべた。この作品では異星生物が人間から人間へ転移する恐怖と、それを追うＦＢＩ捜査官とロス市警の刑事の活躍が描かれている。

ホラー映画好きなキングは、この三作を恐らく観ているに違いない。だから彼が真似をしたと指摘したいわけではない。キング作品が定番の設定を用いるのは、先述したように珍しくはない。ただし「にも拘らずキングにしか書けない面白さがあり、予定調和の展開を軽く超えてくる物語を書く」という点に、何よりも読者は歓喜するのだが、それが本作の場合は良くも悪くも既存のホラー映画の世界に、やや引きずられ過ぎた感じがあった。

こうして振り返ると、「キング初のミステリ三部作」の歪《いびつ》さが、はっきりと浮かび上がってくる。一作目はハードボイルド風のミステリ、二作目はキングらしい犯罪とサスペンスの物語、三作目はホラー映画のようなお話で、しかも一作目の完全な続編が三作目であり、仮に二作目を抜き去っても――むしろ二作目がない方が――ホッジズ対メルセデス・キラーの前後編として立派に成り立つのである。

とはいえ一作目と三作目の作品世界を直《じか》に繋ぐことは、如何にキングと雖《いえど》も危険があった。前者の現実的な世界観に比して、後者では超常現象が当たり前のように存在するからだ。そこで間に二作目を入れたのではないか。

つまりキング初のミステリ三部作とは、三部作に見せ掛けた「二部作」だったのではないだろうか。しかもキングらしからぬハードボイルド風のミステリと思わせておいて、それが結局お得意のホラーへと転じる。そんな仕掛けである。

一作目のミステリから三作目のホラーへの大胆な転換は、前者のラストで見せた満員のコンサート会場の爆破という大規模な犯罪計画よりも、より派手で救いのない大量殺人をメルセデス・キラーに画策させるためではなかったか。でも、それを現実的に考えた場合、どうしても爆発物の使用といった似たアイデアになってしまう。かといって細菌などを扱わせる計画は、あの犯人には適用できない。そこで犯罪計画に一層の飛躍を齎《もたら》すために、キングは馴染みのあるホラー設定にしたのではないか。そんな風に僕は睨んでいる。
この全てを構想の段階から思い描いていたのか、それとも実際に書き出してから考えついたのか、もちろん僕には分からない。しかしホラー小説界の大御所になっても、まだまだ新しい試みに挑むスティーヴン・キングは、やっぱり凄い作家だと言わざるを得ない――と、僕は三部作の読後に改めて感じたのである。

（ホラーミステリ作家）

文春文庫

任《にん》務《む》の終《お》わり　下

定価はカバーに
表示してあります

2021年2月10日　第1刷

著　者　スティーヴン・キング
訳　者　白《しら》石《いし》朗《ろう》
発行者　花田朋子
発行所　株式会社　文藝春秋

東京都千代田区紀尾井町 3-23　〒102-8008
TEL 03・3265・1211㈹
文藝春秋ホームページ　http://www.bunshun.co.jp

落丁、乱丁本は、お手数ですが小社製作部宛お送り下さい。送料小社負担でお取替致します。

印刷製本・凸版印刷

Printed in Japan
ISBN978-4-16-791652-7